中公文庫

夜の道標

芦沢　央

中央公論新社

目次

夜の道標

第一章

1、仲村桜介

どうして気づかなかったのか、という問いを、仲村桜介《なかむらおうすけ》は後に何度も繰り返すことになる。

何か不自然なところはなかったか。

自分は一体、何を見ていたのか。

あれだけ一緒にいたのに——あの日も、直前まで隣にいたはずなのに、と。

誰からも問われなかったからこそ、その思いは薄まることがなく、桜介の中で渦巻き続けた。

それほど注意を向けていなかったから、という本来ならば容易に使えるはずの言い訳に、けれど桜介がすがることはできなかった。

なぜなら、ずっと見ていたからだ。

一緒にいる間中、桜介はほとんど視線を外さず、彼を目で追い続けていた。ジャンプシュートをするときの膝の角度や手首のしなり、すばやく低いドリブルと無駄のないボールさばき。フェイクを入れる際の細かな目の動きも、地面から離れた位置で揺れる大きなバスケットシューズも、すべて覚えている。

橋本波留《はしもとはる》と待ち合わせをしたのは、七月六日の十六時半。

桜介は帰りの会が終わるや否や学校を飛び出して家にランドセルを置きに帰り、母親が少し濃い目に作ってくれたアクエリアス入りの水筒とバスケットボールを持って自転車で公園へと急いだ。

桜介の家からも波留の団地からも自転車で十五分、歩けば三十分以上かかる位置にある公園には、バスケットゴールが三基設置されている。桜介たちはいつも、その内の一基、ミニバス用のゴールで練習することにしていた。

先に公園に着いたのは、桜介だった。

ストレッチもそこそこにジャンプシュートの練習を始めたところで、波留が現れた。

身長が百八十二センチある波留は、一般公式規格のゴール前に陣取っている男子高校生らしき三人組や大学生らしきカップルの誰よりも背が高く、手足が長かった。黒い無地のタンクトップとカーキ色のハーフパンツ、履《は》き潰《つぶ》されたＣＨＩＣＡＧＯカラーのエアジョーダン1はどれも大人用のサイズで、身長の割に薄い筋肉とつるりとした顔、平らな喉《のど》だけが彼を歳相応に見せていた。

三十分の距離を走ってきたはずの波留は、まったく息を切らせていなかった。ゴールを確保したことへの礼を短く言い、手慣れた動きでストレッチをすると、すぐにゴール横で構えた。

波留が立つだけで、空気が引き締まる。ゴールがほんの少し遠く、小さくなる。

最初にしたのは、桜介のジャンプシュートと波留のリバウンド練習だった。ゴールに入れば波留が下でキャッチしてパスで返し、外れればリバウンドを取ってボールを戻す。波留は、常にボールがリングに届くよりも早く結果を予測して動き、リバウンド後の不自然な体勢からでも正確に桜介の手元にボールを届けた。

ほとんど休む間もなくジャンプシュートを打ち続けられる滑らかな流れは、役割を交替した途端にぶつぶつと途切れるようになった。

波留はシュートを外すことの方が少なく、リングから落ちてくるボールをキャッチして返すのは簡単だけれど、外れたときには思いもよらない方へ飛んでいってしまい、慌ててボールを追いかける形になる。そのたびに波留は手持ち無沙汰に待ち、桜介の息ばかりが上がった。

次に始めた1 on 1では、桜介がオフェンスをするとドリブルの途中でスティールされ、ディフェンスに回れば鮮やかに抜き去られた。一拍遅れて振り向いた先には、軽やかすぎてあっけなく感じられるレイアップシュートと、ボールが網をくぐるたしかな音があった。波留は、様々な技術やコツを惜しみなく教えてくれた。桜介の動きにある癖や隙を浮かび上がらせてくれた。桜介の側からは盗むところがたくさんあっても、逆はない。

これでは波留の練習になっていないんじゃないか、という疑問は、答えが明らかすぎるがゆえに尋ねることができなかった。口にすれば、波留はきっと、なってなきゃ来ないよと苦笑しながら否定してくれる。そうわかっていて確かめれば、少しの間気持ちが楽になる代わりに、余計に惨《みじ》めになる。

波留は桜介が休憩している間、父親から教わったというテクニックを練習していた。後方に跳びながらシュートするフェイダウェイ、ボールを浮かせて高いブロックを避けるフローターシュート、空中でボールを逆手に持ち替えるダブルクラッチ、バックボードにボールを当て、跳ね返ったところを自らつかまえてリングに叩《たた》き込む一人アリウープ。

ミニバスの大会ではあまり使われない、そもそもほとんどの選手よりも背が高く、ドリブルが速い波留が使う必要もない技を、波留は大会でもよく使った。

技術力を見せつけるような派手なプレイは観客からの人気が高い一方、調子に乗っている、目立ちたがりだと言われることも少なくなかった。だが、桜介はそれが観客へ向けたパフォーマンスではないと感じていた。

波留は沸き起こる歓声に快感を覚えているようではなかった。ただ、それが課された義務だというように淡々とこなし、すぐさまディフェンスに回るために駆けていくのだった。

公園でも、波留の練習は人目を引いた。見ろよ、あいつすごいぞ。うわ、すげえ上手《うま》いな。ざわめきの中心で高く跳び上がり、彼には低すぎるリングにぶら下がる波留は、憂鬱《ゆううつ》そうにさえ見えた。

波留は退屈しているのだろう、と桜介は思っていた。

周囲とのレベルが違いすぎて、力を出しきらずとも他を圧倒できてしまう彼には、一般用よりもゴールが低くボールも小さいミニバスは物足りないに違いない。架空の敵を想定することでしか、刺激にならないのだろう、と。

しかし、その解釈が誤りであったことも、桜介は後に知ることになる。

あれはたしかに——見せるためのパフォーマンスだったのだ。

波留が一通りの技をおさらいし終えると、二人は再び1 on 1を始めた。

波留と向き合うとき、桜介が連想するのは濃く、底の見えない海の波だ。

不穏を湛《たた》えた隙のない静けさ、不規則な揺れ、突然爆発したように眼前に迫り、一気に置き去りにしていく激しさ。

来る、と思った瞬間には伸ばした指先が残像をかすめ、捻《ひね》った首が吹き抜ける鋭い風だけを拾う。桜介よりも十センチ以上背が高い波留のドリブルは桜介の腰よりも低く、深く屈《かが》められた長い脚の間で消えたボールは、波留の大きな手のひらに糸で繋《つな》がれているように吸いついていく。

二時間ほど練習を続けた頃、公園の時計を見上げて、そろそろ帰るか、と言い出したのは波留だった。

まだ帰りたくない、という思いがまず浮かんだ。けれど桜介は、できるだけあっさりした声音になるように意識して、そうだな、と答えた。

水筒のアクエリアスを喉に流し込みながら、手洗い場にしゃがんで蛇口から水を飲む波留の背中を見つめた。波留がタンクトップの裾《すそ》で顔を荒く擦《こす》る姿を、スポーツタオルで額《ひたい》の汗を拭《ぬぐ》うそぶりで盗み見た。

波留は、すべての動きが様になっていた。何でもない動作の一つ一つに強くなる秘訣《ひけつ》が隠されている気がして、波留が顔を上げるより一瞬早く、視線を逸《そ》らした。

道が分かれるところまで自転車を押して並んで歩きながら話していたのは、来週に控えた試合のことだった。

ここで勝てば、関東大会への進出が決まる。ちょうど一年前、まだ波留が転校してきていなかった頃に逃したチャンスで、対戦相手も去年と同じチームだった。

「今年こそいけると思うんだよ」

踏切の前で足を止めたタイミングで、桜介は線路を見つめて言った。

「波留が来てから、チームのみんなも変わった気がするんだ。このくらいできてたら十分、みたいに勝手に満足してたのが馬鹿みたいだって気づいたっていうか」

　警報音が大きくなり、駅の方から電車が向かってくるのが見える。

「今までテレビとかでバスケの試合見ても、やっぱプロはすげえなって思うだけだったんだけどさ、おまえは俺たちと同じ時間しか生きてないわけじゃん？　なのになんでこんな違うんだって……みんな」

　電車が激しい音を立てて通り過ぎた。

「単にバスケ始めたのが早いってだけだよ」

　波留はどこか居心地が悪そうに言いながら、開いた踏切の先へ歩き始める。

「他にやることもなかったし」

「あー俺も、もっとちっちゃい頃からバスケやってればなあ」

　本当は、始めた時期だけが理由ではないことくらいわかっていた。もし小さい頃からやっていたとしても、波留のようになれてはいなかっただろう。けれどそう言葉にして認めてしまったら、きっともう波留の隣には立てなくなってしまう。

　桜介は、波留と反対側の空へ顔を向けた。

　まだらな雲は、火照《ほて》るように赤く色づいている。遠くの方に、黒く沈んだ雨雲が広がっているのが見えた。

桜介がクラブチームに入ったのは、小学三年生のときだった。

それまで習い事は水泳と書道、公文をやっていて、バスケットボールに興味を持ったのは、四歳上の兄から借りた「週刊少年ジャンプ」で『SLAM DUNK』を読んだことがきっかけだった。

同じ理由で始めた子は、漫画とはかけ離れた上達速度の遅さや地味な練習の多さに一人、二人、と減っていったが、それでも今クラブチームにいるメンバーのほとんどが『SLAM DUNK』連載開始以降のバスケブームに乗って始めている。

だが、波留がバスケを始めたのは三歳だったという。バスケットボール選手として実業団に入っていた父親に教わり、到底ゴールまでボールが届かないような頃から延々とドリブルの練習を続けてきたらしかった。

そう波留から聞いたとき、桜介は、沢北《さわきた》と同じだ、と思った。『SLAM DUNK』で周りと段違いのテクニックを見せる、バスケのために生まれてきたような登場人物。桜介が今からでは真似《まね》できない時間の積み重ねを突きつけてくる、読んでいて最も落ち着かない気持ちにさせられるキャラクターだった。

波留は、小学一年生のときに両親が離婚してからも、父親に引き取られて特訓を続けてきたらしい。特訓っていうかただの習慣だから、と面倒くさそうに言うが、これまで三回転校しながらも、どの街でもクラブチームに入ってきたという話だった。

もっと練習しなければ、波留には追いつけない。でも、自分が練習しただけ、波留も練習してしまう。

波留が立ち止まってくれない限り、いつまで経《た》ってもこの差は埋まらない。

「そういや、前に入ってたチームってどこなんだっけ」

桜介は、自転車を押し上げて細い坂道を上りながら話題を変えた。

「たしか埼玉のどっかだったよな。関東大会まで進んだら当たったりすんのかな」

元チームメイトに再会したら、波留はどんな顔をするのだろう。嬉《うれ》しそうにするのか、寂しそうにするのか――相手のチームの人たちは、敵になった波留を見て何を思うのか。

波留は、ぼんやりと車道に目を向けたまま答えなかった。

その横顔が知らない人のように見えて、桜介は落ち着かなくなる。

――おまえ、また転校したりしないよな。

浮かんだ言葉は、口には出せなかった。言ってしまったら、現実になってしまうような気がする。

ずっと、どこかで思っていたことだった。

自分もいつか、元チームメイトでしかなくなってしまうんじゃないか。

自分にとっては波留との出会いは人生を変えるものでも、波留にとっては、これまでに繰り返してきたことの一つでしかないんじゃないか。

突然、爆発するような衝撃で現れたみたいに、またいきなり置き去りにしていくんじゃないか――

波留が、桜介の視線に気づいたように、長い首を捻った。

「ん？」

柔らかな表情は、いつもと変わらなかった。穏やかで淡々とした、その実ほとんど感情が読み取れない静かすぎる顔。

いや、と答える声が喉に絡んだ。

「腹減ったなって」

「ああ」

波留の微《かす》かに和《やわ》らいだ声に、本当は聞こえていたのかもしれないと思った。

波留といると、時折、ゴールがない場所にボールを投げているような気持ちになることがある。どこにも届かないボールは、ただ地面に落ち、とん、とん、と少しずつ跳ねる高さを低くしていって、やがて転がって止まる。

坂を上り終え、丁字路が現れた。

「じゃあ」

波留が右手を上げる。

「おう、また明日」

桜介も答え、自転車に跨《また》った。

すぐに走り始めた波留の背中を、サドルに腰かけたまま見送る。

このときたしかに、桜介は波留と別れがたく感じていた。夕飯の時間までには家に戻らなければならないことが歯痒《はがゆ》く、波留はそんなことを少しも思っていないようなのが寂しかった。

けれど、引き留める口実が見つからなかった。ずっと道端で話し続けているわけにはいかない。どうしても今話しておかなければならないことも、特にない。

桜介はリュックを開け、兄から借りたMDウォークマンのイヤホンを引っ張り出して耳に押し込んだ。「ピンクスパイダー」の腹の底を這《は》い回るようなイントロに、hide の死のニュースを観て泣いていた兄の姿が蘇《よみがえ》り、咄嗟《とっさ》に曲をスキップする。

流れ始めた L'Arc～en～Ciel の「HONEY」に合わせてペダルを漕ぎ始めたところで、そうだ、と思いついた。

──林間学校の班の話があった。

改めて同じ班になろうと誘わなくても一緒になるだろうと思っていたけれど、一応話しておいてもいいかもしれない。

自転車の向きを変えて元来た道を引き返し、波留が向かった道へと進んだ。

予想外に早く、波留の姿が視界に入る。桜介は自転車を停め、アップテンポなサビを鳴らすイヤホンを引き抜いた。

波留は、信号のない横断歩道から少し離れたところで、車の流れを目で追っていた。大声で呼びかけようとして、寸前で口を噤《つぐ》む。

波留は、何かを探しているようだった。流れが途切れるのを待っているというよりも、一つ一つの車を確かめるように視線を動かしている。

その目は、シュートの結果を予測するときのように鋭く、なのにどこか虚《うつ》ろだった。目を凝《こ》らし続けていると、かえって焦点が合わなくなっていくような。

波留が動き出す気配を感じて、

「波留！」

と声を張り上げた瞬間。

横断歩道へ勢いよく飛び出した波留が立ち止まり、車道へ顔を向けたのと同時に車のブレーキ音が響いた。

波留の細長い身体《からだ》が宙を舞い、車のボンネットに転がり上がる。

黒いタンクトップから突き出た腕が地面へと叩きつけられる音は、車がガードレールに突っ込む大きな音に掻《か》き消され、桜介の耳まで届かなかった。

2、長尾豊子

二俣川《ふたまたがわ》駅北口と連絡通路で繋がったビルの一階にある惣菜《そうざい》店内には、隣接する激安スーパーのオリジナルソングが鳴り響いている。

白い煉瓦風《れんがふう》の壁紙、赤茶けた木目調の陳列台、イタリア料理店のシェフのようなコック帽とロングエプロン。天井からは安っぽい和食器に盛りつけられた惣菜の写真パネルがぶら下げられ、安さだけを主張する丸文字のポップが所狭しと並べられている。298円！198円！　98円！

長尾豊子《ながおとよこ》は、冷蔵ショーケース内の鉄火巻パックに割引シールを貼る手を止めて振り返り、シールの束をエプロンのポケットに突っ込んだ。レジへ入るよりも数瞬早く、キャッシュトレイに五百円玉が転がされる。

左手で商品のバーコードを読み込み、右手で割引ボタンを押しながら「百九十八円の二割引きが二点で、三百三十三円になります」と告げると、ほとんど遮《さえぎ》るように「ソース多めに入れてください」という高い声が返ってきた。

豊子は突き出された華奢《きゃしゃ》な手のひらにおつりを載せ、鷲摑《わしづか》みにしたソースの小袋をレジ袋の中へバラバラと振りかける。

真一文字に引き結ばれていた女の唇が笑みの形を作った。

小さく会釈をして去っていく背中に「ありがとうございましたー」と声をかけてから、豊子はキャッシュトレイを傾《かたむ》けてレジに五百円玉を落とし入れる。

「Qちゃん、今日もコロッケだった？」

バックヤードから顔を出し、潜《ひそ》めた声で確認してきたのは野澤麻衣《のざわまい》だった。

規則としては前髪も含めて髪のすべてを白いコック帽の中に収めなければならないことになっているが、真っ直ぐに揃《そろ》った前髪だけでなく、顎まで伸ばされた鬢《びん》の毛までもが顔の輪郭を隠している。

ひび割れたファンデーションから視線を外して「五個パック二つ」と答えると、麻衣の濃いアイラインがぐにゃりと歪《ゆが》んだ。

「うわー胸焼けしそう」

Qちゃん今日もコロッケだってー、と言いながら暖簾《のれん》の奥に顔を引っ込める。豊子が前に向き直ると、ふうん、いくつ、という近藤淳史《こんどうあつし》のくぐもった声がバックヤードから続いた。十個。ほんとよく食うな。違うって、子だくさんなんだよQちゃんちは。まあたしかに毎日あれ全部一人で食ってたらあんな痩せてるわけないよな。

実のところ、彼女が商品を誰と食べているのか、それとも全部を一人で食べているのかなど、豊子たちには知る由もない。Qちゃん、というのも、マラソン選手の高橋尚子《たかはしなおこ》に顔や体型が似ているからというだけでつけられたあだ名だ。

Qちゃんはほとんど毎日、タイムセールが始まる十七時半過ぎにやってくる。そして必ず、コロッケを大量に買っていく。レシートや箸は不要、けれどソースは多めに入れなければならず、購入個数に見合うような量だけを入れると袋に手を伸ばさない。どう考えても多すぎる量を入れてようやく満足そうに商品を受け取る。

常連客の購入傾向はわざわざ覚えようとしなくても記憶に残るものだが、Qちゃんの場合は特に謎めいていることもあって話題に上ることが多かった。子どもがたくさんいるという説もあれば、そんなに子どもがいるような歳にも見えないから弟妹が多いに違いないという説、Qちゃんは施設で育った子どもで、働いて稼げるようになってからも後輩たちに差し入れをしているんだという説まである。

「いらっしゃいませー」

声を張り上げると、口が勝手にその先を続けた。

「どーぞごりよーくださーい」

この店で働き始めた頃、遅番のバイト長を務めていた短大生の口調を真似たものだった。どーを勢いよく跳ね上げ、よーで低く溜め、さーで再び開放する。

早番の主婦たちの間では、両耳に計五つ、唇に一つピアスの穴が開いていることが不評で、食品を売る店なのにバイト長があれでは示しがつかない、と憤《いきどお》っている人もいたが、彼女の呼び込みの声は誰よりも大きく朗らかで、歌うようなリズムが心地よかった。

今、店内にいる客は三人だ。寿司を何度も持ち替えている年配の男性と、弁当を手におにぎりを物色している大学生らしき男の子、焼き鳥のパックを見比べている中年女性。

隣のスーパーから出てくる客に向けて「ただいまタイムセールをおこなっておりまーす」と声を伸ばすと、何人かの足が止まった。一斉に視線が店頭に向けられ、そのうちのいくつかがあっさりと外される。

中年女性がサラダを加えてレジ前に来た途端、男子大学生と老人が後ろに並んだ。豊子は台に置かれた商品をレジに通して袋詰めし、代金を受け取っておつりとレシートを渡していく。

会計の波が落ち着いたタイミングで麻衣が現れた。

「代わりまーす」

「ありがとう」

豊子がバックヤードに入ると、近藤はフライヤー前の丸椅子に腰かけて携帯電話をいじっていた。豊子はポケットからシールの束を取り出して調理台の端へ置き、青白い光に照らされた顔へ「じゃあよろしく」と声をかける。近藤は顔を上げず、はい、とも、へえ、ともつかない返事をした。

豊子は暖簾をくぐり、乱れた棚を整えながら、冷房が効きすぎた店を出る。パン屋やドラッグストア、喫茶店やハンバーガーショップが並んだフロアを足早に通り過ぎ、関係者以外立入禁止と書かれたドアを薄く押し開けて身を滑らせた。

一気に暗くなった廊下を抜けて女子更衣室に入り、ロッカーから煙草《たばこ》とライターを取り出して従業員用出口へと向かう。

扉を開けた途端、まだ七月上旬だと思えないような蒸した空気が顔面を包んだ。

豊子は潰した段ボールが積み上がった台車の脇を抜け、トラックの陰へと大股で進む。ひっそりと備えられた灰皿の前で煙草をくわえて火をつけ、錆《さ》びたベンチに深く腰かけて煙を空へ吐き出した。

エプロンのポケットに入れっぱなしにしていた腕時計を見ると、十八時を五分過ぎている。

ほんの少しだけ損をした気分になったが、浮かんだ不満はすぐに溶けた。宙へ散っていく煙を眺めながら、肘《ひじ》を後ろに引いて胸を反らす。

そもそも、今も勤務中なのだった。

夕飯用の販売を担う遅番のシフトは、十六時から二十一時まで。アルバイトのほとんどが近くの学校帰りの学生で、人数は三人。売れ行きを見ながら商品ごとにタイムセールをしていき、閉店後はフライヤーの油を缶に戻して店内を掃除し、レジを締める。売れ残り商品の消費期限を確認して翌日に回せるものは冷蔵庫にしまい、残りはすべて廃棄する。

一年半前にこの店舗に異動してきた店長よりも勤務歴が長い豊子は、早番、中番、遅番のすべてのシフトを担当したことがあるが、楽なのは断然遅番だった。

半額セール開始後のレジ、閉店後の片付けを除けば三人でやらなければいけないほどの仕事量はなく、少なくとも十八時半までは二人で十分回せてしまう。

結果、遅番内で生み出されたのが、交代で休憩を取るという「伝統」だった。

中番の店長が完全に帰るまでの一時間は三人で真面目に働き、その後から半額セールまでの一時間半を三等分して一人ずつサボる。

麻衣や近藤はバックヤードで携帯電話をいじったり、夕飯を食べたりして過ごすが、豊子はもっぱら喫煙所で時間を潰すことにしていた。

豊子自身、初めにこのルールを知ったときは驚いた。

元々豊子は、昼間が自由になる三十代の女性ということで、他の同世代の女性と同じように早番として採用されていた。ある日どうしても遅番が足りない日があるからと頼まれてヘルプに入ったところ、当時の遅番のバイトたちの様子がおかしかったのだ。

やりづらそうにこちらを窺《うかが》い、何度も時計を見上げているので『どうしたの』と声をかけると、躊躇《ためら》いがちに『長尾さんは怒らないんですか』と訊《き》いてきた。

意味がわからなくて『何を?』と尋ね返すと、もじもじと指先をいじり、『髪とか』と答える。

『ああ』

たしかに、彼女たちの格好は、早番の面々と比べればありえないほどいいかげんだった。だが、だからと言って、社員でもない自分が注意しなければならないことでもない。

『別にいいんじゃないの』

投げやりに答えると女子大生たちはホッとしたように表情を和らげ、口々に「前にヘルプに入った早番のおばさん」がどれだけ面倒くさかったかを話し始めた。

コック帽から髪が出ていることを咎《とが》められ、客がいないタイミングで雑談をしていると陳列を整えなさいと叱られ、持ち帰ろうと思っていた廃棄分も問答無用にゴミ袋に突っ込まれ、いつもより二十分も早い時間にタイムカードを切らされたと言う。

『廃棄分って持ち帰ってもいいの』

『よくはないのかもしれないけど、でも言わなきゃバレないいじゃないですか』

そこで、利害が一致した。

そもそも豊子がこの店で働き始めたのは、惣菜屋でパートをすれば夕飯のおかずを安く買えるのではないかと思ったからだった。両親が他界して一人暮らしになり、一人分の食事を作るのを億劫《おっくう》に感じて買い物に来たところ、パート・アルバイト募集の貼り紙を見つけて応募してみることにしたのだ。

豊子がヘルプに入って以来、バイトたちは堂々とサボり始め、豊子は店長に正式に遅番へのシフト変更を頼んで廃棄分を好きなだけ持ち帰るようになった。

当時の学生バイトたちはもう誰もいないが、人が代わるたびに「伝統」は引き継がれ、濃縮されていった。「休憩時間」は明確に等分され、後で廃棄分として処理する商品を先に確保してバックヤードで夕飯として食べるようにもなっている。

お疲れ様でーす、という声がして顔を向けると、ドラッグストアの店員が煙草をくわえながら向かってくるところだった。

豊子は足を組んだまま会釈を返し、煙草をくわえ直す。

「暑いっすね」

胸に〈三田《みた》〉というネームプレートをつけた二十代前半くらいの男は、白衣のような形をしたミントグリーンの制服の裾をバタバタと煽《あお》った。

「気がはえーな。もう鳴き始めてるよ」

三田は声の出どころを探るように頭だけで背後を振り返る。立て襟から伸びた首に、くっきりとした筋が浮かび上がった。

「北海道にも蟬《せみ》っているんすかね」

三田は顔を前に戻し、豊子を見下ろす。

「さあ」

三田の鼻と口から、白い煙がもわりと漏れ出た。豊子はドライアイスを連想し、アイスクリームが食べたくなる。チョコミント、抹茶、あずきバー。思いつくのは、どれも若い頃には苦手だったものばかりだ。

「行きてえなあ、北海道」

三田はパレットに積まれたカップ麺の段ボールの方を向いてつぶやいた。そのため息交じりの口調は、無邪気な幼い子どものようにも、重たい荷物をいくつも背負《しょ》い込んだ中年のようにも聞こえる。

三田は、根元まで吸った煙草を慣れた手つきで灰皿の隅に押しつけた。

「んじゃ、お疲れ様でーす」

来たときと同様に唐突に切り上げると、軽快な足取りで去っていく。

豊子は、消されそこねて煙を吐き出し続ける吸い殻を眺めながら、次の煙草に火をつけた。

入れ替わりに、今度は喫茶店の店員がやって来る。

二十歳そこそこ、服装によっては未成年にも見える女の子は、伏し目がちに灰皿の前まで来ると、指先でつまむような持ち方で煙草を吸い始めた。

話しかけられることを拒むように向けられた華奢な背中を、豊子はぼんやりと視界に入れる。白い半袖シャツから出る腕も、膝下スカートから伸びる脚もひょろりと細長い。

そのまましばらく、二人で煙を吸っては吐き出し続けた。

女の子がくるりと灰皿に向き直り、吸い殻の先を穴に通してから手を離す。張られた水から、ジュ、と小さな音が上がり、女の子は手を払いながら戻っていった。

再び一人に戻った豊子は、吸い殻を捨て、両腕を上げて上体を伸ばす。脱力した途端に喉が咳払いに似た音を立て、気だるさが増した。

喫煙所に居続けていると、錆びたベンチと同化していくような感じがする。人が来る。帰る。人が来る。帰る。束《つか》の間の連帯感はすぐに解け、景色の中へ消えていく。

それは、遅番のアルバイトの間に流れる停滞感とどこか似ていた。働く人間は入れ替わっても、ささやかな罪を許し合う億劫さは留まり続けている。

3、平良正太郎

灰色の机が並んだ人気《ひとけ》のない課内は、以前捜査で立ち入ったことがある廃ビルを想起させる。

一つ一つの机を見れば、書類やファイルが積み重なっていたり、吸い殻が山盛りになった灰皿が置かれていたり、家族の写真が飾られていたりするのに、まるでもう何年も前に役目を終えて打ち捨てられた場所であるかのような、寂れた印象で静まり返っている。

平良正太郎《たいらしょうたろう》はブラインドの隙間から細い横縞の朝日が射し込んでいるのを眺めながら、

〈強行犯係〉と書かれたプレートの真下の自席についた。

ファイルを広げ、溜まっていた書類仕事を片付けていく。

大矢啓吾《おおやけいご》が出勤してきたのは、七時を回り、インスタントコーヒーでも淹《い》れようかと席を立ったときだった。

「おはようございます」

大矢が礼儀正しく立ち止まって腰を折り、正太郎は「おう、早いな」と片手を上げて返す。

「主任こそ。何時からいらしてたんですか？」

「年寄りは朝が早いんだよ」

苦笑しながらマグカップと粉を用意し始めると、大矢は「年寄りって……まだ四十代じゃないですか」と、呆《あき》れた声を出した。

「いや、四十を超えると一気に来るとは聞いてたけど、本当だったな。徹夜がしんどくなるし、脂《あぶら》っぽい肉を食うと胃もたれするようになる。若いうちに腹一杯食っておけよ」

「やめてくださいよ」

嫌そうに顔をしかめる。

正太郎は大矢の無駄な肉のついていない腹から視線を外し、粉の上に湯を注いだ。たしかに自分も十年前、大矢の歳の頃には、繰り返し聞かされるこの手の話にうんざりしていた。

マドラー代わりにした箸をシンクに落とし、表面が泡立ったコーヒーに口をつける。舌の上に広がった苦いばかりの液体を喉の奥に押し込み、口を開いた。

「他の班は戸川《とがわ》殺しの件から手を引くそうだ」

二秒ほどして、大矢が「そうですか」と低く答える。

「飯田《いいだ》殺しの件には加わらないことになった」

今度は返事がなかった。顔を向けると、大矢は唇を引き結んだままだ。

「わかりました」

結局、大矢は何かを言いたげな表情に反してそれだけを口にした。

「すまんな」

「主任が謝ることじゃないでしょう」

声音にははっきりとした怒気がこもる。

「クソなのはあいつらですよ」

やめとけ、と短くたしなめたところで、エレベーターホールからざわめきが聞こえ始めた。正太郎は、何かを言い合いながら入室してくる複数の声に背を向け、マグカップを手に自席へ戻る。大矢も口を閉ざして席につき、書類を広げた。

「おはようございます」

大股で近づいてくる課長に向けて言うと、課長は歩も緩めずに通り過ぎ、奥の席に身を投げ出すようにして座った。

「あーそろそろ風呂ぐらい入りてえよなあ」

独り言にしては大きすぎる声でぼやき、周囲で忍び笑いが上がる。

「俺もさすがに着替え取りに行かねえと」

「遊んでられるやつはいいよなあ」

追従《ついしょう》するように言ったのは、正太郎の同期で警部補の青木《あおき》と、去年正太郎と同じ巡査部長に昇任したばかりの福田《ふくだ》だった。瞬間、巡査である大矢が隣で拳《こぶし》を握るのが見え、正太郎は音を立てて席を立つ。

青木と福田が弾かれたように顔を上げた。正太郎はそこに浮かんだわずかな怯《おび》えを視界の端で認めながら、「大矢」と呼びかける。

うっせえな、と課長が吐き捨てた。

「席くらい静かに立てねえのかよ」

再び揶揄《やゆ》する笑いが上がる。

正太郎は数十分前とは打って変わって活気に溢《あふ》れた課内を無言で進み、古いソファとローテーブルが置かれただけの休憩スペースへ入った。少し遅れて駆け寄ってきた足音に「落ち着け」と声をかける。

「別に、落ち着いてますよ」

大矢はふて腐れたように低く言った。

「殴りかかったりなんてしません」

「そうか」

正太郎は静かにうなずき、煙草をくわえて百円ライターで火をつける。大矢も胸ポケットから煙草を取り出した。

白々とした蛍光灯に照らされたソファの上に、二本の煙がたなびく。正太郎は、煙を吐くのに合わせてため息をついた。

課長の井筒《いづつ》とは、元より馬が合わなかった。

正太郎の七期上の四十八歳。警視への昇任を狙っていて、加点を狙うよりも失点を防ごうとする傾向があり、捜査会議で度々異論を唱える正太郎を煙たがっているのは課内でも周知のことだった。

それでも、井筒があからさまに排除しようとはしなかったのは、旭西署《あさひにし》においては正太郎の方が古株で、タッグを組んでいたのが、人望が厚いベテラン刑事の柴崎《しばさき》だったからだ。嫌がらせも、せいぜい書類に対してくだらない駄目出しを繰り返すくらいのせせこましいもので、それがまた井筒にとっては業腹《ごうはら》なようだった。

状況が変わったのは、今から三カ月前。

春の異動で柴崎がいなくなり、課内の顔ぶれが大きく変わった。しかもそのタイミングで正太郎が「問題」を起こした。

管内の大学で起きた傷害事件だった。体育会系の野球部に所属する男子学生が数人がかりで下級生を押さえつけてバットで殴り、背骨を骨折させたというもので、被害者は野球部を退部し、大学を休学することになった。本人と保護者の処罰感情も強く、目撃証言も十分にあり、起訴可能な要件があらかた揃ったところで、加害者グループの中に政府関係者の甥《おい》がいたことがわかり、不起訴処分にする流れになった。

示談に誘導するようにとの指示に、正太郎は従わなかった。

別の捜査員から被害届を取り下げるように迫られたと相談してきた被害者に対し、一度取り下げたら、後でやはり告訴したいと思っても受理されるのは難しくなりますよ、と答えたのだ。

結局、被害者は告訴を取り下げ、事件は不起訴で終わった。

それ以来、井筒は堂々と正太郎をいびるようになった。殺人や強盗などの凶悪事件からは外し、起訴に繋がらないような些細《ささい》な喧嘩レベルの案件ばかりを押しつける。あるいは、事件発生から時間が経ち、捜査が行き詰まった事件を担当させる。そして、前線の忙しさをアピールしては、おまえは暇そうでいいなと嗤《わら》う。

正太郎としては、次の異動までの辛抱と思えば耐えられないことではなかった。

しかし、不憫《ふびん》なのは大矢だ。正太郎と組まされたばかりに、ようやく念願の刑事課に配属されたにもかかわらず、ろくに経験を積めずにいる。このままならば査定にも響くだろう。

煙草を揉《も》み消し、席へ戻る。ほどなくして始まった朝礼は忙《せわ》しなく終わり、すぐに正太郎と大矢を除いた強行犯係の面々は会議室へ移動していった。

勢いをつけて閉められた扉を見つめている大矢の肩を、正太郎は軽く叩く。

「行くぞ」

薄暗い階段を下り、駐車場の隅に置かれている車へ向かった。

助手席に乗り込んでシートベルトを着けると、大矢が荒い手つきでエンジンをかける。

「まずは通報の確認ですか」

「ああ」

答えるより少しだけ早く、ギアを動かした。

ガタガタと揺れながら発進した車内で、正太郎は朝飯用にコンビニで買っておいたサンドイッチを開ける。無言で咀嚼《そしゃく》し、窓の外を眺めた。

行き先は四季美台《しきみだい》第三公園。通報では、毎朝この時間に園内の遊具に座って缶コーヒーを飲んでいる男が、戸川殺しの犯人に似ている気がするとのことだった。

戸川殺しは、約二年前に起きた、もう何カ月も進展がない事件だ。

事件の発生は、一九九六年十一月五日。

神奈川県警の通信指令室に一一〇番通報が入電したのは、その翌日の十四時十六分のことだった。

殺されたのは、横浜市旭区内で学習支援業を営む戸川勝弘《まさひろ》、五十四歳。

第一発見者は、戸川の経営する塾に子どもを通わせていた中谷雅子《なかたにまさこ》、三十四歳だった。

十四時からの授業のために八歳の息子に付き添って教室を訪れた中谷は、チャイムを鳴らしても応答がないことを訝《いぶか》しく思い、施錠されていなかった室内に足を踏み入れた。

彼女がまず目にしたのは列が大きく乱れた長机で、奥に人の足が転がっていることに気づき、一拍遅れてそれが戸川であることに思い至った。

戸川の側《そば》には高さ二十五センチほどの花瓶が落ちていて、中の水や花は床に飛び散っていた。

中谷はすぐに救急車を呼び、戸川は搬送先の病院で死亡が確認された。

死亡推定時刻は十一月五日の十八時から二十時頃、初動捜査に当たった機動捜査隊により殺人事件だと断定され、被疑者も早期に絞り込まれた。

被疑者は阿久津弦《あくつげん》、同市内で建設現場作業員をしていた事件当時三十五歳の男性だった。

阿久津は現場の塾の前に立っているところを、十八時まで戸川から学習指導を受けていた加藤大輝《かとうだいき》とその母親の祐子《ゆうこ》に目撃されていた。

さらに、玄関ドア、凶器の花瓶、長机から出た指紋も、阿久津が十四歳の頃に暴行罪で補導された際に採取されていた指紋と一致した。

また、阿久津が十二歳から十七歳までの五年間、戸川の塾に通っていた事実も判明し、逮捕さえできればすぐに起訴可能な証拠が次々に揃っていった。

このまま難なく解決する事件だと、誰もが信じた。

大量の捜査員が投入され、阿久津の足取りを追った。

阿久津の一人暮らしのアパートや実家はもちろん、現場最寄りの相鉄本線二俣川駅や近隣の駐車場、県内のレンタカー店が調べられ、同時に現場近くのすべての監視カメラがしらみつぶしに確認されていった。

指名手配を行い、近隣住民への聞き込みも重ねた。

だが、それでわかったのは、現場を出た阿久津が旭西警察署の前まで徒歩で向かい、敷地内に入る直前で引き返したこと、線路下のトンネルから南口側へ出て、スイミングスクール脇の監視カメラに万騎《まき》が原《はら》方面へ進むところが映ったのを最後に、足取りが途絶えたということだった。

スイミングスクールの先には、阿久津がかつて通っていた中学校があり、中学校の前を左に曲がって南本宿《みなみほんじゅく》町方面へ進めば、阿久津が十八歳まで暮らしていた家があった。

ただし、阿久津の両親は、一人息子が就職して家を出たのを機に東京都北区十条《じゅうじょう》の小さな戸建てに買い替えており、阿久津の元実家には次の持ち主である別の家族が暮らしていた。

阿久津はその家を訪ねたわけでもなく、そもそも家へ向かうのならばもっと近道がある。中学校に立ち寄った形跡も付近での目撃証言もなく、阿久津がどこへ向かっていたのかは不明なままだった。

警察署の前まで向かった以上、一度は自首を考えたものと見られる。しかし、直前で怖《お》気《け》づいたのか、気が変わったのか、自首の前にやりたいことを思い出したのか、阿久津は署に入ることなく去った。

そして、阿久津が逃走や潜伏を図るには何らかの足か他者の協力が必要なはずだったが、電車や車を使った形跡はなく、家族や元妻、同僚や元同級生を当たっても、怪しい人間が出てこない。

ここに来て、捜査は暗礁《あんしょう》に乗り上げた。

阿久津はまだ近くにいるのか、それともとっくに捜査網から抜け出しているのか、そもそも生きているのかどうか。

角度を変えて捜査をしようにも手がかりがなく、結局、地道に聞き込みや家族への監視を行っていたものの、めぼしい成果はないままに二年が経とうとしている。

時間が経つにつれ捜査本部は縮小され、兼務が増えていくという形で、捜査人員は次々と新しい事件へ流れていった。

今や、捜査に関わっているのは実質的には、正太郎と大矢の二人だけだ。

サンドイッチを食べ終わるのと同時に、車が停まった。

正太郎は袋にゴミを突っ込んで車を降り、園内に足を踏み入れる。

飼い犬の糞を片付けている中年女性、散歩をしている老夫婦、キャッチボールをしている親子——さりげなく確認していきながら、丸太でできた階段を大矢と並んで上っていく。木屑《きくず》が敷かれた広場を抜けて遊具が並ぶコーナーへ進むと、木製の平均台の端には、缶コーヒーを手にしたスーツ姿の男が座っていた。

「おはようございます」

大矢が声をかけた途端、男はびくりと顔を上げる。その顔は指名手配犯の顔とは似ても似つかず、突然話しかけられたことへの困惑しか浮かんでいないように見えた。

男は職質にも抵抗せずに応じ、怪しいですよね、すみません、と自嘲《じちょう》気味に言って謝る。

「最近仕事がしんどくて、ここで出勤前に気分転換することにしていて」

「いえ、こちらこそすみません。ご協力に感謝します」

大矢が頭を下げると、男は背中を丸めて去っていった。

おそらく、明日からはもうここには来ないだろう。正太郎は額に滲《にじ》んだべたついた汗を拭い、元来た道を引き返す。

車へ戻り、煙草に火をつけた。大矢がけだるげな動きで煙草の箱から最後の一本を取り出すのを待ってから、大矢、と呼びかける。

「異動願い、出すか」

大矢は、ハンドルを睨《にら》みつけたまま動かなかった。

「おまえが望むなら、脇田《わきた》さんに掛け合ってみるよ」

脇田は、井筒の前の課長だった。正太郎が置かれている状況については聞き及んでいるらしく、一度案じる電話をくれたことがある。そのときは特に助けは必要としていないと答えたが、大矢については取り計らってもらうのも手かもしれない。

「どうしてですか」

大矢は唇をほとんど動かさずに言った。

「おまえだってこんな飼い殺しみたいな状態は耐えられないだろう」

「どうして、課長の指示を聞かなかったんですか」

三カ月前の示談の件を訊かれているのだ、とようやく気づいた。正太郎は、首をぽきりと鳴らす。

「どうしてだろうな」

明確な答えがあるわけではなかった。捜査に横槍《よこやり》が入ることは、特段珍しいことでもない。政府関係者の親族だから不起訴にするようにという圧力は稀《まれ》だとしても、派閥や人事絡みの要因で捜査を掻き乱されることは度々ある。

その都度反発してきたわけではないし、井筒の指示だから従わなかったというわけでもなかった。

「ただ……そうだな」

正太郎は、唇を歪めた。

「被害者から被害届を取り下げるべきかと訊かれたとき、俺は咄嗟に、助かったと思ったんだよ。これで、自分から圧力をかけずに済む――ホッとしたのを自覚した途端、気づいたら、一度取り下げたらもう改めて告訴するのは難しくなると話していた」

「やっぱり不正が許せないと思ったんですね」

大矢は、得心がいったようにうなずく。

正太郎は首を捻った。

「いや、許せないというほど激しい感情でもなかったな」

「でも、不正を止めようとしたわけでしょう」

「俺はそんなに正しくもないし強くもない」

正太郎は灰皿に灰を落とす。

「たとえばこれが政府関係者じゃなくて警察関係者だったら、俺も従っていたかもしれない」

大矢の顔に、失望が浮かんだ。そのことに、正太郎はどこかで安堵《あんど》する。

「身内を裏切ったとなれば、こんなちゃちな嫌がらせじゃ済まないだろう。自分の人生が壊れるとわかってて、無意味に筋を通すほどの正義感はない」

「無意味、ですか」

「少なくともあの件については、元々不起訴の線もあった。加害者は指導による事故だと言い張っていたし、ケツバットなんて警察学校でもよくある話だ。中には痣《あざ》ができるくらいじゃ済まなかったやつだっていただろう。それはつまり、加害者が誰であろうと不起訴で済ませたいやつも警察内にいたってことだ」

大矢は、煙草の空箱を握り潰した。ほんとクソだな、とつぶやく。

正太郎は、ああ、と首肯《しゅこう》した。

「クソの一員として、それはさすがに気持ち悪かっただけだ」

正太郎は根元まで燃えた煙草を揉み消し、肺に溜めた煙を勢いよく吐き出した。

大矢は、指を開き、もがくようにじわじわと膨らんでいく箱を見下ろしている。

やがて箱が動きを止めると、後部座席に投げ捨て、ライターに手を伸ばした。ジャ、ジャ、という着火音が狭い車内に響き、白い煙が充満していく。

異動願いを出すか、という問いに対する答えはなかった。

代わりに大矢は、「聞き込みをやらせてもらえませんか」と口にする。

正太郎も答える代わりに、エアコンで冷やされたＰＨＳを手に取った。

４、橋本波留

橋本波留が父親と二人で暮らす団地の二部屋が丸ごと入ってしまいそうな広いリビングダイニングには、テレビの音だけが響いている。

ドリブルの音、シューズの裏がコートを擦る音、ひっきりなしに飛び交う指示の声、コートにいるときよりも大きく激しく聞こえる声援。

波留は、柔らかすぎて腰が深く落ちてしまうブルーグレーのソファに、ギプスをした左腕を抱えるようにして座りながら、テレビ画面に目を向けていた。

二階の観客席からコート全体を俯瞰《ふかん》して映したビデオは一人ひとりの顔が小さく、画像が粗い。

だが、全選手の中でずば抜けて背が高い波留は常に一番目立っていて、周りと紛れようもなかった。

パスを受け取った波留はドリブルだけで三人を抜き、勢いよくゴールへ切り込んでいく。ブロックされて乱れた体勢で無理やり乱暴なシュートを打たされたと見せかけて、ボードに当たって跳ね返ったボールをさらに跳び上がって右手でつかみ、リングに叩きつけた。

爆発するような歓声が上がって画面が揺れ、音が割れる。

大きく存在感があるテレビに流れているのは、五カ月ほど前の全国大会の予選で撮られたビデオだった。

波留が一人で四十八点を上げて圧勝した試合で、前に住んでいた埼玉県朝霞《あさか》市のチームのメンバーが映っている。

画面の中の無表情な少年は、当時、週に何度も顔を合わせていた面々に囲まれて、機械的にハイタッチを返していた。

この後チームが進んだ全国大会には、波留は出場していない。ちょうど六年生に上がるタイミングで今の団地に引っ越してきて、以来、元チームメイトたちとは一度も連絡を取っていなかった。

隣に座った父がリモコンに手を伸ばすと、その奥で身を縮こまらせていたおばあさんの肩がびくりと跳ねた。

ビデオが一時停止され、部屋の中には沈黙が落ちる。波留の耳には、ザー、という砂の鳴るような音が戻ってくる。

テレビの正面に置かれたL字形のソファに座っているのは、波留と父、そして白髪と黒髪が半々くらいの頭のおばあさん——波留を轢《ひ》いた車の運転手だった。

父は波留よりもさらに七センチ背が高く、二倍ほどの横幅がある。父の隣に座らされたおばあさんは父よりも三十センチ以上小さく、皺《しわ》のない白いシャツから伸びた腕は、父が握れば折れてしまいそうに細い。

昨日の夕方——事故のときの記憶は断片的だ。

突然聞こえた桜介の声に振り向きかけた目が、グレーのプジョーを捉えた。

強いライトに視界が白く潰され、反射的に右足を踏み込んで跳び上がった。

甲高いブレーキ音が響き、ボンネットに乗り上がった身体が放り出された。咄嗟に上体を捻り、左腕で受け身を取った。腕に突き抜けた激痛に視界が暗転し、ライトの残像が火花のように散った。

気づけばすぐ側に桜介がいて、泣き叫んでいた。波留、波留、波留、と裏返った声で繰り返し、真っ青な顔を涙でぐしゃぐしゃにしていた。

波留は腕を押さえて歯を食いしばり、痛みが少しでも少ない体勢を探した。

『波留！』

道の反対側から父の声が飛んできた。

『大丈夫か！』

父は野太い声で叫びながら駆けつけてきて、どこを打った、と波留の前に膝をついた。

波留が、腕だけ、と答えると、すぐに立ち上がり、ガードレールに突っ込んだまま動かない車の運転席へ向かっていった。

父に引きずり出されるようにして車から降りてきたおばあさんは、地面に座り込み、傍《はた》から見てもわかるほどに震えていた。真っ白な顔を波留へ向け、ああ、どうしよう、こんな、と視線をさまよわせながらつぶやいた。

父はおばあさんから免許証を奪い、すばやくメモを取ってから突き返した。

桜介は髪を荒く掻きむしり、幼い泣き顔を晒《さら》していた。

『ごめん、俺がいきなり呼んだりしたから』

波留は『桜介のせいじゃないよ』と答えたが、桜介は首を横に振り続けていた。

やがて聞き慣れたサイレンが響き始め、波留は救急隊員に支えられて救急車に乗り込んだ。

同乗した父は、救急隊員にまくし立てるように事故の状況を説明していた。隊員は興奮した父を宥《なだ》めながら波留に頭を打っていないか確認し、痛いよね、できるだけ揺れないように走るからね、と案じる口調で言った。

運び込まれた病院で検査を受け、下された診断は前腕骨骨幹部骨折というものだった。

神経や動脈の損傷はなく、ひと月ほどでギプスが取れ、六週間もすれば日常生活には支障がなくなるだろうとのことだったが、激しい運動をするためにはさらに最低でもひと月は慎重にリハビリをする必要があるらしかった。

父と二人になったのは、警察の事情聴取を終えて病院を出た後だった。

外はすっかり暗くなっていた。

父は『痛かっただろう』と波留の頭を撫で、『頑張ったな』と柔らかい声で労《ねぎら》った。メモ帳に殴り書きした名前と住所を見せてきて、『今日は何か旨《うま》いもんでも食いに行くか』と笑った。

そして翌日の今日、父は朝一番に、腕を三角巾で吊った波留を連れて運転手の自宅を訪ねた。

保険会社に連絡を取りたいと言うおばあさんを制して強引に家に上がり込み、波留の怪《け》我《が》の状況についてだけ説明すると、持参したビデオをおばあさんの家のテレビで流し始めたのだった。

数秒の間を置いて、父が音を立てて息を吸い込む。

「訴えるということも考えています」

おばあさんが、太腿《ふともも》の上に置いた手で花柄のスカートを握りしめた。

「この子は、来週の大会に懸けてきたんです。毎日毎日練習して……週に二回のクラブチームだけじゃなくて、他の曜日には学校帰りにバスケットゴールがある公園まで行って夜遅くまで自主練をして、学校が休みの日には朝から晩までバスケ漬けで……それでやっとつかんだチャンスでした」

父が、声を微かに震わせる。

「来週の試合に勝てば、チームは関東大会に進めることになっていたんです。この子がいれば勝てるって、チームのみんなも本当に頼りにしてくれて」

感情が高ぶりすぎてこらえきれなくなったというように言葉を止め、音を立てて息を吐いた。

「……本当に、申し訳ありません」

おばあさんが、かすれた声で言って、深く頭を下げる。

「謝ってもらっても、波留の腕は元に戻りません」

父は、低く冷たい声で告げて波留を向いた。波留は目を伏せる。

白く大きなギプスが視界に入った。

肩から伸びた三角巾に吊られた、白く太い塊。

「私たちも、訴訟までして大事《おおごと》にしたいわけではないんです。でも……この子はもう、バスケはできないかもしれない」

おばあさんが大きく息を呑《の》んだ。

父は、肩を細かく震わせ始めたおばあさんを見下ろし、「かわいそうに」とつぶやく。

「人生を懸けて夢を追ってきて、誰よりも努力をして技術を積み上げてきたのに、こんな事故のせいで全部パアですよ」

波留は父の言葉を頭の中でなぞった。もう、バスケはできない。全部パア。けれど、涙らしいものは少しも滲んでこない。

それが、本当にはバスケができなくなったわけではないからなのか、それとも、本当にそうなったとしても変わらないのかはわからなかった。

「ああ……そんな……」

おばあさんは呆然とした顔でギプスを見つめる。

波留は、急速に濁っていくその目から視線を外した。ダイニングテーブルの上にある皿には、食べかけの食パンとスクランブルエッグが載っている。食パンにはいちごジャムがたっぷり塗られていて、スクランブルエッグにはケチャップがかけられていた。

こうしている間にも、刻々と冷め、表面が乾いていく。

小さな悲鳴が聞こえ、顔を向けると、おばあさんが頭をかばっていた。

父はその姿に白々とした表情を向けながら、頭上に上げた腕を後頭部に回し、ガリガリと掻く。腕を膝の上に戻し、深くため息をついてみせた。

「こういうことを言うのはアレですけど、クラブチームっていうのはかなり金がかかるものなんですよ」

おばあさんが、恐る恐る腕を下ろす。できた隙間にねじ込むように、父が続けた。

「恥ずかしい話ですが、妻と離婚して以来、男手一つで息子を育てるのは何かと大変でね。

それでも、この子の夢は応援したいと思って、貯金も切り崩して、借金までして通わせてきたんです。この子もね、いつかプロの選手になって楽させてやるからなんて言って」

父は唇を歪め、遠い目をした。

その芝居がかった表情を、波留は、わずかに滑稽《こっけい》に思う。

父はいつも、バスケなんかいくら上手くなったって金にならないと言っていた。日本にはまだバスケットボールのプロリーグはないし、実業団に入っても引退後の道はほとんどない。波留に向かってそう繰り返してきた父が、同じ口で、プロ選手になって楽させてやる、という言葉を使っている。

おばあさんが、色味を失った唇を開いた。

「あの……もちろん、お金で何とかなるなんて、思っていませんが……」

切れ切れに切り出された言葉に、父はすぐにはうなずかない。口元が緩むのをごまかすように、小さく咳払いをした。

おばあさんは、「少しお待ちいただけますか」と言い、ふらつく足取りでリビングダイニングを出ていった。

ドアが閉められても、父は何も言わない。

波留は、いつの間にか口の中に溜まっていた唾《つば》を飲み込んだ。

——いくらもらえるのだろう。

大事なのは、それだけだった。

たくさんもらえれば、しばらくはこんなことをしなくてもよくなる。

隣の部屋からは、引き出しを開けたり閉めたりする音が続いていた。十万や二十万では、父が納得するわけがない。せめて百万——だけど、そんな大金を保険会社から出るお金とは別に払ってくれるだろうか。

そのとき、突然テレビから歓声が聞こえた。

波留は肩を小さく揺らし、画面を見る。

一時停止が自動的に解除されたらしく、波留が空中でボールを逆手に持ち替えるダブルクラッチを決めたところが流れた。

父から練習するように言われていた、素人にもわかりやすい派手なプレイ。

父が舌打ちをしてリモコンを操作し、ズームアップされていた波留の横顔が消えた。

ほとんど同時に、リビングダイニングのドアが開き、茶封筒を手にしたおばあさんが戻ってくる。

おばあさんはソファの前の床に正座し、波留を見上げた。太腿の上に置かれた手がわずかに浮く。

「ごめんね、痛かったでしょう」

思わず顔を背けると、テレビ横の棚に、孫のものらしい写真がずらりと並べられているのが見えた。笑顔の女の人に抱かれている赤ん坊、千歳飴《ちとせあめ》を手にはにかむ女の子、大きなランドセルを背負って戦うようなポーズを取っている男の子。

壁には、〈おばあちゃん〉と拙《つたな》い文字で書き添えられたクレヨンの絵も飾られていた。額に入れられた絵は表面がピカピカしていて、似顔絵の頬《ほお》の辺りが光っている。

波留が最後に祖母に会ったのは、もう三年も前のことだった。

祖父母は母方も父方も福岡にいて、一年生の頃に両親が離婚するまでは、毎年正月に帰っていた。筑後《ちくご》のおじいちゃんの家に一日、太宰府《だざいふ》のおじいちゃんの家に二日。行く順番も日数も決まっていて、筑後の方はいつも必ず寿司を取ってくれ、太宰府の方は大晦日《おおみそか》に墓参り、元日に初詣《はつもうで》をすることになっていた。

けれど母が出て行ってから、筑後の祖父母に会うことはなくなった。太宰府の家にも、父が仕事を辞めて以降は正月に一度行ったきりだ。

父は祖父母に、仕事を辞めたことを話していなかった。父が所属していた実業団が解散したことは知られているが、父は今もその会社で営業部員として働いていることになっている。

行きの飛行機の中で父から、余計なことを言うなよ、と言われた。余計なことというのが何を意味するのかを考えているうちに祖父母の家に着き、次々に投げかけられる質問に返すべき答えを探しているうちに、『なんね、こん子は、あいそんなかね』と呆れられた。

帰りの飛行機の中でも、帰省するたびに地元の言葉に戻る父に方言で叱られた。

『おまえ、あれ、なんね？　久しぶりに会《お》うたとに、なしてもっと愛想ようできんとね』

『だって……お父さんが余計なこと言うなって』

言い返す標準語は幼く響いて、語尾が上ずった。

『友達がおるかどうかくらい答えたらよかやろ』

父は、おじいちゃんもおばあちゃんもがっかりしとったなと吐き捨てるように言い、アイマスクをして眠ってしまった。

目の前のおばあさんは重たそうな頭をゆっくりとうなだれ、茶封筒をつかむと、父に差し出した。

父は、躊躇いを表現するように時間をかけて茶封筒を受け取る。

波留は父を見た。父は表情を変えずに、茶封筒の口から三つの束をのぞかせる。

波留は顔を前に戻した。視界の端に、干からびた食パンが映る。

――三百万円。

これまでで一番大きな金額だった。

父はいつも早ければ事故の当日、遅くても翌日には運転手の自宅へ行き、今回と同じように波留のビデオを見せて慰謝料を請求してきた。しかし、家にそれほど現金があることはなく、結局相手を銀行まで連れて行ってお金を下ろさせていた。

だが、今回は、いきなり三百万円だ。

――これなら、少なくとも一年間は何もせずに暮らせる。

しばらく痛い思いもしなくて済むし、その間は引っ越しもしなくてよくなる。

柔らかなソファに身体が沈み込んでいく感覚がした。

上手くいった。

それはつまり、これからも同じことを繰り返さなければならなくなるということだった。

上手くいっている限り、父はこの方法をやめない。

急に、部屋の中の重力が変わってしまったかのように、全身が重くだるくなる。

波留は、正面にあるテレビをぼんやりと見つめた。暗くなった画面には、首から下だけが映っている。輪郭が黒い部分に滲んで沈んだ、細長く薄っぺらい身体。

こんなことが、いつまで続くのだろう。

自分はあと何回、同じことを繰り返さなければならないのだろう。

当たりどころが悪くて死ぬまでだ、という答えが、考えるまでもなく脳裏に浮かんだ。

5、長尾豊子

ライトブルーのマーチを車庫に入れ、助手席からレジ袋を持ち上げると、古い油の匂いが鼻先をかすめた。

今日の廃棄分から持ち帰ったのは、コロッケと揚げシュウマイ、かんぴょう巻き、かぼちゃの煮付け、鯖《さば》の塩焼き、大学芋、おかかおにぎりだ。

唐揚げやトンカツは売れ残っても翌日に南蛮漬けや卵とじにして出すから廃棄にならず、普通の寿司や弁当は大抵売り切れる。

売り切れる前に確保しておく方法もあるにはあるが、豊子は他のバイトたちのように好きなものを選ぶことはしなかった。欲しいものを確保し続けていると、それは売れ残る商品だとみなされてラインナップから外されてしまうからだ。

いちいち落胆するのも面倒だし、第一、この店の商品で美味《おい》しいものなど特にない。遅番の子たちからは、育ち盛りの息子がいると思われているようだった。豊子は誤解をあえて否定せず、他の子が取った後に余ったものの中から不自然にならない程度の量をもらって帰ることにしていた。

豊子は錆びて動きが悪くなったアコーディオン門扉を力ずくで閉め、〈長尾〉と彫り込まれた表札の下にある郵便受けを二回揺さぶって開けた。

飲食店の出前メニューや不動産のチラシの中に、ガス代の領収証がある。ぐしゃりと握り込むようにしてまとめて回収した。

レジ袋に突っ込んで右手を空け、ショルダーバッグから鍵のついた紐を引っ張り出す。

所々塗装が剥《は》げた扉の前で立ち止まり、目だけを動かして周囲を探った。

バイクの音がどこかで聞こえる。近づいてくる排気音が、しばらくして遠ざかっていく。

豊子は鍵を回し、今度は顔を向けて通りを窺ってから扉を開けた。すばやく中へ身を滑り込ませ、後ろ手で鍵を締める。

スニーカーを脱いで廊下に足を乗せると、靴下越しにひやりとした硬さが伝わってきた。電気をつけて洗面所へ進み、手洗いとうがいをしてから廊下へ戻る。二階へ上がる階段の後ろ側へ回り、積み上げられた空の段ボール箱を順番にどかし始めた。

下から現れたのは、床と同色で合わせたベニヤ板だった。

膝をついて板の端に爪を引っかけ、そっと持ち上げる。廊下の壁に立てかけて振り向くと、穴の奥には光が届ききらない階段があった。

立った状態で見えるのは数段だけで、奥に行くほどに暗く、先が見えなくなっていく。

ここに引っ越してきたばかりの五歳の頃、豊子はこの階段が怖かった。

下りたら、もう戻れなくなるかもしれない。この先には底のない穴が広がっていて、落ちればそのまま延々と落ち続けることになるのかもしれない。

連想したのは、当時よく母が読み聞かせてくれていた『ふしぎの国のアリス』のワンシーンだった。自分ではどうやっても這い上がれないくらい深くまで落ちて、でもその先にはきっと、飲むと小さくなる瓶も食べると大きくなるケーキもない。

拙い語彙《ごい》で恐怖を説明する豊子を、両親は笑った。大丈夫よ、そんなに怖いならお母さんが抱っこして下りてあげるから。そうだ、一度下りてみればどうってことないってわかるぞ。

泣きながら首を振り続けていると、母は『じゃあ、お母さんが下りてみるから、豊子はここで待ってなさい』と手を離した。行かせてしまったら二度とお母さんに会えなくなる。豊子は慌ててしがみつき、結局母に抱えられて下りることになった。

両目をきつくつむり、息を止めた。一人で残されるくらいならお母さんと死んだ方がましだ、と懸命に自分に言い聞かせ——けれど階段を下りきった先、木の扉の奥にあったのは、たしかに他の部屋と変わらないように見える地下室だった。

壁一面が本棚になっていて、その前に大きなドラムセットが置かれていた。天井は低いものの、リビングと同じくらいの広さがあるからか圧迫感はない。

一階よりもほんの少しだけ庭側へ出っ張っている部分の天井が、細長い天窓になっていた。地上から射し込む光が、部屋の中に美しく透明な滑り台を作り出している。

すごいだろう、と父は胸を張った。天窓も二重で防音用サッシを使っているから、閉めてしまえばほとんど音が漏れないんだ。

だが、父の言葉は、豊子に別の恐怖を植えつけた。

もし、自分が地下室にいることに気づかずに、誰かがドアの鍵を締めてしまったら？

間違えてドアの前に物を置いてしまったら？

この懸念も、両親は一蹴《いっしゅう》した。ドアに鍵はついていないし、内開きだから内側から開けられなくなることもない。天窓だってフック棒を使えば開閉できる。開けて大声を出せばちゃんと外に声も届くし、豊子くらい小さければ窓から出ることもできるのだと笑顔で説明した。

両親の言うことが理解できないわけではなかったし、実際、恐れていたような事態に陥ったことは三十年間一度もなかった。

しかしそれでも、未だに豊子は地下室への階段を下りるとき、腹の底で何かが蠢《うごめ》くような落ち着かなさを覚える。この先には進んではいけないのではないか。この奥には、何か怖いものがあるのではないか、と。

豊子は床に置いておいたレジ袋を左手でまとめて拾い上げ、右手で壁を伝いながら階段を下り始めた。一歩踏み出すごとに、古い階段はギシギシと軋《きし》む。

扉の前に着くと、息を短く吐いてから腕を上げてノックをした。

応えはなく、しんとした静寂だけが続いている。

「ただいま」

豊子が声をかけると、部屋の中で立ち上がる気配がした。箱をどかす物音が続き、ゆっくりとドアが引き開かれる。

「おかえり」

百八十センチ近い男は、二十センチほど背が低い豊子の額辺りを見て言った。豊子はもう一度「ただいま」と繰り返し、薄暗い室内に足を踏み入れる。

地下室には、父親の本棚とドラムセットの他には、敷きっ放しの布団と小さなテレビとローテーブルと扇風機しかない。照明は消され、室内は消音にされたテレビの灯りだけで照らされていた。

その、出たときと何ら変わりがない光景に、豊子は頰を和らげる。

ドア横のスイッチを押して蛍光灯をつけると、白々した光が薄闇を飲み込んだ。天窓全体を覆う臙脂《えんじ》色のロールスクリーン、部屋中に赤外線センサーのように張り巡らされたビニール紐が浮かび上がる。

紐には様々なクリーニング店を利用するたびに増えていった黒や青や白の統一感のないハンガーがぶら下がっていて、男の背後には洗濯物の山があった。バスタオル、タオル、部屋着、外出着、下着、靴下に分けて丁寧に畳まれている。

男が豊子に背を向け、分厚い上体を静かに屈めた。腋《わき》が黄ばんで襟首が大きくたるんだTシャツから長い腕が伸び、右手に豊子の部屋着が、左手に下着がつかまれる。

無言で差し出された下着には、洗っても落ちない汚れがうっすらと染み込んでいた。ナプキンから漏れた経血の跡は便の拭き残しのようにしか見えず、豊子は耳の裏が微かに熱くなるのを感じる。

「ありがとう」

物々交換のようにレジ袋を渡すと、男の腹が鳴る音が八畳ほどの空間に響いた。

男の唇が、笑みの形を作る。

豊子は渡された洗濯物を、ドアの横にずらされた本入りの段ボール箱の上に載せ、ローテーブルに転がったリモコンをつかんでテレビの音量を上げた。

途端に、爆発するような笑い声が画面から飛び出してくる。

若手お笑い芸人のコントを集めた、母が生前によく観ていた番組だった。よりによってコントを消音で観ても面白くないだろうに、と豊子は横目で男を見る。

男はレジ袋を開けて郵便物をよけ、惣菜のパックを取り出していた。ローテーブルの奥にあぐらをかき、割り箸を口にくわえて器用に割る。向かいに豊子が座るのを待たず、コロッケの中身をほじくり出して食べ始めた。

豊子は割り箸を親指で挟んで手を揃え、いただきます、と頭を下げてから、かぼちゃの煮付けに箸をつける。

テレビへ顔を向けると、ちょうど前のコントが終わり、入れ替わりに次の芸人が現れるところだった。

真っ白い特攻服姿の二人組は、『ブルルン、ブルルン』と声と手の動きでバイクを走らせる身振りをしながらステージの中央に出てくる。

『今日は壁にスプレーで書く文字決めてきたんや』

パンチパーマの男が手に持っていたフリップを広げた。

〈ブラックハンター参上！〉

たまにトンネルやシャッターで見かける暴走族の落書きだ。豊子は画面左上のテロップで〈ブラックハンター〉というコンビ名を確認し、揚げシュウマイを口に放り込む。

パンチパーマがフリップをめくった。

『よろしく！』

〈夜露死井〉

『よろしいって褒《ほ》めとるやないかい！』

リーゼントがすかさずツッコミを入れると、スタジオが小さく沸いた。パンチパーマが次のフリップを出す。

『喧嘩《けんか》上等！』

〈喧嘩上手〉

『上手ってまた褒めとるがな！』

爆笑というほどではない笑いが上がり、つられて豊子も口元を緩ませながら隣を見る。

男は首を前に伸ばし、目をすがめてテレビを観ていた。喧嘩上手、と無表情でつぶやき、おもむろに立ち上がる。扇風機の前に座り直し、回転し続ける羽根に顔を近づけた。おにぎりのラップを親指で突き破り、背中を丸めたまま無言でかぶりつく。

豊子はリモコンを手に取り、チャンネルを替えた。

画面に、ちゃぶ台の前に座った裸の男が現れる。

もじゃもじゃと膨らんだ髪、口周りに生えた髭《ひげ》、肩や腕や腹には肉がほとんどついていない。カーテンのない四畳半の和室には、不揃いな大きさの段ボールや家電らしきものが雑多に詰め込まれ、畳に直《じか》に置かれたテレビには地球儀が載っていた。奥の壁には広末《ひろすえ》涼子《りょうこ》のポスターが貼られ、右端には雑誌が整然と並べられたマガジンラックが映っている。

映像が次々に切り替わり、裸の男がカメラの前で白目を剝《む》きながらしゃべり始めた。すぐに再びカットされ、マガジンラックとちゃぶ台以外何もない写真の上に〈なすびの懸賞日記〉という文字が重なる。

ああ、これが、と豊子は思った。

番組自体を観たことはなかったが、アルバイトの誰かが話しているのを聞いたことがある。アパートの一室に閉じ込められ、懸賞で当たったものだけで生活させられている男を観察する番組だ。

本人はテレビで放送されていることを知らずに全裸で室内を歩き回り、股間はコミカルな茄子《なす》のイラストで隠されている。毎週何千枚とハガキを書き続け、食べ物がないときはドッグフードを食べているという話だったが、画面の中でのんびりとぼやき、よく動く男には悲哀のようなものは感じられなかった。

何かが当選するたびに細長い全身を使って踊る。食べ物が当たらないことを嘆《なげ》きながらも、これといって使いみちのない当選品でひょうきんに遊ぶ。ここが笑うところなのだと示すように入るナレーションと笑い声に、豊子は何がおかしいのかもわからないままに笑う。男が落胆する。笑う。男が呆然《ぼうぜん》とする。笑う。男が狼狽《ろうばい》する。笑う。

とにかく食べ物が当たりますようにと祈る男を見ながら鯖の塩焼きをつつき、〈今週の懸賞応募〉と流れ始めたテロップを眺める。

腕時計196通、米「ひとめぼれ」100通、フルーツジュース100通、スイカ50通、広末涼子ホワイトボード10通——計1397通。続いて〈今週の懸賞当選〉が金額つきで紹介され、〈ゴールの100万円まであと55万3310円〉というテロップにどよめきの効果音が添えられる。

「意外と懸賞って当たるものなのね」

豊子は鯖を咀嚼しながらつぶやいた。

男は答えず、扇風機に顔を向けたままぼんやりしている。

テレビ画面に無人島という文字が現れ、あっさりと次のコーナーへ切り替わった。

もう終わりなのか、と少しだけ名残惜しく感じ、これくらい短くまとめられているから面白いのかもしれない、と思い直す。

延々と千何百枚もハガキを書いているところを見せられても、すぐに飽きてしまう。そう考えて、ふと、番組では応募ハガキを書いているところはほとんど流れなかったと気づいた。

五分ほどのコーナーは、ドアがノックされて当選かと胸を躍らせた男がいそいそと玄関へ向かい、受け取った品を披露するという展開の繰り返しだった。単調になりかねない映像がナレーションと効果音でドラマチックにまとめられていて、だからこそ豊子も、意外に当たるものなのだと感じた。

けれど、数点の当選の裏には、千何百枚もの応募ハガキが存在する。一週間にそれだけの枚数のハガキを書くというのが少しも想像できなくて、想像しなくていいようにできているのだということにゾッとした。

豊子はテレビを消す。落ちた静寂の中に、扇風機の音が浮かび上がる。

男は、先ほどと変わらない姿勢で座っていた。

三枚九百八十円の紳士用肌着と綿百パーセントのトランクス。豊子が買ってきた、服とは呼べないそれだけを身に着け、寝ては起き、排泄《はいせつ》し、食事を摂《と》り、洗濯物を干し、畳み、一階に上がって風呂に入り、歯を磨き、また戻ってきて眠る。

豊子はテレビ画面に顔を向けながら、二年前よりもわずかに丸くなったように見える男の横顔を視界の端で眺めた。

第二章

1、平良正太郎

車を降りて深く息を吸い込むと、ひと雨来そうな匂いが鼻先をかすめた。

正太郎は凝った首をゴキゴキと鳴らしてから、計約四千七百戸のマンモス団地の中を迷いなく歩き始める。

目的地はF棟の一〇四号室。事件直前、現場となった学習塾の前で被疑者を目撃した加藤祐子と大輝の家だった。

息子の大輝が戸川の授業を受けていたのは、十七時から十八時までの一時間。

祐子が教室に息子を送り届けて一度自宅へ帰り、再び息子を迎えに来たのは十七時五十五分のことだった。

その時点で、既《すで》に男は教室の前にいた。

という。

黒いTシャツとグレーの作業ズボン姿の男を見て、祐子はまず出入りの業者かと思った
しかし男は何らかの作業をする様子もなく、何も持たずに扉の前で直立していた。

祐子は男が中へ入ろうとしないのを訝しく思いながら、会釈をして男の脇を通り過ぎた。

教室へ入り、大輝の後片付けを見守っていた戸川に『外に業者さんみたいな人がいましたけど』と声をかけたところ、戸川は『業者？』と首を捻った。

けれど戸川が外へ様子を見に行くことはなく、いつものようにその日の学習内容を祐子に報告し、来週の予定についてカレンダーを見せながら大輝と確認した。

祐子が大輝を連れて教室を出たのは、十八時五分。

男は、十分前に祐子が見たのと同じ場所に、同じ姿勢で立っていた。

祐子はぎょっとしたが、『あの、授業は終わりました』と声をかけると、男は『ありがとうございます』と静かな声音で言って、ゆっくりと頭を下げたという。

祐子は帰途につきながら、あれは誰だったのだろう、と考えた。

戸川の反応からして、約束をしていたわけではなさそうだった。営業に来た業者なのかもしれないとも考えたが、それならチャイムも鳴らさずに外で十分以上も待ち続けていたのは不自然だ。

何となく気持ち悪いなと感じたが、祐子は戻ることはしなかった。一度帰り始めた道を

引き返せば、息子がぐずりそうだったからだ。

ここで祐子は男について考えるのを止《や》め、思考は帰宅後の夕飯や風呂の段取りに移っていった。

祐子は、あのとき自分が声をかけたから、男は中に入ってしまったのかもしれない、と自らの行動を悔いているようだった。もし引き返していれば、男を止められたのではないか、と。

だが正太郎は、どちらにしても結果は同じだっただろう、と考えていた。

阿久津は、戸川の元教え子だった。

祐子に声をかけられなくても、阿久津はチャイムを鳴らしていただろうし、戸川も教室に迎え入れていただろう。

もし祐子たちが戻っていたら、彼女たちの身にまで危険が及んでいた可能性もある。

正太郎はそう説明して祐子を宥めたが、祐子は顔をうつむけるだけで納得してはいないようだった。

うちの子が泣くんです、と祐子は弱りきったようにつぶやいた。

『戸川先生は、戸川先生はって……もう戸川先生はいないんだよって話しても、いやだ、お教室に行くって聞かなくて』

『随分といい先生だったんですね』

正太郎が言うと、はい、と真っ直ぐにうなずいた。

『あんなにいい先生は他にいません。本当に親身になって大輝のことを考えてくれて……私も、戸川先生に出会えていなかったら、今頃、息子と無理心中をしていたかもしれません』


実のところ、こうした証言は他の保護者からも寄せられていた。

戸川先生の教室に通うようになって、癇癪《かんしゃく》を起こしてばかりだった娘が驚くほど落ち着いた。

息子は学校には行きたがらないのに、戸川先生の教室にはいつも楽しそうに通っていて、だから急に教室がなくなったことを受け止められずにパニックを起こしている。

戸川先生に相談に乗ってもらえたことで、自分自身もこの子と生きる人生を肯定的に捉えられるようになった。

戸川を悪く言う声は一つもなかった。誰もが、なぜよりによって戸川が殺されなければならなかったのかと疑問と憤りを覚えているようだった。

生徒からは詳しい証言を引き出すのが難しかったが、話を聞くことができた子どもの全員が、戸川について、優しい、好き、会いたい、と好意的な言葉を口にしていた。

戸川が自宅の一階を改装して開いていた教室は、学校の勉強についていけない子ども、知的・情緒に障害のある子ども、不登校の子どもなどを受け入れる個別指導塾だった。

元々は、学校の授業の復習や宿題の補助をする学習支援塾だったが、一九六五年に開塾して数年が経った頃、家で勉強をしていると弟が邪魔ばかりしてくるからできない、と訴える生徒がいたらしい。

試しに生徒の自宅へ行って勉強を教え始めてみると、たしかに弟は何度も部屋に入ってきて叫び、母親が止めようとすると泣きわめいて暴れ、勉強どころではなくなってしまった。

この子のせいでお姉ちゃんまで落ちこぼれてしまう、と嘆く母親に、戸川は、よかったら弟くんの勉強も見させてもらえませんか、と提案した。

同じ部屋で姉の方には小学校の宿題を、弟の方にはひらがなの書き方を教え始めたところ、弟は嘘《うそ》のように落ち着き、熱中し始めた。同じ文字を何度でも繰り返し書き、戸川が帰ってからも、机にかじりついてひらがなの練習をするようになったという。

すごい集中力ですよ、と戸川は弟を褒めた。きっとお姉ちゃんが勉強しているのを見ながら、自分もやってみたいと思っていたんでしょう。この子の中には、抑えきれないくらいのやる気とパワーが満ち満ちているんですよ。

戸川は、ノートの数ページにわたってびっしりと並んだ〈か〉の字を柔らかく見つめ、この子の目には世界はどんなふうに見えているのかなあ、と眩《まぶ》しそうに目を細めた。

その後も戸川は、指導に来るたびに弟の意欲を引き出していった。好きなこと、得意なことを次々に見つけて笑顔が増えていく息子を見て、母親は、いつの間にか自分が下の子を自分たちの人生を台無しにする存在のようにしか感じられなくなっていたことに気づいたという。

運動会やお遊戯会、卒園式や入学式など、集団で行うイベントのたびに恥ずかしさと申し訳なさを感じていた。他の子と同じようにやれない息子に夫は苛立《いらだ》ち、参観にも来なくなった。夫からは、おまえの育て方が悪いせいだと責められ続けていた。

他に相談できる相手もおらず、もうこの子を捨ててしまいたいとさえ考えるようになっていた頃、戸川に出会った。本当に楽しそうに息子と関わり、息子のことをいい子だと断言してくれた戸川のおかげで、息子に対して「みんなと同じことができるように直さなければ」と思い詰めていたところから解放されたのだそうだ。

そして、その話が広まったことで、戸川の元には様々な子どもが預けられるようになっていったのだった。

教え子の中には、阿久津のように既に「卒業」して成人していた者も少なくなかったが、捜査員が手分けをして元教え子やその保護者から話を聞いていっても、戸川の評判が覆《くつがえ》されることはなかった。

聞けば聞くほど、戸川は人格者だった。

生徒が社会で生きていきやすくなるように、と両親の相談にもこまめに乗り、進学先や就職先の見学にも同行した。

塾に残されていた一人ひとりの生徒ごとに分けられたノートには、その子の好きなものや苦手なもの、こだわりや効果があった指導方法などがびっしりと書き込まれていた。どうすればそれぞれの子どもにとって集中力を発揮しやすい環境を作れるかに腐心し、勉強する際の机や椅子の配置も生徒によって変えていた。

生徒の絵や、文字を練習した紙も丁寧にファイリングされており、生徒からもらった手紙は、コピー用紙の切れ端に書かれたようなものであっても、木箱の中に大切に保管されていた。

あまりに塾の指導にのめり込み過ぎて、戸川の妻は出て行ってしまったらしい。保護者や近所の人から再婚しないのかと訊かれるたびに、戸川は、私は自分の家庭はいいんですよ、と笑って答えていた。自分の子どもを作らなくても、私にはもう子どもがたくさんいますから、と。

体罰や虐待を思わせるようなエピソードは、どれだけ調べても出てこなかった。

なぜ、そんな人が殺されたのか。

阿久津と戸川の間には、何があったのか。

それは未だに、まったくわかっていない。

加藤という表札がかかった扉の前に着くと、正太郎は一つ息を吐いてからチャイムに指を沈めた。

ピンポーン、という間延びした音が響き、正太郎が名乗るよりも早くドアが開く。

「ご苦労様です」

現れた加藤祐子は小さく頭を下げ、正太郎と大矢を中へ促した。

「お忙しいところ、何度もすみません」

正太郎は会釈をしながら革靴を脱ぎ、用意されていたスリッパに履き替える。

玄関の真ん中には、赤いビニールテープが靴跡のような形に貼られていた。廊下の脇には、小石が等間隔に並べられている。

通されたのは、四人がけのダイニングテーブルだった。出された麦茶に礼を言うと、向かいの席に腰を下ろした祐子は、

「何かわかったんでしょうか」

と期待を込めた顔を向けてきた。

「残念ですが、逮捕に繋がるようなことはまだ」

「そうですか」

落胆を滲ませて目を伏せる。

正太郎が口を開くのと同時に「でも」と声のトーンを上げた。

「こうして捜査は続けてくださっているんですもんね。きっともうすぐ犯人も見つかりま

すよね」

　正太郎は大矢と軽く目配せをしてから、「それでですね、今日は大輝くんが戸川塾で受けていた授業の内容をおうかがいしたくて」と切り出す。

「授業の内容？」

　祐子は意外そうに語尾を上げた。

「一応、前にもお話ししたことがありますけど……」

　阿久津の動機について調べを進める中で、最初に挙がったのは、保護者の目が届かない授業中に何か意に染まないことを戸川からされていたのではないか、という推測だった。

　戸川の評判は主に保護者からのものだ。生徒の中には知らない大人から話を聞かれることに抵抗を示す子どもも少なくなく、表に出てきていない出来事があった可能性は十分にある。それが殺害の動機に繋がったのではないかというのが捜査本部の考えだった。

　たとえば戸川が、親に「言いつけ」られない子どもばかりを選んで、体罰や虐待をしていたとしたら――阿久津がそうした被害を受けていた一人だったとすれば。

　阿久津は、結婚していた時期には元妻に対して戸川を慕《した》う発言をしていたという。だが、その後に、昔自分がされていたことの意味を理解したという線はありうる。

　阿久津弦は、昭和三十六年六月十九日、神奈川県横浜市旭区南本宿町で、阿久津修一《しゅういち》、栄子《えいこ》の長男として生まれた。

乳幼児健診では発達が遅めだと言われていたものの、幼稚園では特に課題のある子どもだと見なされることはなかった。

阿久津が「問題がある」と言われるようになったのは、小学校に上がってからだ。学年で一人だけ、なかなかひらがなが書けるようにならなかった。一桁同士の足し算で躓《つまず》いた。担任の教師は母親へ連絡し、家庭でも指導をするようにと注意した。

だが、実のところ、母親は既に毎日何時間もかけて息子の勉強を見ていた。つきっきりで何十回もひらがなを書かせ、算数の問題を解かせ、間違いを正し続けていたのだ。

それでも阿久津はどうしても授業についていけなかった。板書をノートに書き写せなかったり、指示をすぐに忘れてしまったりする阿久津を、ある教師は教室にいないものとして扱い、またある教師は、馬鹿、グズ、のろま、と罵倒《ばとう》した。

三年生になると、阿久津は教師に向かって反抗したり、授業中に教室を飛び出したり、学校の備品を壊したりするようになった。同級生との喧嘩が増え、家でも完全に勉強を拒否するようになった。

戸川の塾を訪れたのは六年生の頃。塾の評判を聞いた母親が入塾させることを希望し、父親が引きずるようにして連れて行った。

当初、阿久津は暴れ、不貞腐《ふてくさ》れ、戸川に暴言を吐いていたが、二カ月ほど経つ頃から急速に落ち着き始めた。相変わらず勉強はできなかったものの、学校で問題を起こすことが減り、クラスにも馴染《なじ》むようになっていったという。

その後は、中学三年生のときに校内で同級生に暴力を振るい、補導されたことがあったきりで、高校卒業後には学科試験で十回以上落ちながらも何とか運転免許を取り、市内の建築会社に就職していた。

経歴を見る限り、戸川との出会いは、阿久津にとって人生を好転させる転機となるものだったとしか思えなかった。

現時点で調べがついた範囲では、阿久津は十七歳の頃、高校三年生に上がったのを機に塾を辞めて以降は、事件当日まで戸川に会いに行った様子がない。退塾の経緯《いきさつ》も、もうどうせ進級も進学もしないのだから塾は不要だろうという父親の判断によるもので、特に揉めたわけでもないようだった。必然的に、教室に通っていた時期に動機の原因があったとする見方で聞き込みを続けるしかなかった。

阿久津の目撃者である加藤祐子に対しては、当日の阿久津の様子についての事情聴取が主ではあったが、他の保護者と同様に授業中の様子についての質問もされてきたはずだ。

「何度もお尋ねして申し訳ありません」

正太郎が目礼をすると、祐子は「それはいいんですけど」と視線を泳がせた。

「でも、もう二年も前の話だし、どこまで覚えているか……」

「どんなことでもいいんです。前に別の捜査員に話したことでも、何かしら新しい発見があるかもしれません」

説き伏せるように言ったのは、正太郎の隣に座った大矢だった。

「阿久津は一七九センチと背が高く、ガタイも良くて目立ちます。目の下には特徴的なほくろもあります。それなのに、全国に指名手配して二年間も足取りがつかめていないとなると、誰かが匿《かくま》っている可能性が高いと思われます」

大矢は、身を乗り出し、祐子を真っ直ぐに見つめながら続ける。

「もちろん我々も、阿久津の関係者などの線はひと通り当たりました。それでも見つからないということは、おそらく、まだ見えていない線があるんだと思うんです」

祐子の眉間《みけん》に皺が寄った。

「それは……私たちの誰かが匿っているんじゃないかってことですか？」

「いえ、そうではなく、何か動機の線が見えれば、そこから匿っている人間の人物像が浮かび上がってくるかもしれないと」

たとえば同じ被害の経験者なら、犯人蔵匿罪《ぞうとくざい》に問われるリスクを冒したとしても、阿久津の動機に共感し、匿う決断をするということはありうる。

「だけど、大輝の授業内容を調べても……戸川先生は、生徒によって授業内容を変えていましたし」

「あくまでも大輝くんの場合で結構です」

「そう言われても、大輝は三年間も教室に通っていましたし……その中の何をお話しすればいいのか」

祐子は戸惑いを露《あら》わに、記憶を探るように宙を見上げた。正太郎はメモを取りかけて、ふと顔を上げる。

「今、生徒によって授業内容を変えていたとおっしゃいましたが、どうして他のお子さんの授業内容についてもご存じなんですか」

祐子は視線を正太郎へ戻した。

「戸川塾は個別指導塾ですよね。他のお子さんの授業を見学するような機会もあったんでしょうか」

正太郎が問いを重ねると、祐子は目をしばたたかせ、「ああ、そう言えば」と口にする。

「ある日、戸川先生が、他のお子さんと一緒に授業を受けてみませんか、と提案してくれたことがあったんです」

ほお、と正太郎は相槌《あいづち》を打った。

「それは、学校の授業のような？」

「いいえ、二人です。大輝と同じように戸川先生の教室に通っていた玲人《れいと》くんという子で、ダウン症のお子さんでした」

正太郎はすばやくメモを書きつける。捜査会議では出てこなかった話だ。

「大輝は他のお子さんがいるとパニックになることが多いので、最初は大丈夫かなと心配しました。せっかく先生と信頼関係が築けて落ち着いてきているのに、わざわざトラブルになるようなことをしなくてもいいんじゃないかって……」

でも、と祐子はわずかに目を細めた。

「びっくりするくらい上手くいったんです。大輝は子どもの甲高い声や大きい声が苦手で、積極的に近づいて来られるのも嫌がる方なんですけど、玲人くんは本当に穏やかで優しくて、いきなり大きい声を出したりすることもないから、大輝も安心していられたようで」

「なるほど」

「その日はお絵かきをしたんですけど、戸川先生は、たとえば大輝には鉛筆での下描きの時間を長めに取ってくれて、玲人くんには最初から絵の具を使わせて、筆じゃなくて指で描いてもいいよと声をかけたりしていました。それで私、こうやって一人ひとりの子に合った方法を見つけてくれているんだって、感動したんです」

「お母さんも教室で見ていたんですね？」

はい、と祐子はうなずく。

「玲人くんがきれいな色だねって大輝の絵を指さして言ってくれて、大輝も嬉しかったのか、その色をたくさん使って描いて自分から玲人くんに見せに行ったりして……家族や先生とだけじゃなくて、子ども同士でやり取りをしているところを見られたのが嬉しくて、私、こっそり泣いてしまいました。ああ、この子はこんなふうに人と関わることもできるんだって」

　そのときのことを思い出したように、祐子の目が微かに潤《うる》んだ。

「戸川先生は、大輝の人生のことを考えてくれていたんです。どうやったって親は先に死んでしまう。その先もこの子の人生は続いていく。だから、関わりの中で生きていく力を身につけられるように、少しずついろんな経験をさせてあげましょうって」

　手元の麦茶に視線を落とし、水滴を指先で撫でる。

「大輝が今通っている中学校を調べてきてくれたのも戸川先生でした。個人の特性に合わせた指導に力を入れている学校で、うちからはちょっと遠いんですけど、大輝くんは電車が好きだから毎日電車に乗れるのは楽しいんじゃないかなって……見学にも一緒に行ってくれて」

　メモを取っていた正太郎の手が止まった。

　紙の上で、インクが黒い染みを作っていく。

　一人ひとりの子どもに根気強く寄り添い、その子にとって最も適した接し方を模索し続け、時間と労力をかけて子どものために動いてきた――そんな人間が、一方で別の子どもを虐待していたなんてことが、本当にありうるのかどうか。

「戸川先生が誰かに恨《うら》まれていたなんて、絶対にありえません」

祐子は強い口調で断言した。

2、橋本波留

波留はもう十五分も、スーパーのアイス売り場にいた。

右手にはオレンジ色のかごを、肩から吊られた左手には隣の惣菜屋で買った唐揚げの袋とおつりの二百九十二円を握りしめ、色とりどりのアイスが並んだ棚を端から順番に見ている。

アイスを買うのなんて、半年ぶりだった。

いつもは夕飯のためにもらえるお金は三百円だから、カップラーメンとおにぎりを買うくらいしかできない。

毎日のおつりを少しずつ貯めて、たまに惣菜屋で半額セールの揚げ物を買うことはあったものの、それ以外はこっそり持ち帰ってきた給食のパンを食べたり、冷蔵庫の牛乳をがぶ飲みしたり、いろんなスーパーの試食コーナーを回ったりして、空腹をごまかしてきた。

それを今日は五百円ももらえたのは、あのおばあさんのおかげだった。

外食はいつも事故の当日だけなのに、三百万円がもらえた日にも、父はラーメン屋に連れて行ってくれた。

古い煉瓦色のビルの一階にあるラーメン屋は狭く、カウンター席しかなかった。クリーム色の壁の至るところに手書きのメニューが貼られていて、席の前には割り箸やティッシュの箱や胡椒《こしょう》や小さな壺《つぼ》のようなものが所狭しと置かれていた。

『らっしゃい！』と怒鳴るような店員の声に、父は慣れた様子でチャーシュー麺大盛り麺硬め、と答えた。

『チャー大硬め！』

頭に白いタオルを巻いた店員が叫びながら水のグラスを置き、波留を向く。

波留が店内を見回すと、父が『こいつも同じで』と言った。

『あと煮玉子と半ライスもつけてやって』

『あいよ！』という威勢の良い声と共に店員が離れていく。

『ここ、店は汚いけど旨いんだよ』

父はテーブルに肘をついて言った。

そうなんだ、と相槌を打つ波留の声がわずかに上ずる。

店の奥に置かれたテレビを見始めた父の横顔を、じっと見つめた。

どん、と目の前に置かれたラーメンは山盛りで、分厚いチャーシューが五枚も載っていた。父が割り箸を取って渡してくれて、見様見真似でまずはスープから飲む。

たっぷりと脂が浮いた茶色いスープは、熱くて濃くて、食道の中を下りていくのがよくわかった。痺《しび》れるような塩気が身体の隅々まで染み渡っていく。

『どんどん食ってデカくなれよ』

父は麺をすすりながら波留の背中を叩いた。波留はうなずいて箸を割り、重たさを感じるほどの麺を勢いよく吸い込む。

もちもちした歯ごたえを味わう間もなく一気に平らげ、取っておいた半熟の煮玉子に箸をつけた。味がよく染みた煮玉子はぷるぷるしていて、ずっと口の中に入れておきたくなる。

残ったスープをちびちびと飲んでいると、父が『全部飲むなって』と波留を小突き、半ライスの入った茶碗をひっくり返した。茶色いスープの中に白いご飯の粒が沈み、膨らんでいく。

箸で取ろうとしたら二粒しかすくえず、レンゲに持ち替えて口の中へかき込んでいった。

『このスープさえあれば一生暮らせる気がする』

波留がつぶやくと、父は『おまえ大げさだな』と笑い、店員が『嬉しいねえ』と目を細めた。

『息子さん?』

『おう、似てるだろ』

『うん、そっくりだ』

店員の言葉に、父が照れくさそうに笑い、波留の頭に手を置いた。

『俺の自慢の息子だからさ』

波留は、何度も思い返しているせいで擦り切れそうになっている記憶を煮玉子のようにしつこく味わいながら、かごを見下ろした。

かごには既に、九十八円のカップ焼きそばと、八十八円のピザポテトが入っている。二百九十二円に収めるためには、あとどのくらいお金を使って大丈夫なのか。

算数の問題のような計算を、波留は毎日このスーパーで繰り返してきた。けれど、消費税の計算が難しく、いつも正確にはできない。

波留はかごを床に置いて指を折りながら、懸命に計算していく。焼きそばがざっくり百円だとして、ピザポテトが大体九十円くらいだから百九十円――つまり二百九十二引く百九十で百二。たぶん百円以内のアイスなら買えるはずだ。

波留はさらに数分迷ってから、九十八円のチョコモナカジャンボを手に取った。前に桜介たちが練習後に買って食べていたものだ。ひとかけらだけ割ってもらったアイスは、サクサクした皮とパリパリした板チョコが信じられないくらい美味しかった。あれを今日は丸々一個食べられるのだと思うと、唾液が膨らんでくる。

レジへと進み、バーコードが読み取られるたびに加算されていく数字を息を止めて見守った。

「二百九十八円になります」

ハッと、手の中のお金を見下ろす。

――六円足りない。

「あ、えっと……」

店員が首を伸ばして波留の手のひらを見た。

「どれかをお抜きしましょうか?」

波留は拳を握り、かごの中を見下ろす。咄嗟に、繰り返し食べすぎて飽きてきているカップ焼きそばを指さした。

店員はすばやくレジを操作し、「お値段が変わりまして、百九十五円になります」と言った。

波留は百円玉二枚をキャッシュトレイに載せ、五円のおつりを受け取る。

ビルの出口へと向かいながら、耳の奥の音が膨らんでいくのを感じた。外へ出た途端に蒸した空気が全身を包み、さらに音がくぐもっていく。

どう考えても、ピザポテトの方を戻すべきだった。

カップ焼きそばがなければ、足りるわけがない。

音を振り切るように足早に歩き、駅の反対側へ下りて、いつも桜介と練習をしているのとは別の小さな児童公園へ向かった。ベンチに座り、誰もいない園内を眺めながらアイスと唐揚げを食べていくうちに、満たされていないはずのお腹が重くなっていく。

——そもそも、お菓子なんか買ったりしないで、お金を貯めておいた方がよかったんじゃないか。

もうすぐ夏休みが始まり、給食がなくなる。しばらくバスケはできないからその分お腹は空きにくくなるけれど、毎日ご飯代をもらえるとは限らないのに。

波留はポケットの中身を取り出すと、くしゃくしゃになった二枚のレシートと九十七円を見下ろした。もう一度ポケットに戻し、誰かがいたずらをしたのか鎖が絡まって短くなっているブランコを眺める。

ブランコは小さく揺れていた。キィ、キィ。微かに軋む音が、波留の耳にだけ届く。

ベンチの背もたれに首を預け、座っているだけなのに額に滲んでくる汗を手の甲で拭った。

暮れ始めた空には、いろいろな色の雲が浮かんでいる。赤、オレンジ、ピンク、紫、灰色、白——

今日は試合の日か、とぼんやり思った。

ドリブルが刻むリズムとバスケットシューズがコートの床を擦る音が、遠くから聞こえる蝉の声と混ざり合って頭の中で反響する。

ギプスへ視線を向けると、表面には、チームメイトからのメッセージがぎっしりと書き込まれていた。

〈早くなおせよ〉〈まってるぜ！〉〈おれたちが関東へつなげておくから安心しろ〉〈リハビリがんばれ！〉——その中で、波留の目は桜介からのメッセージの上で止まる。

〈ごめん〉

短く、かすれた文字で書かれた言葉。

ギプスの内側に痒みを感じ、掻きむしりたくなった。だけど指は届かず、縁《ふち》からはみ出た部分に爪を立てることしかできない。

これまで波留は、四つのクラブチームを転々としてきた。必ず大きな大会の直前に交通事故に遭って怪我をして出場できなくなり、そのたびにチームメイトたちから励まされてきた。

誰もが、波留の無念を疑っていないようだった。

どのチームでもみな、波留を懸命に慰め、「不運な事故」を嘆き、快復を心待ちにしてくれた。

けれど波留は、事故のすぐ後に父と報告に行って以降は、いつも二度とクラブチームには顔を出さなかった。

怪我がひと目見てわからない程度まで治れば、その時点で次の街に引っ越してきたからだ。

同じ街で交通事故を繰り返していれば不審に思われる、もうバスケができなくなったという設定で慰謝料をもらっているのに、またバスケをやっているのが見つかったら面倒なことになる、というのが父の考えだった。

トラブルになっておかしな噂《うわさ》が立てば、上手く慰謝料を取れなくなる。せっかく怪我をしても金が手に入らないんじゃ、おまえだって嫌だろう?

おそらく、今回もギプスが取れた時点で引っ越すことになるのだろう。三百万円ももらえたし、もうすぐ六年生の二学期だから、卒業まではいられるかもしれない。けれど、中学校にはまた別の土地で通うことになるはずだ。

今までだって、何度も経験してきたことだった。どれだけ毎日、たくさんの時間を過ごしていたとしても、会わなくなれば、すぐに過去の存在になる。波留はそれを、知っている。

ただ一つ、いつもと違うのは、桜介が事故に責任を感じているらしいことだった。

桜介は、自分が声をかけたから波留が立ち止まり、車に撥《は》ねられたのだと思っている。元々波留がぶつかるつもりで、車が避けられないようなタイミングを見計らって飛び込んだのだとは、想像もしていない。

波留、と泣き叫ぶ桜介の声が頭の中で響く。桜介は、試合で負けたときにも、練習中に捻挫《ねんざ》をしたときにも見せなかった幼い泣き顔を晒していた。

事故の翌々日に波留が腕を吊って登校すると、他のクラスメイトたちは次々に波留を取り囲み、腕どうしたの、大丈夫、と訊いてきた。

でも、桜介は、呆然とした様子で立ち尽くしていた。

人の波が落ち着いた頃、ふらつく足取りで近づいてきた桜介は、顔を強張《こわば》らせたまま、ごめんと唇を震わせた。

波留は、桜介のせいじゃないよ、と事故の直後に言ったのと同じ言葉を口にした。だが、桜介は思い詰めた表情で、俺も今度の大会には出ない、と言ってきた。

波留は、桜介を凝視した。

『何で』

『だって、波留が出られなくなったのに、俺だけ出るなんて……』

波留の心に浮かんだのは、自分でもよくわからない感情だった。

面倒なことを言い始めたな、と頭では考えているのに、どこか、甘く胸の内をくすぐられるような感覚がある。

そうだね、じゃあ桜介も出ないでよ、と言ったらどうするのだろう。

びっくりした顔をするんだろうなと思ったら急に馬鹿馬鹿しくなり、ため息をついた。

『そんな必要ないよ』

『でも』

『治ったらまた戻るからさ、桜介はそれまで勝ち進めておいてよ』

決められた台詞《せりふ》を読み上げるように言うと、桜介は渋々ながらうなずいた。

桜介のようなやつは、これまでのクラブチームにも大抵いた。

優しく、思いやりがあって、けれど自分が想像できる範囲内で思いやることの乱暴さに気づくほどには優しくない。

本当に相手を思いやっているわけではなく、相手を思いやる自分でいるために言葉を投げるから、投げかけた先のことは想像していない。

すべてをぶちまけたくなる欲求が抑えがたくなるのは、父からそろそろやるかと言われたときよりも、こうした独りよがりな思いやりをぶつけられたときだった。

相手が信じているおめでたい世界をぶち壊したい。優しくも思いやりもないことを思い知らせてやりたい。

助けてほしいのではなく、打ちのめされてほしい。

ふいに右のふくらはぎに気配を感じて反射的に叩くと、蚊に吸われた後だった。のろのろと頭を上げて公園の時計を見上げる。十八時半――父はまた、お酒を飲んでいるんだろうか。

狭い家の中に二人でいるところを想像しただけで、お腹の中に黒い煙を詰め込まれたような感じがした。

波留は足をガリガリと掻く。掻けば掻くほど、痒みがひどくなっていく。

レジ袋の中には、まだピザポテトがあった。

黒い袋の表面にある本物のピザの写真では、たっぷりかかったチーズが伸びている。反射的に、舌の上に唾液が滲んだ。耳が詰まったような、くぐもった音が大きくなる。

音は、いつの頃からか聞こえ続けていた。

最初は、耳に水でも入っているのかと思った。けれど、頭を傾けて飛び跳ねても耳は元に戻らず、音は時に大きくなったり小さくなったりした。話し相手の声が聞こえないくらいうるさくなることもあれば、他の音に紛れて気にならなくなるときもあった。

音を意識すると、頭がぼうっとする。半透明の膜に包まれているような感じがして、自分まで半透明になっていく気がする。

チリン、という涼やかな音が膜の表面を叩いた。

音の方へ顔を向けると、茂みから赤い首輪をつけた三毛猫が現れる。

猫はちらりと波留を見やると、すぐに身体の向きを変え、公園の出口へと歩いていった。

その優雅な後ろ姿を眺めているうちに、思いつくものがあった。

波留はベンチを立ち、公園を出た。

記憶を探りながら道を曲がり、住宅街の奥へと進んでいく。

思い出したのは、前にこの公園で先ほどの猫とは別の猫に会ったときのことだった。

毛並みの悪い痩《や》せた黒猫で、波留がおにぎりを食べていると足元にまとわりつき、しきりに餌《えさ》をねだってきた。仕方なくおにぎりの中の鮭を分けてやると、猫は、にゃあ、と鳴いて公園の出口へ向かい、波留を振り向いて、再び、にゃあ、と鳴いた。

まるで、ついて来い、とでも言うような仕草に、波留は後を追った。

そして、ある一軒家の庭へと辿《たど》り着いた。

周囲をブロック塀と木に囲まれた芝生の上、煉瓦がずらりと並んだ前に、透明なプラスチックの何かが置かれていた。猫に催促されて庭に忍び込み、近づいて見ると、それは焼き魚の入ったパックだった。

もしかして、餌をやったお礼に餌場を教えてくれたのだろうか。

波留は猫を見た。けれど、そういうことではなく、単に猫は蓋《ふた》を開けてくれと要求しているようだった。

波留が開けてやると、猫はパックを地面に置き終わるのも待たずにがっついて食べ始め、もう波留を見ることも、波留に向かって鳴くこともなくなった。

あのときの家へ向かって歩きながら、波留は、見るだけだ、と自分に言い聞かせた。

別に食べようと思っているわけじゃない。第一、食べられるような状態だとも限らない。

——だけど、もし、食べられるなら。

あの日置かれていたのは、人間用の惣菜だった。波留もよく訪れる駅ビルの惣菜屋で見かけたことがあるもので、消費期限は過ぎていたが、一日だけだった。シールに書かれていた値段は、百九十八円。

もうすぐ、給食が終わる。

何も食べるものがなくて、必死に牛乳や水で腹を膨らませなければならない日が、確実にやってくる。

今日も置いてあるのか、置いてあるとしたらどんなものか、ひとまず確認するだけ——

家の前に着くと、一階も二階も電気が消えているようだった。

道にも人通りはない。聞こえるのはどこかの家の室外機が回る音だけで、目の前の家はひっそりと沈黙している。

波留は、そっと木の間に顔を寄せて目を凝らした。

前に焼き魚が置かれていた場所に——何かがある。

波留は息を詰め、もう一度辺りを見回してから、腰を屈めて木々の隙間に身体をねじ込んだ。

葉が擦れる音に、心拍数が上がる。せり上がってくる鼓動を宥めながら庭に忍び込み、しゃがんだままじりじりとパックへ近づいていく。

パックの前まで辿り着いたところで、いつの間にか日が落ちていたことに気づいた。薄闇の中でパックに顔を近づけ、貼られたシールを確認する。

〈大学芋　消費期限　1998．7．11〉

艶《つや》やかに光る飴に、唾が溜まり始めた。

――どうせこれは、猫には食べられないいんじゃないか。

誰にも食べられずに駄目になってしまうくらいなら、自分が食べた方がいいんじゃないか。

この家の人だって、きっと野良猫にあげるつもりで置いているのだろう。今家にいないのなら、猫が食べようと自分が食べようと変わらないはずだ。

波留は、恐る恐るパックに手を伸ばした。

拾い上げたところで、動きを止める。

――野良猫が食べたように見せかけるなら、パックは置いていった方がいいのかもしれない。

人間が持っていったと気づかれたら、もう惣菜を外に置いてくれなくなるかもしれない。

だけど――ここで食べていれば、いつ家の主が帰ってくるかもわからない。

心臓が痛いほどに早鐘を打っていた。迷っている時間がもったいない。とにかく早く食べて、パックを置いて――

そう考えて蓋を開けた瞬間。

カタッ、という小さな音が、間近から聞こえた。

3、仲村桜介

試合終了のホイッスルが鳴った瞬間、膝から一気に力が抜けていくのを感じた。

桜介は肩で息をしながら、スコアボードに顔を向ける。

七十六対五十四。

改めて見るまでもなく、結果は惨敗だった。

勝てそうな場面は一度もなく、一時は三十点以上離されていた。相手チームは、もう勝ちが決まったと考えたのか、最後にはスタメンを下げてすらいた。

舐《な》められていることよりも、舐められても仕方ないと自分でも思ってしまうことが悔しかった。コーチは最後のタイムアウトで、ここから逆転してベストメンバーで戦いきらなかったことを後悔させてやろう、と言ったが、具体的な方法は何一つ見えてこなかった。

波留のいないコートは、ひどく広かった。

ゴールまでが遠く、ドリブルをしてもパスをしても、なかなかボールが届かなかった。少しずつでも挽回《ばんかい》しなければと必死にコートを駆け回り続けたが、上ずったパスはすぐにカットされた。何とかゴール下まで届けることができても、シュートは何度もリングで跳ね返った。

波留がチームに入って以来、圧勝が続いていた。みんなの士気も上がり、チーム全体の実力が一気に伸びたのだと感じていた。

この大会のために毎日毎日練習して、たくさん作戦を練って、相手チームの研究もして、絶対に勝つぞとみんなで意気込んでいた。

それなのに、たった一人、波留がいないだけで、こんなにもあっけなく負けてしまう。桜介は、体育館の二階席を見上げた。

ざっと視線を滑らせていくが、やはり波留の姿はない。

今日、試合があることは、当然波留も覚えているはずだ。だが、昨日学校で会ったとき、桜介は波留に試合を観に来るかと尋ねることができなかった。

出られなくなった試合なんて、観たいわけがない。

それでも、もしかしたら波留なら来てくれるかもしれないと少しだけ期待していたが、結局最後まで現れなかった。

波留が来てくれていたら、と思わずにはいられなかった。けれど同時に、見られなくてよかったのだという気もする。

こんなに不甲斐《ふがい》ないところなんて、とても波留には見せられない。

挨拶をするために整列させられる間も、コーチに集められて励まされている間も、桜介は頭が痺れたように上手くものを考えられなかった。

泣きじゃくるチームメイトの声を聞きながら、ただひたすら手のひらを見つめ続けていた。

関東大会まで進めておくと、波留と約束した。

きちんと勝ち進めた上で波留を迎えられたら――この後ろめたさも少しは軽くなっていたかもしれないのに。

あの事故の日以来、波留といる時間は一気に減っていた。

学校では今までと同じように話すし、教室移動や休み時間も一緒に過ごしていたが、帰りの会が終わると、波留はすぐに帰ってしまう。

少なくとも、学校での波留は、これまでとほとんど変わらないように見えた。

ギプスはしているし、体育は休んでいるけれど、淡々と授業を受け、相変わらず給食では何度もおかわりをしている。

波留は、怪我をして大会に出られなくなったことなんて、少しも気にしていないようだった。

初めは、自分に気を遣わせまいとしてくれているのだろうと思っていた。でも、それにしても、波留は平然としすぎていた。

これほどまでに、気落ちした様子を見せずにいられる波留が、桜介には理解できなかった。

自分なら、きっと悔しくて悲しくて腹立たしくて、ぐちゃぐちゃになってしまう。親にも友達にも当たってしまうかもしれない。

他のみんながどんどん練習して上手くなっていくのに、その間一人だけ何もせずにいるしかないなんて――そう思った瞬間、ふいに、桜介は気づいてしまう。

自分は、ずっと思っていなかったか。

波留に追いつきたい。置いていかれたくない。だけど波留が立ち止まってくれない限り、この差は埋められないのだと。

だったら自分は、どこかでこうなることを望んでいたのではないか。

波留だけが練習できなくなり、立ち止まらざるを得なくなることを。

――違う。

桜介は慌てて否定する。

そんなひどいことを望むわけがない。波留がつらい思いをするところなんて見たいはずがない。

だけど――だったら自分は、どうして波留が平気そうな顔をしていることに、こんなにも引っかかっているのか。

波留は、いつも薄い壁の向こう側にいた。

どれだけ近づいても、本当には触れられなかった。壁の奥へ手を伸ばそうとすると、波留はすばやく壁を厚くした。さりげなく、柔らかく、穏やかな笑みを顔に張りつけて。

——日光《にっこう》のことだって、そうだ。

今週の木曜日、学級会の時間に先生が林間学校の班決めの話を切り出した。

桜介は、結局班についての話をしそびれていたことを思い出して、話し合いの時間が始まるや否や波留に駆け寄った。

だが、そこで波留はあっさりと『あ、ごめん、俺行かないから』と言ったのだった。

桜介は呆然として、波留のギプスに目を向けた。

そこで初めて、腕が折れているとお風呂も着替えも大変なのだと気づいた。でも、そんなことなら、自分が手伝うのに。

『それって……怪我したから？』

そう言おうとすると、波留は『ああ、違う違う』と折れていない方の右手を振った。

『元々参加するつもりはなくて、お金も払ってなかったんだよ』

何を言っているのかわからなかった。

——林間学校に参加しない？

そんな六年生がいるなんて、思いもしなかった。

だって日光林間学校は、みんなが楽しみにしていて、卒業式では毎年必ず「六年間の思い出」の一番に挙げる行事だ。

華厳《けごん》の滝も、キャンプファイヤーも、肝試《きもだめ》しも、日光猿軍団も、みんな六年生になるよりも前から話題にしていた。

華厳の滝は、想像している何倍も大きくて迫力があって、感動するらしい。キャンプファイヤーのときに踊らされるフォークダンスは、体育の時間だとこっ恥《ぱ》ずかしいだけなのに、本番では異様に盛り上がってめちゃくちゃ楽しいらしい。肝試しは男女がペアで回ることになっていて、毎年告白するやつが出るらしい。日光猿軍団は猿が賢すぎて面白くて、帰ってきてからもしばらくは猿の真似をすることが流行《はや》るらしい。

六年生と言えば日光、というのはずっと抱いてきたイメージだったし、林間学校のお知らせのプリントが配られたときには、いよいよ自分たちの番が来たのだと、それだけで興奮したくらいだった。

波留だって、教科書に載っている日光東照宮の写真を眺めて、俺、こういうの観に行ったことない、と言っていた。これ、人間が作ったものなんだよな、近くで見たらすごい迫力なんだろうな、としみじみ、夢見るみたいに。

なのに、どうして、そんな何でもないような顔でいられるのか。

『何で』

桜介はそう訊くことしかできなかった。

波留は、『金がかかるから』と、やはり何でもないことのように答えた。

桜介は、何も言えなくなった。

波留の家にあまりお金がないらしいことは知っていた。

波留は、自転車も持っていないし、お小遣いももらっていなかった。みんながスポーツドリンクを飲んでいるときも波留は水しか飲んでいなかったし、クラスの友達の何人かで『名探偵コナン』の映画を観に行こうという話になったときも、練習の帰りにマックに寄ることになったときも、波留だけが来なかった。ゲームセンターにつき合ってくれたことはあったけれど、そこでも波留は他の子が遊ぶのを傍から見ているだけだった。服もバスケットシューズもお父さんのおさがりで、波留が給食で出たパンをこっそり持ち帰っているのも見たことがある。

そして波留は、給食の後、いつも必ず歯磨きをしていた。

家でやるのも面倒なのに、わざわざ学校に歯ブラシを持ってきてまでやるなんて、と驚いて理由を聞くと、波留は、絶対に虫歯になりたくないからと答えた。だって歯が痛いのって我慢できないだろ、と。

意味がよくわからなくて、桜介は家に帰って母親に話した。すると母親は、痛ましそうな顔をして、そういうおうちもあるのよ、と言った。そういうおうちって？　なかなか病院に連れて行ってもらえないってことよ。

母親の説明を聞いて、波留の言葉が、違う色合いに変わっていくのを感じた。

歯が痛いのは我慢できない——それは、他の怪我や病気なら、大抵は我慢しているということではないか。

虫歯をそれだけ怖がるのは、あの居ても立っても居られないような痛みを、ずっと我慢させられていたことがあるからなんじゃないか。

あまりに恐ろしくて、桜介はそれ以上は考えないことにした。お金がないのが原因だと思われるようなことに出くわすたびに、見なかったふりをして視線を逸らしてきた。

だけど、林間学校については、受け流すわけにはいかなかった。

だって、六年生の林間学校は一生に一度しかないのだ。

きっと、もっと直前になれば、みんなその話ばかりするようになる。帰ってきてからも、何度も思い出話が出るに違いない。

『それ、どうにもならないの？』

桜介は、こらえきれずに訊いた。

『先生とかに相談したら、何とかなったりしないかな』

『さあ』

波留は、気だるそうに首を傾《かし》げた。

桜介は、胸の奥を強く押されたような痛みを感じる。

プリントに書いてあった数字を思い出し、拳を握りしめた。

たしか、お金は二万円くらいだったはずだ。小さい頃から貯めてきたお年玉からでも、そのくらいは出せる。

『……俺が、貸すとかじゃダメ？』

出す、と言おうとして、貸す、に言い換えた。

瞬間、波留は心底嫌そうな顔をした。

『やめろよ』

冷たい水を頭からかけられたみたいに、全身が冷たくなった。

自分が、言ってはいけないことを言ってしまったのだとわかった。

波留はすぐに表情を和らげ、『やだよ、この歳で借金なんて』と茶化すようにして笑った。

借金が嫌だったら別に返さなくていいよ、とも言いたくなったが、今度は言葉を呑み込んだ。

そんなことを言ったら、今度こそ波留に嫌われるかもしれないと思ったからだ。

結局、そこで話は終わった。

その後も桜介は、どうにかならないんだろうか、と何度も考えた。

本当に波留は、日光に行きたいとは思っていないんだろうか。

何か、自分にできることはないんだろうか。

もう一度だけ、波留と話をしたい、と思うたびに、あのときの波留の嫌そうな顔がちらついた。

珍しく波留が見せてくれた、感情のこもった顔。だけどもう、二度とあんな顔を向けられたくはない。

他の友達にも言えず、母親にこっそりと相談してみたことはあったものの、母親は、それは気の毒ね、何とかならないのかしら、と言うだけだった。仕方なく父親に打ち明けると、父親は、そっとしといてやれよ、と言った。できるだけその子の前では日光の話はしないとかさ、とにかく意識させないであげるのが一番だよ、と。

視界で何かが動き、ハッと我に返ると、みんなが立ち上がるところだった。

円陣を組まされ、コーチがぐっと顔を近づけてくる。

「いいか、負けることで強くなるんだ」

はい、と桜介以外の声が揃った。

体育館の床に並んだ赤や白や黒のバスケットシューズから、たくさんの足が伸びているのが見える。

肩にかかるチームメイトの腕の湿った重さに気持ち悪さを感じて、自分がどうしてこんなところにいるのかわからなくなる。

「冬の全国の予選までまだ時間がある。ここから気持ちを切り替えて、鍛え直していくぞ」

「はい！」

円陣が解かれたのを合図に、少し離れた場所にいた保護者たちが近づいてきた。

母親は気遣わしげな表情で桜介の首にスポーツタオルをかけ、額の汗を拭う。

「惜しかったね」

咄嗟に、何も惜しくねえよ、と言いたくなって、顔を背《そむ》けた。そんな自分も、幼く甘えているみたいに思えて嫌になる。

体育館前のエントランスには、同じような光景がいくつもあった。親に慰められて、泣いたり不貞腐れたりするチームメイトたち。

ふいに泣きたくなって、だけどここで泣くことだけはしたくなくて、唇を強く噛《か》みしめる。

無性に、波留に会いたかった。

4、橋本波留

波留は弾かれたように顔を上げ、一階の窓を見た。

電気はついておらず、カーテンも開いていない。慎重に首を動かし、周囲を探っていく。

たしかに今、物音がした。

カタッという、金属がぶつかり合うような小さな音。庭の外からではなく、近くだった。

ゆっくりと立ち上がり、並んだ煉瓦の奥にそっと足を踏み入れて窓に顔を近づける。

カーテンの隙間から見えたのは、静まり返った薄暗い部屋だった。大きなダイニングテーブルとソファ、絨毯《じゅうたん》の上にも、吊り下がった照明の下にも、人の姿はない。

気のせいだったのだろうか――その瞬間、視界の下端で何かが動いた。

反射的に下を向き、足の間に見えたものに息を呑んで飛びすさる。

喉まで込み上げた悲鳴が、口から出てこなかった。中腰の体勢のまま、身体が動かせない。

――何だ、今の。

どん、どん、と痛いくらいに心臓が波打っていた。

コンクリートか何かだと思っていた硬い床は、二十センチくらいの幅の細長いガラス板だった。

その奥にいたのは――

ガタン、という音がした。波留は身を縮めたまま、音の方を凝視する。

地面から、唐突に黒い頭が生えた。

ひ、というかすれた叫びが、喉から飛び出る。

顔を出していたのは、男の人だった。

前髪が長くて、寝癖だらけの頭が膨らんでいて、切れ長の目の下にくっきりしたほくろがある。

男は、波留を見ているようで見ていなかった。ぼんやりした眠そうな目が、波留の胸の辺りに向いている。

「あ、あの、猫……」

どうして勝手に忍び込んだりしているのか説明しなければと考えたけれど、どう言えばいいかわからなかった。言葉を探していると、男が「ああ」とうなずく。

「何だ、猫か」

納得したように言い、あっさりと頭を引っ込めた。

波留は立ち尽くしたまま、男がいなくなった空間を見つめる。

力がまったく入らない足を、何とか一歩だけ後ろに引きずった。けれど、それ以上は動かせない。

手元を見下ろすと、大学芋のパックがたわんでいた。

——今のは、何だ。

固まっていた頭が、ほんの少し回り始める。

何であんなところに人が。あの空間は。——地下室？

今のうちに逃げた方がいい、と頭のどこかが言っていた。二階に上がって出てくるかもしれない。今ならまだ逃げられる――

男が、窓の下に戻ってくる気配がした。

「猫って焼きうどんも食うのかな」

ひとり言のような声で言い、窓からにょきりと腕を伸ばして、煉瓦の上に焼きうどんのパックを置く。

――猫？

波留は、新たに置かれたパックを見下ろした。

〈焼きうどん　消費期限　1998．7．11〉〈298円！〉〈お買い得〉〈10％増量中！〉

表面に貼られた、たくさんのシールの上で目が泳ぐ。

何が起きているのか理解できなかった。自分は勝手に庭に忍び込んだ。置かれていた大学芋のパックを盗もうとしたところで見つかった。このひとは「猫か」と言って焼きうどんのパックを持ってきて――順に状況を確認していき、ハッと天窓の方を向く。

開けられたままの天窓の下には、もう男の姿はなかった。そっと近づいて中を窺うと、天窓の真下にはちゃぶ台が置かれていて、男は布団の上であぐらをかいてテレビに顔を向けている。

――もしかして、猫だということにして見逃してくれたんだろうか。

波留は、もう一度パックを見た。

ごくり、と喉が上下する。

焼きうどんは、とても美味しそうだった。キャベツやにんじんが交じった濃い色の麺の上に、たっぷりと鰹節《かつおぶし》がかけられている。

大学芋のパックを抱きかかえた手が、ぴくりと跳ねた。固まっていたものが溶けていくように、少しずつ指がパックから剝がれていく。

しかし、波留が腕を伸ばすよりも早く、天窓から腕が突き出された。ゴツゴツした大きな手が、焼きうどんのパックへ伸びる。

「やっぱり猫は食わないか」

「食うよ！」

思わず声が出ていた。

飛びつこうとした途端、持っていた大学芋のパックが地面に落ちる。

急いで拾い上げて焼きうどんのパックも引ったくると、ふ、と笑う声が下から聞こえた。

「そうか、食うか」

男は奥に引っ込み、今度は天窓から箸を差し出した。

波留は受け取り、一拍遅れて、「ありがとうございます」と頭を下げる。

ちらりと庭の出口に目を向けたが、箸をくれたということはここで食べていけということとかもしれないと思い直し、芝生の上に正座した。

太腿の上にパックを置いて箸を構えると、少しずつ鼓動が収まっていく。

長く息を吐き、箸を歯で挟んで割った。

「いただきます」

男の位置からは見えないことはわかっていたけれど、頭を下げる。

麺を箸でつまんで引き上げようとすると、パックがずるりと滑った。咄嗟に箸を持った右手でつかまえ、煉瓦の上に置き直す。

前屈みになってパックに顔を近づけ、ギプスをした左腕でそっと押さえながら食べ始めた。

幅広の麺は嚙みごたえがあって、味がよく絡んでいた。醬油《しょうゆ》をまろやかにした感じの優しいしょっぱさが、口の中に広がっていく。

波留が食べている間、男は何も言わなかった。波留がいることを忘れてしまったかのように、こちらを見ることとすらしない。

本当に、自分が猫になったような気がした。

警戒はしながらも食欲には勝てなくて、気まぐれでもらえる餌に近づいていってしまう野良猫。

身を乗り出して天窓に顔を近づけると、男が布団の上であくびをしているのが見えた。

波留はさらに首を伸ばして部屋の中に目を凝らす。

おかしな部屋だった。

本棚の前に立派なドラムがあって、薄い布団と小さなちゃぶ台、積み重なった段ボール箱を、テレビの青白い光が照らしている。天窓が開いているのに、テレビの音は全然聞こえない。他に家具らしい家具はないけれど、紐が空間を区切るように張られていて、ハンガーがぶら下がっているせいか、ごちゃっとした感じがする。

「ドラム、やるんですか？」

波留は何となく訊いてみた。

「ん？」

男が顔を上げる。

「ドラムはやらない」

波留はドラムから布団に視線を動かした。

「おじさんは、ここに住んでいるわけじゃないんですか」

「ここに住んでいるわけじゃないわけじゃない」

男は、妙に回りくどい言い回しで答えた。波留は首を傾げ、「何をしてるんですか」とさらに尋ねる。

男は、何をしてるんだろうな、と言った。

続きを待ったが、男はそれで答えたと思ったのか、口を閉ざしてテレビに向き直る。

波留は天窓から少しだけ頭を入れて、男の前にあるテレビ画面へ目を向けた。『サザエさん』が映っている。カツオが不満そうに口を尖《とが》らせているが、音が聞こえないから、どんな場面なのかはよくわからない。

「……テレビを観てるの？」

「テレビは観てない」

変な人だ、と波留は思った。

質問に対して、同じ言葉に否定をつけた形で返されるからか、奇妙な鏡と話しているような感覚になる。

男はあくびをし、のそのそと扇風機の前へ移動した。首を突き出して回る羽根を見つめ始める。

——この人こそ、大きな猫みたいだ。

波留は、背中から力が抜けていくのを感じた。

「ここの惣菜、好きなの？」

男は、ものすごく難しい質問をされたみたいに、「ここの惣菜……」とつぶやいて考え込む。

「これ、駅前のビルの惣菜屋のだよね」と重ねると、今度は「知らない」と答えた。

「おじさんが自分で買ってきてるんじゃないの?」

「自分で買ってきてない」

また同じ答え方だった。

答えがもらえている手応えもないのに、いいかげんにはぐらかされている感じもしない。むしろ、とても誠実に問いと向き合ってくれているような間だった。

食べるものはくれるけど、どうしてお腹が空いているのかとは訊いてこない。こちらに対して興味がなさそうなのに、質問をすれば答えが返ってくる。自分がここにいて、食べ物をもらって質問をするのが、当たり前のことみたいに。

波留は足下の天窓から離れ、大学芋のパックを開けた。

たっぷりと飴が絡んだ芋に箸を突き刺し、口の中に入れる。カリカリした部分の食感と、身体の輪郭がぼんやりするくらいの濃密な甘さを、時間をかけて味わっていく。

最後のひとかけらを舌の上で転がしながら、空を見上げた。

紺色の空には、細かな星がいくつも浮かんでいる。チカチカとした動きとも言えない動きを、波留は眺め続ける。

なまぬるい風が汗の滲んだ額を撫でた。

ザー、という音が、ふいに大きくなる。波のように向かってくる音を、じっと息を潜めてやり過ごす。膜が全身を包み、やがて少しずつ溶けていく。その気だるさに身を任せ、長く息を吐く。

疲れたな、と思った。

何だか、いろんなことが疲れてしまった。

いつも食べるもののことを考えていなければならないのも、父の機嫌を気にするのも、左腕が使えないのも、クラスメイトやチームメイトに嘘をつくのも――本当はもう、ずっと前から疲れきっていたのかもしれない。

このまま寝転んでしまいたかった。全身を投げ出して眠ってしまいたかった。

けれど波留は、首を戻し、芝生に右手をついて腰を上げる。

「ごちそうさまでした」

天窓に向かって声をかけると、部屋の奥で男が立ち上がる気配がした。

天窓の下まで来た男は、何も言わずに腕を伸ばしてくる。波留はもう一度礼を言いながら空になったパックと箸を渡した。男が受け取り、そのまま奥へ戻ろうとする。

「また来ていいですか」

口が勝手に尋ねていた。

男が立ち止まり、振り返る。男の視線が波留の顔に向いた。波留は目を伏せる。

「また来ていい」

否定ではない答えは初めてだった。

波留は、いつの間にか詰めていた息を吐く。

呼吸が楽になっているのを感じたことで、前に自分から誰かに何かを頼んだのが、いつ、どんなことだったか思い出せないくらい久しぶりだったと気づいた。

5、長尾豊子

プールから上がると、身体がひどく冷えていた。

二の腕をさすりながら更衣室へ駆け込み、お母さんが作ってくれたばかりの巻きタオルでざっと全身を拭く。スクール水着の肩紐だけを先に脱いでからタオルを羽織り、前についたスナップボタンを留め始めた。

かじかんでいるのか、指先が上手く動かない。なかなかパチンとはまった音が響かなくて、何とかいくつかを留めても途中で左右がずれていることに気づく。

豊子は苛立ちながら何度もやり直す。ようやくすべてを留め終えたところで、ふいに、目の前の返却式コインロッカーに視線が吸い寄せられた。

百円玉が、忘れられている。

ラッキー、とまず思った。これで、自動販売機のアイスが買える。

いそいそとつまみ上げてプールバッグに突っ込み、他にもないかな、とロッカーに目を戻したときだった。

豊子は息を呑み、目を見開いた。

見渡す限りすべてのロッカーに、百円玉がある。

豊子は慌てて周囲を見回し、他に人がいないことを確認する。これだけあれば、何が買えるだろう。「ママ・レンジ」が買える。「リリアン」も買える。お菓子も買い放題だし
――ああ、そうだ、あの象の置物も買える。

胸が高鳴っていくのを感じながら、豊子はせっせと百円玉を集める。すぐに左手が一杯になり、溜まった分をプールバッグの着替えの下に押し込んで、再びロッカーに飛びついた。

髪から落ちる水滴が肩を濡らし、どんどん寒くなっていく。けれど豊子はお金を集めるのを止めない。もっと、もっと、とにかく全部――だが、背が届かない一番上のロッカーからも取るために、ベンチを動かして上に立った瞬間、あれ、という声が近くから聞こえた。

いつの間にか、更衣室には人が戻ってきていた。見知らぬ人の中に、えっちゃんや佐藤《さとう》先輩、浅見《あさみ》さんの顔がある。

あ、わたしの百円がない、とえっちゃんが言った。

佐藤先輩がロッカーに駆け寄り、私のも！　と豊子を見る。え、何で。おかしくない？

絶対あったはずなのに――次々に声が上がり、豊子に視線が集まっていく。
豊子はベンチから降りられず、うつむいたまま立っていることしかできない。どうしよう、バレた、もっと早くに止めておくべきだった――

そこで、目が覚めた。

豊子は見慣れた天井をぼんやりと見上げ、目やにを取るために腕を上げたところで、自分が服を着ていなかったことを思い出す。

寝ている間に布団を蹴り飛ばしてしまっていたのか、陰毛までもが露わになっていた。扇風機から吹きつけてくる風が、縮れた毛の先を震わせている。

改めて寒気を感じ、布団を肩まで引っ張り上げた。身体を丸めて目をつむるが、今度は尿意を覚える。我慢できないかと迷ったものの、仕方なく布団から這い出た。

隣を見ると、男は完全に敷布団から出てしまっていた。

豊子ならすぐに息苦しくなってしまいそうなうつぶせの体勢で、静かに寝息を立てている。

豊子は男の尻と背中に布団をかけ、脇に脱いだままの形で転がっている下着とTシャツを身に着けて地下室を出た。一階のトイレで用を足し、乾いた精液がこびりついた股をごしごしと拭う。

二階の自室で新しい下着とハーフパンツ、大きめのTシャツに着替え、一階へ戻って洗面所で顔を洗った。

リリアンって、と鏡を見つめながら唇を歪める。

ママ・レンジもリリアンも、親にねだったものの誕生日まで待ちなさいと却下され、結局誕生日には他のものが欲しくなって買ってもらわなかったおもちゃたちだった。

象の置物は、小学三年生の頃、両親に連れられて行った大阪万博で買い損ねたものだ。他のものも見てから決めようと思っているうちに、どこで売っていたかわからなくなってしまい、帰り際になってどうしてもあれが欲しいと訴えて父に叱られた。こんなにパビリオンがたくさんある中でどうやって探せって言うんだ。こういうところでは見つけたらすぐに買わないとダメなんだよ。

どこかからの輸入品で、全身に施された色とりどりの細かな刺繍《ししゅう》がすごく綺麗だった。つぶらな瞳が宝石のような黒いガラスで出来ていて、見ていると吸い込まれそうだった。

帰ってきてからも、豊子はしばらく落ち込んでいた。けれど時間が経つにつれて、その輝きや輪郭は記憶の中でぼやけていった。

夢に出てきた人たちも、もう何年も会っていない面々ばかりだ。小学校のときのクラスメイト、高校時代の合唱部の先輩、会社員として働いていた頃の同僚。考えてみれば、あの頃はまだ返却式のコインロッカーもアイスクリームの自販機もなかったはずだ。

地下室へ繋がる階段の上に立ち、豊子は、お母さんならこの夢の続きはどんなふうに考えただろう、と思った。

子どもの頃、怖い夢を見て泣きながら目を覚ますと、母は豊子を抱きとめ、どんな夢を見たの、と訊いてきた。

豊子は、マグマに落ちた、とか、教室に巨人が現れて逃げ回っていた、とか、目覚める直前まではすべてが鮮明で現実だったことを伝えようとした。けれど、言葉にして説明しようとすればするほど、話の筋は溶け、支離滅裂になっていった。そのまま忘れてしまえば怖くなくなるはずなのに、内容は忘れても恐怖だけが残る感覚があった。むしろ、姿を見失ってしまったら、いつかまた一人でいるときに戻ってくるような気がした。

いつも、こんな夢じゃなかったかもしれないと思いながら、断片を懸命に掻き集めて吐き出した。母は豊子が話し終わると、「続き」を考えて話し聞かせてくれた。

もう駄目だ、と思ったそのとき、突然空からびゅーんと大きなツバメが飛んできて、豊子を背中に乗せて飛び上がってくれました。巨人が豊子のいる教室の前まで来たときです。ドアから伸びてきた巨人の足が床に落ちていたコンパスを踏み、巨人はぷしゅーと一気に萎《しぼ》んでしまいました。何と巨人は、風船だったのです。

母にかかれば、どんな怖い夢も最後はハッピーエンドに変わった。

自分が見たのはそういう夢だったことになり、豊子は忘れても忘れなくてもいいものに身を委《ゆだ》ねて再び眠りにつくのだった。

豊子は薄暗い階段を下りながら、かつて母の首にしがみついたことを思い出す。行かせてしまったら二度とお母さんに会えなくなる、一人で残されるくらいならお母さんと死んだ方がましだ——けれどその後何十年も経って、結局母は自分を残して死んでしまった。

地下室のドアをそっと開き、先ほどと少しも変わらない姿勢で眠っている男の横に腰を下ろして膝を抱える。

男に会ったのは二年前、両親の一周忌の法要を終えた帰りだった。

外はすっかり暗くなっていた。昼間降っていた雨は止んでいたが、空全体を厚い雲が覆っていて、月明かりもなかった。

お茶の詰め合わせが入った引き出物の余りと傘を手に提《さ》げ、履き慣れないパンプスの踵《かかと》を鳴らしながら、豊子は駅から自宅までの道を歩いていた。

昔通っていた中学校の前を通り過ぎ、児童公園の脇を抜けていくつかの角を曲がる。最後の坂を上れば家だと顔を上げたとき、坂の途中に、一人の男が立っているのが目に入った。

男は背が高く、半袖だった。一体そこで何をしているのか、じっとその場を動かない。真っ直ぐ前を向いたまま、突然時間を止められてしまったかのように不自然に固まっている。

豊子は、少し距離を取って行き過ぎようとしたところで、それが見覚えのある人間だということに気づいた。

『阿久津くん？』

男が弾かれたように豊子を見る。

目の下にほくろがあるのが見えて、やっぱり、と遅れた動揺が膨らんだ。

『あ、いきなりごめんね。私、長尾豊子。万騎二中で一緒だったんだけど、覚えてない？』

恥ずかしさを誤魔化すために早口で続けると、阿久津は無表情のまま『ナガオトヨコ』と復唱した。

胸のうちに浮かんだ微かな落胆を、それはそうだという納得が打ち消す。

同じクラスになったことはなかったし、言葉を交わしたことさえ一度もなかった。

それでも豊子が阿久津を覚えていたのは——阿久津が同級生を殴って補導されたときに、現場に居合わせていたからだ。

中学生の頃、豊子たちの学年には、上原剛史《うえはらたけし》という男子がいた。

不良、問題児、いじめっ子。どれも、上原を表現する言葉としてはしっくり来ない。不良というにはせせこましく、教師に対しては快活な生徒で通っていて、いじめっ子という角を丸めた幼い響きにはそぐわない陰湿さがあった。

豊子が同じクラスになったのは二年生のときだ。上原は、主に伊東洋司《いとうようじ》を笑い者にすることで力を誇示しようとしていた。

休み時間に教室で歌を歌わせ、下手くそだと罵倒して上履きを投げつける。罰ゲームと称して教師用の回転椅子に座らせ、振り落ちるまで回転させる。プロレスの技を見様見真似でかけ、泣き出した伊東を笑う。

男子トイレから悲鳴が聞こえてきたり、財布を取り上げているのを見かけたりすることもあったが、豊子は特に何もしなかった。

当時の豊子は、自分のことで精一杯だったからだ。

とにかく、クラスで浮かないでいることしか考えられなかった。

毎朝学校に行くのが憂鬱で、けれど一日でも休めば、その間に居場所がなくなってしまう気がして遅刻さえできなかった。先生が何かの折に「二人組を作りなさい」と言うたびに緊張し、休み時間が来るごとに早く授業が始まればいいと思っていた。

何となく一緒に教室移動をする子はいたものの、三人グループで、明らかに自分以外の二人同士の方が気が合っていた。

三人で話していても、自分にだけ視線が向かなかったり、話を振られなかったりする。そんな些細なことを気にしてしまうのが嫌で、たまにわざと一人でも平気な振りをして単独行動を取ると、余計に二人との間に距離ができた。

何かを試して失敗するたびに、幼い頃から時間をかけて貯めてきたものがすり減っていく気がした。自分のことをそう悪くないと思う感覚や、根拠のない自信、将来を楽しみに思う気持ち。それらを少しずつ支払えば、その対価としてひとまず一人にはならずにいられる。

伊東だって、一人になるよりはマシだから、すり減ってでも上原たちと一緒にいることを選んでいるのかもしれない、と自分に言い聞かせた。助けを求められたことはない。一緒に笑っているときもある。

けれど三年生に上がったとき、伊東がまた上原と同じクラスになってしまったことを知ると、先生に言っていればせめてクラスは離れたんじゃないかという思いが頭をもたげた。豊子自身は違うクラスになり、伊東について考える機会も減ったからこそ、たまに廊下や下駄箱で見かけると、トイレットペーパーを使い切ったことに気づきながら付け替えずに出てきたときのような後ろめたさを覚えた。

その日は、ゴールデンウィーク明けの初日で、豊子は朝から気が重かった。紛れ込んだグループからこぼれ落ちずにいられるかだけが重要だった。もう楽しくなくても、充実していなくてもいいから、平穏に中学生活を逃げ切りたかった。けれど、昼休みに先生に課題を提出しに行っている間に、グループの子たちが先にバレーボールをしに校庭に行ってしまった。

空気が入ったいいボールがなくなるから早く行っただけだ、と泣きたくなるのをこらえた。だけどもし、わざと置いていったんだとしたら？

唇を嚙みしめながら、一人足早に校庭へ向かっている途中で、上原たちが伊東を殴っている場面を見かけた。

上原が伊東の肩を突き飛ばし、腹を殴り、崩れ落ちた背中を蹴りつける。学ランの背中が、たくさんの白い足跡で汚されていく。

痛いか、と上原は何度も訊いていた。

泣きながら、やめて、と懇願する伊東を指さして笑った。前髪をつかんで顔を無理やり上げさせた。

『痛いかって訊いてるんですけどー』

伊東の顔は、涙と洟水《はなみず》でぐちゃぐちゃになっていた。

豊子は咄嗟に目を背けた。ひどい。こんなの、やりすぎだ。今さらそんなことを思って、でもだからといって自分が何かをするという選択肢は浮かばず、ひとまず友達のところへ今見たものを話しに行こうと足を踏み出しかけたときだった。

反対側の道から、背の高い男が、手ぶらで歩いてきた。

豊子は動きを止め、状況に気づいたらしい男の横顔を盗み見た。この人はどうするのだろう。やはり、自分と同じように何もせずに行き過ぎるのだろうか。

だが、男は大股で上原たちに近づいていくと、突然上原の頬に殴りかかった。

殴られるとは予想していなかっただろう上原の身体があっけなく吹っ飛び、地面に叩きつけられる。

『てめえ、何すんだよ！』

『こいつをかばう気か？』

上原の周囲にいた男子たちが色めき立ち、男の胸ぐらをつかみ上げた。

しかし、いかんせん男の方が背が高く、体格もいい。

男は表情を変えず、つかみかかった男子がわずかに滲んだ怯えを認めまいとするかのように『てめえもやられてえのか』と白い唾を飛ばすのを、静かな目で見下ろした。

『痛いかって訊いてたから』

『はあ？』

男子たちの声が激昂《げっこう》して裏返る。男は不思議そうな顔をした。

『いや、痛いのか知りたいなら、殴るより殴られた方がわかるんじゃないかと思って』

上原が手の甲で血がついた唇を拭いながら立ち上がり、『ふざけんな、舐めてんのかおまえ』と凄んだ。

すばやく腰を落として拳を構えた瞬間。

それよりも一瞬早く、男が再び上原を殴り飛ばした。

先ほどよりも激しい殴打の音が響き、上原が地面に倒れ込む。

男は上原と、涙を止めて震えている伊東を見比べると、咳き込んでいる上原に近づき、今度は足を振り上げて腹を蹴り上げた。

ぐあ、と上原が呻《うめ》き声を上げ、腹をかばって身体を丸める。

『ちょっと待』

言い終わらないうちに男が背中を蹴りつけ、上原が悲鳴を上げて泣き始めた。

『や、やめて……』

男はその声で上げかけた足を止めると、再び上原と伊東を見比べた。首を傾げ、『このくらいかな』とつぶやく。

上原の前にしゃがみ込み、顔を覗《のぞ》き込むようにして最初と変わらない口調で尋ねた。

『痛いか？』


その男が、阿久津だった。

上原はすぐに病院に運ばれ、肋骨《ろっこつ》が折れていたことがわかった。

阿久津は補導され、しかし事情が事情だったこともあり、数日間の停学後に学校に戻ってきた。

上原は伊東を構わなくなり、阿久津は一目置かれるようになった。

友達でもない子のためにそこまでできるなんてすごい。最近の上原はさすがに調子に乗っていたからスカッとした。クラスの空気を悪くするやつを懲《こ》らしめてくれてよかった。同級生たちがポロポロとこぼす言葉に、豊子は、何だ本当はみんなも嫌だったのかと気抜けした。けれど、『痛いか?』という上原が使っていたのと同じ言葉でやり込めた阿久津を称賛する声には違和感を覚えた。

あれは、そんなものではなかった。

あのとき阿久津は、なぜ上原たちが激昂したのかわからないような顔をしていた。

——痛いのか知りたいなら、殴るより殴られた方がわかるんじゃないかと思って。

あれは、嫌味などではなく、言葉の通りだったのではないか。

上原を懲らしめるために暴力を振るったわけではなく——単純に、上原が知りたいならわかるように手伝ってやろうとしたのではないか。

彼の「親切」は、誰からも本当には理解されていなかった。

そして彼は、周囲とわかり合えないことを知っているようだった。

豊子は校内で阿久津の姿を目で追うようになったが、いつも阿久津は一人で歩いていた。阿久津は、何にもしがみついていないように見えた。すり減らすことも、すり減らされることもなく、自分の足で立ち、自由に好きな場所へ進んでいるように見えた。

結局、豊子は一度も阿久津と言葉を交わさないまま卒業した。

けれど、別の高校に進んでからも、時折豊子は阿久津のことを思い出してきた。

高校生の頃、男子中学生の集団から呼び止められて、振り向いた途端『おまえじゃねえよ、ブス』と笑われて走って逃げてしまったときも、短大卒業後に入社した楽器製作会社でお尻を触られ、固まっていたら『もっと軽やかに生きないと』と諭《さと》されたときも、豊子の脳裏には、あのときの阿久津の姿が浮かんでいた。

弾むように躍動する美しい筋肉。滑らかに連係して伸びる長い手足。

『痛いか？』という言葉が響いた瞬間の、分厚い雲に一気に風穴を開けられたような解放感を。

だからこそ、二十年以上ぶりでも、豊子はそれが阿久津だとすぐにわかったのだ。

『うわー懐かしい。すごい、ますます大きくなったたねえ』

中学生のときにはどうしても声をかけられなかったのが嘘のように、言葉がすらすらと出てきた。

『全然見かけなかったけど、ずっとこの街に住んでたの？』

『いや』

阿久津の答えは短かった。けれど、返事があったのが嬉しくて、豊子は高揚した勢いで『よかったら、この後ご飯でもどう？』と切り出す。

阿久津は黙り込んだ。

その目が自分の胸元辺りをじっと見つめていることに気づいて、急に恥ずかしくなった。よく考えれば、今日は喪主を務めていたから喪服だ。

『ごめんねいきなり。……あの、中学時代はしゃべったこともなかったんだけど、私、前から阿久津くんと話してみたいと思っていたから』

こんな言い方じゃ何も伝わらない気がして、つい早口になる。

『ご飯とかはあれだったら、駅前の喫茶店とかでお茶でも』

阿久津は眉根を寄せて難しい顔をし、『喫茶店』とつぶやいた。それきり、口を開こうとしない。

大人になって、一人でいることの気楽さにも関係が終わるときのあっけなさにも慣れて、若い頃よりもずっと図々しく他人と向き合えるようになったはずだった。

なのに、あの阿久津と話しているのだと思うだけで、時間が勝手に巻き戻ってしまう。豊子は頰が熱くなるのを感じ、『もう予定とかがあったら気にしないで』と、胸の前で手を振った。

阿久津は、予定というか、とぼんやりした声で言い、坂の下へ顔を向ける。

『警察署に行かなきゃいけない』

『警察？』

予想外の単語に、豊子は声を跳ね上げた。

『あ、落とし物を取りに行くとか？』

『いや、落とし物を取りに行くわけじゃない』

阿久津は否定し、言葉を探すように考え込む。その真剣な顔に、豊子は少し申し訳なくなった。何か答えづらいことを訊いてしまったんだろうか、と思い、じゃあまた今度、と話を切り上げようとしたときだった。

阿久津は、自らの手を見下ろし、小さくつぶやいた。

『センセイを殺しちゃったから』


最初は、質《たち》の悪い冗談なのだろうと思った。

誘いを断るにしても、もう少しマシな口実が作れないのか、と呆れもした。

だが、阿久津は笑わなかった。撤回することも詳しい話を続けることもなく、唇を閉ざした。

何で、という言葉が豊子の口から漏れた。阿久津は何を訊かれているのかわからないように、首を傾げた。

豊子も、何を訊きたいのかわからなかった。

殺したってどういうことなのか。何で、それを自分に話すのか。

気づけば豊子は、『とりあえずうちに来なよ』と口にしていた。言ってから、いきなり自宅に誘うなんておかしいだろうか、と思いかけて、そんなことを気にしていることがおかしくなった。

なぜ、あのときそんなことを言ったのか、といつか誰かから問われたら、豊子は上手く答えられないだろう。

どうして、匿ったりしたのか。

事の詳細もわからなかったのに、怖くはなかったのか。

当然の疑問だと自分でも思うけれど、相手を納得させられるような答えなど、二年前も今も、豊子は持っていない。

夫と離婚し、両親に死なれ、特に失うものもなかった、というのは、きっと後付けの理由でしかない。

ただ、豊子は阿久津から、話が聞きたかった。

もしかしたら誰からも理解されないかもしれない話を、だからこそ阿久津自身の言葉で。

阿久津は特に戸惑うでも、ホッとした表情を見せるでも、抵抗を示すでもなく、小さくうなずいてついてきた。

そして、阿久津から話を聞き終わったときには、彼はもう、豊子の家の地下室で暮らし始めていたのだった。

第三章

1、平良正太郎

明け方から降り続いている雨が、酒臭さと緩んだ興奮を室内にこもらせている。

達成感を伴う愚痴《ぐち》、飲みの席で羽目を外したやつへの親しみの罵倒、二日酔いの度合いを確認し合う会話。

連帯の縁をなぞって濃くする共同作業は、酒よりも旨く、中にいる者を酔わせる。

まるで三次会のような気だるい空気の中で、大矢が紙束を手に席を立ち、正太郎はそれを見守った。

「課長、失礼します」

大矢の明朗な声に、井筒は顔をしかめる。

しかしそれは大矢に立ち位置を思い知らせるための演出というには弱々しく、単に頭痛と吐き気をこらえるためのようだった。

井筒は酒に弱い。しかもそれを隠そうとして無理をする。飯田殺しに片がついた昨晩は、体が処理できる分量を超えて飲んだのだろう。顔が青白く、覇気《はき》がない。

「報告書を提出します」

大矢は構わず、ここ二週間の捜査についてまとめた資料を井筒の顔の前に突き出した。

井筒は淀《よど》んだ目で紙束を睨み、引ったくった次の瞬間、大矢に向けて投げつける。

正太郎は反射的に腰を浮かせた。

「ままごとではしゃいでんじゃねえよ、ガキが」

井筒は冷えた声で吐き捨てた。

「こっちはおまえらみたいに暇じゃねえんだよ。こんなもんに目え通してる時間があるなら仮眠でも取った方がましだ」

含み笑いがそこここで上がる。

それは、どう見ても仮眠が必要そうな井筒に対する笑いも混じっているようではあったが、井筒は場の空気が味方していると感じたのか、床に散らばった紙の一枚をつまみ上げてひらひらと揺らした。

「見ろよ、馬鹿っ丁寧にこんな報告書まで作ってよ」

「ほんと、暇そうでいいよなあ」

青木が、しゃがみ込んで紙を拾い集める大矢を頬杖《ほおづえ》をついて見下ろし、鼻を鳴らした。

「そんなに書類仕事が好きなら事務課にでも行けよ」

どっと笑い声が上がり、正太郎のこめかみが脈打つ。

――この野郎。

ゆらりと立ち上がった正太郎を大矢は制すように見つめ、まとめた紙束を井筒の机上に置いた。

「失礼します」

真っ直ぐに伸ばした背中を傾けて会釈をし、自席に置かれた鞄《かばん》を持って課を出ていく。

正太郎は数秒遅れて後を追い、エレベーターホールの前で「大矢」と呼びかけた。

大矢はあっさりと振り返る。口元には、微かな笑みが浮かんでいた。

「落ち着いてくださいよ」

言われて、前に同じ言葉を大矢にかけたことを思い出す。

正太郎は喉の奥で膨らんでいた空気を吐いた。

「別に、殴ったりはしない」

「そうですか」

大矢はニヤリと目を細め、「まあ、これで報告義務は果たしたし、何か問題があれば課長の責任になりますね」と肩を回す。

正太郎は、ふ、と息を漏らした。

「たくましいな」

「主任が教えてくれたんでしょう、刑事を続ける秘訣」

大矢は眉を上げる。

「無視されようと挨拶はする。読まれなくても報告は上げる。譲れない一線は譲らない」

虚を衝かれた。こみ上げるものを感じ、そんな自分に苦笑する。

何だかんだ言って、疲れが溜まっているのだろう。

井筒が上司になり、窓際に追いやられながら、それでもせめて担当している仕事には手を抜かずに取り組もうとしていたのは——大矢の言う通り、そこすら守れなくなったら崩れてしまうからだった。

しかし、連日細かな傷害事件に対応する傍らで戸川の元生徒や保護者への聞き込みを続けてはいたものの、これまでの捜査の中で出てきていた以上の話はほとんど聞けていない。

正太郎と大矢は小会議室へ移動した。正太郎が「もう一回見せてくれ」と手のひらを上に向けると、大矢は報告書のコピーを鞄から出して渡す。

「よくできてるな」

正太郎はページをめくりながらつぶやいた。

会話の中で聞き出した情報が、写真や地図、図を入れてわかりやすく、過不足なく検証されている。客観的な事実と個人の憶測がきちんと分けて正確に記され、捜査に途中から加わったとは思えないほど、要諦《ようてい》をつかんでいる。

報告書をファイルに入れ、過去に作られた捜査資料を眺めた。

「ここでも戸川を頼ってるんだよな」

正太郎は、阿久津の補導歴の欄にある戸川の名前を指でなぞった。

大矢がひょいと首を伸ばし、正太郎の手元を覗き込んでくる。

「補導されたときだよ」

正太郎が説明すると、「ああ」と浮かせていた腰を戻した。

「そうなんですよね。親じゃなくて戸川が迎えに来ている」

阿久津が補導されたのは中学三年のとき。

事件自体は、校舎裏でいじめをしていた同級生を殴ったというものだった。少年課の人間も同情的で、形式的な補導だったそうだが、阿久津はこのとき「なぜ暴力を振るったのか」という質問に、「痛いかと何度も訊いていたから、殴られたら痛いのか知りたいのかと思った」と答えている。

状況認識に問題があるのではないかと案じて保護者に事情を聞くことになったが、このとき阿久津は身元引受人として両親ではなく、戸川の名前を口にした。

補導される少年には家庭環境に恵まれない者も少なくなく、親の助けは借りたくない、あるいはどうせ親は来てくれないと言って教師に身元引受人を頼むケースはよくある。

阿久津は母親との関係は良好だったものの、息子のことを恥だと思っていた節がある父親との折り合いは悪かった。そうした意味では、戸川を指定したことも何ら不自然ではない。

「戸川を父親のように思っていた、か」

正太郎は、資料に書かれた元妻の証言を眺める。

元妻である真木実和《まきみわ》は、結婚していた頃、阿久津が戸川について話すのを聞いていた。子どもを作るかどうか、という話題の中で、阿久津は言ったという。

戸川先生と出会っていなければ、父親になりたいとは思わなかったかもしれない、と。

「そもそも事件ではなく事故だったという方がしっくり来るんですけどね」

大矢はため息をついた。

正太郎は資料を机に置き、胸の前で腕を組む。

その可能性についても、事件の直後には検討されていた。

たとえば何らかの拍子に戸川が転倒し、不運にもその上に花瓶が落ちてきた。意識を失った戸川を前に阿久津は慌て、転がった花瓶をどけ、戸川の容態を確認しようとして戸川の身体の向きを変えた。

それならば、花瓶に阿久津の指紋がついていたのにも、戸川の体勢が転倒したにしては不自然だったことにも、筋が通るのではないか――

　しかし、花瓶が置かれていた高さを考えると、戸川に残されていた傷の深さに説明がつかないのだった。

　第一、事故であるならば、なぜその後も二年間にわたって逃げ続けているのかがわからない。

　阿久津が誰かをかばっているという線も、議題には上った。

　指紋を拭ったりもせずにわかりやすい証拠を残していったのは、だからではないか。真犯人が匿っているから、阿久津は見つからないのではないか、というのが、その説の根拠だった。

　だが、阿久津と戸川の接点が塾にしかない以上、共通の知人がいるとすればやはり塾の関係者しか考えられない。阿久津の交友範囲の中でも、特に塾の関係者については綿密に調べてきたが、どうしても怪しい者が出てこなかった。

　そもそも、戸川による指導ノートや他の生徒からの聞き込みによれば、阿久津は加藤大輝のように誰かと共に授業を受けていた事実もないようだった。塾が駅を挟んで阿久津の家と反対側、最寄り駅は同じ二俣川駅でも学区が異なる今宿《いまじゅく》にあったこともあり、同じ小学校に通っていた生徒もおらず、同じ中学、高校に進学した人間もいなかった。

　殺人の罪を着るほど親しくしていたのならば、これだけ調べて何も出てこないのも解せない話だった。

「しかも阿久津が戸川の塾に通っていたのが十七歳まで、事件当時の年齢が三十五歳ということは、十八年も経っているんですよね」

大矢が拳を顎にトントンと当てる。

「十八年間何もせずにいて、どうしてこのタイミングで動いたのか」

それも不明なのだった。

阿久津が事件当日、塾を訪れる前に実家に立ち寄っていたことから、まず捜査本部としては、そこでのやり取りに何か鍵があるのではないかと考えた。

けれど、結果として何の手がかりも見つけられていない。

一九九六年十一月五日の朝の七時半、一人暮らしのアパートから上大岡《かみおおおか》にある建設会社の事務所に徒歩で出勤した阿久津は、同僚の運転する車で港南台《こうなんだい》の建築現場へ移動、八時半からコンクリート打設を始めたが、昼前に雨が降り始めたため中断し、昼過ぎに仕事を上がった。

一度事務所に戻り、上大岡駅から京急本線で品川《しながわ》駅へ、ＪＲ東海道本線、埼京線と乗り継いで十条駅で降車し、十条銀座商店街で米と肉と野菜を買って母親の住む実家へと向かった。

この日阿久津が実家を訪ねたのは、二日前に母親が阿久津に「足を挫《くじ》いて米を買いに行くことができない」と連絡したためだったという。

滞在時間は約四十分。

母親は、怪我の具合や経緯について話し、阿久津からは仕事の近況しか聞かなかったと証言している。阿久津は三年前に脳梗塞《のうこうそく》で他界した父親の仏壇に手を合わせ、また困ったことがあったら連絡して、と言って帰っていったそうだ。

おかしな様子はなかったし、戸川先生のところへ行くつもりだなんて知らなかった、先生の名前は一回も出なかった、と母親は言った。母親が知る限りでも、阿久津は塾をやめて以降、戸川を訪ねていったことは一度もないようだった。

帰る頃には雨は止んでおり、阿久津は来るときに差してきた傘を実家に忘れていった。その後、真っ直ぐに十条駅へ戻り、ＪＲ埼京線から相鉄線に乗り換えて二俣川駅で降り、徒歩で戸川の塾を訪れたものと見られている。

事件さえなければ、早めに仕事が終わってできた貴重な休みに親孝行し、恩師にまで会いに行ったという微笑《ほほえ》ましい話でしかなかっただろう。

だが、この日に阿久津は戸川を殺害したと見られ、以降消息を絶っている。

念のため捜査班は母親の怪我についても調べたが、雨上がりに自転車でカーブを曲がろうとして滑って転んだという事件性のないものだった。

やはり阿久津は事件当日より前に戸川と接触しており、そこで動機となるような出来事があったのではないか、ここで母親の顔を見に行ったのは戸川を殺害する決意を固めていたからではないか、という意見も出た。しかし、凶器に現場にあった花瓶が使われていることから首を傾げざるを得なかった。

また、一人暮らしのアパートには通帳も印鑑も残されており、炊飯器にはご飯が約一合残ったまま、シンクには朝食で使ったと思われる茶碗と椀、湯呑《ゆのみ》が洗わずに置かれていた。事件後に逃亡を図ることになると予期していたとは考えにくい。

「事件直前に人生の転機になるような出来事も起こっていないようなんですよね」

大矢が険しい顔をして小さく唸る。

阿久津は職場でも問題なく勤務を続けていたし、離婚も事件の四年前の話だった。離婚後に誰かと交際したという事実はないようだが、人間関係を絶って孤立していたというわけでもないようだった。

事件の前の週の日曜日に同僚から誘われて行ったバーベキューでは、参加者の女性からアプローチを受けてもいたらしい。癖のない顔立ちでガタイが良い阿久津は、異性からの第一印象も悪くなく、子どもと一緒になって虫を探したり、子どもを肩車してやったりする姿が、「いいパパになりそう」と評判だったという。

自棄《やけ》を起こすような原因は見つからなかった。たとえ子どもの頃に戸川から何かをされて恨んでいたのだとしても、自らの生活と将来を台無しにしてまで復讐したというのはどうにも腑に落ちない。

正太郎は阿久津の交友関係についてのページに目を落とした。

写真を結ぶ矢印に書き添えられた〈結婚〉〈指導〉〈好意？〉などの端的な言葉が、空々しいものに感じられる。

「どうしてこの日、急に戸川に会いに行ったのかが気になるな」

正太郎は顔を上げないまま口にした。

もちろん、何のきっかけもなかったということもありうるだろう。

たまたま空いた時間ができて、ふと、久しぶりに先生に会いに行こうと思いついた。実の父親の仏壇に手を合わせたことで、「父親のように思っていた」戸川のことを思い出したという線も考えられるかもしれない。

しかしその場合、動機から事件について探るのはさらに困難になる。

殺害の動機は事件当日、二人の会話の中で生まれたことになってしまうからだ。

十条から二俣川までは約一時間、二俣川から上大岡までは約三十分。明らかについでに寄るという距離ではない。

わざわざ電車を乗り継いでまで会いに行くほどの思慕があったのなら、なぜそれが突然殺意に変わってしまったのか。

あの日、二人の間でどんな会話が交わされ――阿久津は、何に激昂したのか。

「あの、バーベキューは関係ないですかね」

大矢の声に、正太郎は顔を上げた。

「バーベキュー？」

「いえ、そう言えば阿久津が事件の前の週に参加していたバーベキューに教師をしている男性がいたな、と思いまして」

大矢は資料を手に取り、すばやく紙をめくる。

バーベキューの参加者についてまとめられたページを示した。

〈早瀬顕一《はやせけんいち》〉という名前の下には、勤務先として私立高校の名前が記されている。

「早瀬が阿久津と個人的に話した場面はなかったそうですが、たとえば——早瀬が、教え子が遊びに来た話か何かをしていて、それを阿久津が離れた場所から耳にしていた、ということはないかなと」

大矢は、全然根拠はないんですけど、と頭を掻いた。

「そもそも自分は、恩師に会いに行くって発想自体したことがなかったんですよ。過去の人は過去の人でしかないというか。でも、こないだ同窓会に行ったら、卒業後に母校へ挨拶に行ったっていうやつが何人もいて、ああ、そういうこともあるんだって驚いたもんで」

「なるほど」

正太郎がうなずくと、大矢は「まあ、もしそうだったとしても、捜査に繋がるとも思えないんですけど……」と肩を縮める。

たしかに、阿久津が戸川に会いに行くことにしたきっかけがわかったところで、今の阿久津の居場所がわかるわけではない。

だが——

正太郎は煙草をくわえ、火をつけた。

誰も、自分たちがこの事件を解決できるとは期待していない。

二年間阿久津の足取りを追い、阿久津の母親や元妻の家の前で張り込みをし、動機の線を洗おうと聞き込みを繰り返してきた。しかし、捜査は行き詰まり、捜査員は減らされていった。

正太郎は灰皿に灰を落とし、煙を深く吸い込む。

どうせ報告すらろくに読まれないのなら。勢いよく宙へ向けて息を吐く。

たとえ本筋からは外れていたとしても、曖昧《あいまい》な点線を実線に変える経験は、無駄ではない。

「次はこの早瀬に会いに行ってみるか」

「え？」

大矢が目を丸くした。

「早瀬にですか？」

「何だ、おまえが言ったんだろう」

「それはそうですけど……」

戸惑ったように視線をさまよわせる大矢の背中を軽く叩き、煙草を揉み消す。

「無駄骨を折り続けるのがこの仕事だ」

2、長尾豊子

紺色と黄緑色のレジ袋、ミネラルウォーターの箱をショッピングカートからトランクに移し、ドアを閉めたところで、豊子はルームソックスを買いそびれていたことを思い出した。

ショッピングセンターに入ってすぐ、ドラッグストアへ向かう途中で靴下専門店を見かけ、そうだ寝るときに穿《は》くルームソックスがあるといいなと考えたのだった。最後に買おうと思っているうちにすっかり忘れていた。

豊子はトランクの窓越しに紳士用肌着と下着、携帯トイレのパック、ウェットティッシュ、シェービングジェル、使い捨て剃刀《かみそり》が入ったレジ袋を見下ろし、ひとまずショッピングカートを駐車場端の置き場へ押していく。

再び店内へ戻るか帰るかで数秒迷い、結局、車へ向かった。

自分の靴下なら、また今度近所の駅ビルで買えばいい。

運転席へ乗り込み、エンジンをかけると、深いため息が漏れた。ほんの三十分歩き回っただけなのに、何だか妙に疲れている。

重く感じられる腕を上げて駐車券を財布から取り出し、ゆっくりと出口へと走らせながら、今度は意識的に深呼吸をした。ようやく、少し身体がほぐれていくのを感じる。

阿久津のための買い物をするとき、いつも豊子は緊張する。

一人暮らしのはずなのに、男性用の日用品を買っていておかしく思われないか。携帯トイレを何度も買っていることを店員に覚えられていないか。

自分が接客をしているときに常連客の購入傾向を覚えているからこそ、自分もまた不審に思われる気がしてならなかった。自宅から離れた大きめのショッピングセンターやドラッグストアを巡回するように使ってはいたが、それでもレジでお金を払うときには、店員に何か訊かれてもいいように答えを用意していた。

父に頼まれたんです。歳でトイレが近いから、車で移動するとき携帯トイレがないと心配みたいで。

もう亡くなっている父の顔を思い浮かべ、訊かれてもいないことを頭の中で答えている自分を、豊子は滑稽に思う。

駐車場を出てしばらくすると見慣れた県道に入り、車線が増えて車の流れがスムーズになった。

けれど、警察署が見えてきたところで信号が変わり、前の車が減速する。豊子も車を停め、顔を伏せた。

警察が自分に目をつけているわけがない。もし少しでも疑っているのなら今頃捕まっていないわけがない。そう思うのに、この瞬間にも警察署から人が出てきて、呼び止められるのではないかと想像してしまう。

豊子の家に警察が来たのは一度だけ、事件からすぐの頃だった。

警察は豊子が阿久津と同じ中学校に通っていたことを調べてきたようで、前置きをせずに最近この辺りで阿久津を見かけなかったかと尋ねてきた。だが、豊子が、さあ、と言葉少なに答えると、家の中を確認しようともせずにうなずいた。

阿久津の中学時代の交友関係について知っている範囲で教えてほしいと請われて話したが、警察は豊子自身に阿久津と交流があるとは考えていないようだった。

実のところ、豊子と阿久津にはこれまで交流らしい交流は何もなかった。

事件直後に交わしたのが初めての会話で、豊子が中学時代にひっそりと阿久津を目で追っていたことなど、誰も知らない。

だから自分に疑いの目が向けられるわけがないと思いながらも、豊子は、たとえば買い物をしているところを警察に見張られていたら、と考える。あるいは、携帯トイレを買う人間が来次第通報するようにと店員に通達されていたとしたら、と。

もはや強迫観念のようなものだった。

ただし、恐怖よりは習慣に近い。悪い想像をすることが癖になっていて、考えずにいられないというよりは進んで考えようとしている気がした。

三十分かけて自宅に着き、車を降りる頃には、軽い眠気を覚えていた。

着替えたら昼寝でもしようかと考えながら、ひとまず二つのレジ袋だけを持って玄関へ向かう。念のため前の道に人がいないことを確認してドアを開け、中に足を踏み入れた瞬間、短く息を呑んだ。

廊下に、ベニヤ板の上に載せておいたはずの箱が転がっている。

心臓がどん、と大きく跳ねた。

――まさか、置き忘れた？

一気に血の気が引いていく。

いつも慎重に箱を置き、少し離れ、一見して下へと繋がる階段があるとは気づかれないよう確認していたはずだった。

だけど、すぐに地下室に戻るときにはいちいちベニヤ板をかぶせたりはしていなかったし、何を買うか、どこに買いに行くかを考えながら支度していたせいで、そのまま出てきてしまったのかもしれない。

とん、とん、と余波のような鼓動が胸を打ち続けていた。

――何をやっているんだろう。

外でばかり気を張っていたって、肝心のここをちゃんと隠しておかなければ意味がないのに。

豊子はため息をついて階段を下り、ドアをノックした。

「ただいま」

声をかけて待つが、中からは何の物音も聞こえてこない。

一瞬、嫌な予感がした。

豊子はドアノブをつかみ、中へ飛び込んだ。

目の前の光景に、呆然と目を見開く。

阿久津の姿はなかった。

テレビの前にも、布団の上にも、どこにもいない。

汗と尿と精液の臭いが微かにこもった部屋は、一時間半ほど前と何も変わっていないように見えた。布団も起き出した形のままで丸まっているし、扇風機も回り続けている。

阿久津くん、と呼びかけそうになった言葉を寸前で呑み込んだ。

膝ががくがくと震え始める。

――どこへ行ったのだろう。

その先が、上手く考えられなかった。ただ、先ほど目にした警察署が脳裏に浮かび、呼吸が上手くできなくなる。

こんな生活がずっと続くわけがないことなんて、わかっているつもりだった。だけど、まさか、こんないきなり――

と、そのとき、頭上から微かな水音が聞こえた。

豊子はハッと顔を上げ、部屋から飛び出す。

階段に足をかけるのと、阿久津の姿が現れるのが、同時だった。

「おかえり」

いつもと同じ口調で言われ、強い目眩《めまい》を覚えた。たまらずその場に座り込む。

阿久津が下りてくる気配がした。

「どうした」

どうしたじゃないでしょう、と怒鳴りつけたかったが、口から漏れたのは、どうして、というかすれた声だった。

「ん?」

「どうして、勝手に出てるの」

ああ、と阿久津が今気づいたというような声を出す。

「トイレに行ってた」

全身から、力が抜けていくのを感じた。

これまでにも、阿久津が地下室から出てくることは何度もあった。

豊子が家にいるときには簡易トイレではなく一階のトイレを使っていたし、お風呂や歯磨き、髪を切るときにも風呂場や洗面所まで上がっていた。

豊子の在宅中ならば、一階の電気がついていても水音がしてもおかしくはないし、もし誰かが来ても、玄関のドアを開ける前に阿久津を地下室に帰してベニヤ板と箱を戻せるからだ。

窓があるリビングに行かなければ外から人影を見られる心配はないし、地下室以外で話さなければ、話し声が外に漏れるおそれもない。

それは最初に話し合って決めたことで、この二年間、一度だって阿久津が約束を破ったことはなかった。

豊子が家を空けるのは、アルバイトがある十六時から二十一時に通勤時間を合わせた六時間ほどだった。それ以外に買い物や所用で外出するときも、三時間以内には帰宅するようにしていた。

豊子がいないときに尿意を覚えた場合は簡易トイレを使っているようだったが、排便は大抵朝起きてすぐだと決まっていたから、これまで問題になったこともなかった。

「今までも、私がいないときに出たりしていたの？」

「してない」

阿久津は即座に否定した。

本当だろうか、と表情の変化を探っていると、「出てない」ともう一度繰り返される。

豊子は小さく息を吐いた。

たしかに、ベニヤ板は何とか戻すことはできても、その上に箱を載せることはできない。

豊子は自分が動揺していることを自覚し、胸を押さえた。けれど、速まった鼓動はなかなか収まらない。

「だったらどうして、今日は部屋から出たの」

「んー猫が」

「猫？」

豊子は眉根を寄せた。

「猫が庭に入ってくるようになったからさ。うんこしてるときに猫が入ってきて目が合ったら嫌だろ」

あまりに間の抜けた理由に、豊子はふいに泣きたくなる。

外から見つからないように、ベニヤ板で穴を塞ぎ、箱を置いて隠していた。だけど、中からだって、ベニヤ板と空箱は簡単にどかせる。

――この人は、今までだって、いつでも好きなときに出て行けたのだ。

わかっていたはずのことなのに、裏切られたような気持ちになる。

豊子は、鼻の奥に鋭い痛みを感じて、息を詰めた。

本当は、気づいていた。

気づいていながら、考えないようにしていた。

阿久津が、自分から人を殺したと話したこと。

あのとき通報していたら、その場ですぐに捕まっていたはずだったこと。

――この人は、この生活が終わることを恐れてなんかいない。

うちに来なよ、と言われたから、ついてきた。このままいていいよ、と言われたから、居続けた。

きっと、この男にとっては、それだけでしかなかったのだ。

「あなたが捕まったら、私だって捕まるんだよ」

吐き出す声が震えた。

こんなことが言いたいわけじゃない。捕まることが嫌なわけじゃない。なのに、口が止まらない。

「指名手配されている人を二年間も匿い続けているんだから、罪に問われないわけがないでしょう」

夫と離婚して、もう二度と恋愛なんてすることはないのだろうと思っていた。

相手の反応に一喜一憂して、気持ちが離れていくのを怖がりすぎて、余計に相手を遠ざけてしまうような愚かなことなど、もう自分はしないのだと。

――なのに、私は何度でも間違える。

間違えているとわかっていながら、それでも相手を引き止めるための方法を探してしまう。

自分がしていることが犯人蔵匿罪という罪に問われると知ったときには、恐怖よりも喜びが勝った。本に書かれた〈三年以下の懲役または三十万円以下の罰金〉という量刑を眺めては、その重さが阿久津を繋ぎ留めてくれるように願っていた。

阿久津がちらりと上を見る。

だったら出て行くと言われそうな気配を感じて、豊子は咄嗟に阿久津の胸に飛び込んだ。

「いいから」

背中に腕を回し、力を込める。

「ここにいていいから」

本当は、行かないでという言葉が浮かんでいた。けれど口にしてしまえば、この関係は崩れてしまう。

この二年間、この人が人を殺してなんかいなければ、と何度も考えた。

普通に再会できていたら、一緒に外を歩けた。二人で買い物だってできた。周りから悟られないようにと警戒することもなく、堂々と阿久津との関係を人に話せた。

今年の年始、短大時代の友人たちから飲み会に誘われ、翌朝早くに予定があるからと口実を作って断った。少しだけでもいいから顔を出しなよと言われて渋々参加すると、久しぶりに会った友人たちは、互いの子どもの話や夫の愚痴をサラダのように交ぜ合わせ、そう言えば豊子は誰かいい人とかいないの、と飲み放題にワインは入らないのか確認するような口調で訊いてきた。

豊子が『何もないよ』と答えると、一人が『紹介してあげたいけど、よさそうな人はみんな結婚してるしなあ』と唸り、もう一人が『でも好きなだけ自分の時間が持てるってちょっと羨ましい』と姿勢を崩した。『わかる！』と声が上がって再び子どもと夫の話題へと戻っていき、豊子は梅干しサワーの梅干しを丸ごと口の中に含んだ。

実は中学の同級生とたまたま再会してからつき合うようになって、今一緒に住んでるの。

豊子は、甘やかな秘密を味の抜けた梅干しと一緒に舌の上で転がした。

やがて実が取れてざらりとした感触だけが残ると、種を吐き出し、ごめん猫に餌をあげ忘れてきちゃった、と嘘をついて先に帰った。

帰り道、豊子は夜空を見上げながら、どうして阿久津が罪を犯してしまう前に会えなかったんだろう、と今度は白い息を転がし続けた。けれど息は少しずつ薄く小さくなっていき、家に着く頃にはすっかり酔いも醒めていた。

もし阿久津が殺人を犯していなかったら、こうして関係を持つことも、きっとなかった。

「不用意な行動だけはしないで」

阿久津は、動かなかった。

「勝手に部屋を出るのはやめて」

豊子が言い換えると、しばらくして、豊子が額をつけた胸が、空気を吸い込んで微かに膨らむ。

「わかった」

それでも豊子が腕から力を抜けずにいると、阿久津は豊子を引きずるようにして部屋へ戻った。

布団の上に腰を下ろし、そのまま転がる。

豊子は阿久津の腋に鼻を埋め、汗の匂いを強く嗅《か》いだ。

自分の体臭とは違う、どこか酸っぱくて香ばしい匂い。

猫って、と豊子は強張っていた口元を微かに緩めた。

野良猫が庭に入ってきたところで、天窓のロールスクリーンを閉め切っているのだから見えるはずがない。阿久津の言い訳が自分が使った嘘と似ていることが、何だかおかしくて、少しだけ嬉しい。

豊子は、阿久津の鼓動を感じながら、ゆっくりと目を閉じた。

まぶたの裏に、町内の掲示板で見かけた指名手配のポスターが浮かぶ。

〈神奈川県横浜市旭区今宿における殺人事件〉

この地域での事件であることを強調するためか、地名が大きく書かれたポスターには、それよりも数倍大きな文字で〈阿久津弦〉という名前があった。

〈身長１８０センチくらい〉

〈昭和36年6月19日生（犯行時35歳）〉

〈逃走時の服装：黒いTシャツ、グレーのカーゴパンツ〉

他と比べると小さな文字で情報が添えられ、〈この男性に心当たりのある方は情報をお寄せください〉というフレーズと、警察署の電話番号が目立つ形で記されていた。

写真は、いつ撮られたものなのか、阿久津の正面を向いた顔が大きく引き伸ばされていた。

笑顔のものは使わないことになっているのか、どこか眠そうな表情で、見るからに悪いことをしそうな人相だった。

あまり長く見ていると声をかけられそうな気がして、豊子はすぐにポスターの前から離れた。以降、じっくりと眺めたことはない。

だが、当時感じた奇妙な感覚は、今もくっきりと豊子の中に残っている。

こんな男は知らない、という違和感と、これは私の男だ、という思い。

そのどちらが大きいのかは、豊子自身にもよくわからなかった。

3、仲村桜介

失礼します、と言って職員室のドアを開けると、廊下とは比べものにならないくらい涼しい風が顔に吹きつけてきた。

桜介はかえって息苦しさを覚えて、肺いっぱいに息を吸い込む。一拍遅れて先生たちの視線が集まっていることに気づき、あの、と言いかけて、口を閉じた。

普段職員室に来るのは、日直で理科室の鍵を借りるか、スポーツ委員会の仕事で体育館の鍵を借りるかのどちらかだ。どこどこの鍵を借りにきました、と大声で言って中に入り、真っ直ぐに進んで教頭先生の机の奥に並んだ鍵から目当てのものを持っていくことになっている。

だけど今日は、そうした「普通の理由」があるわけではないから、何と言えばいいのかわからない。

入り口から一番遠いところにある岡野《おかの》先生の席へ目を向けると、誰も座っていなかった。

教室にはいなかったから、職員室だと思ってしまったけど、もしかしたらもう理科室へ行っているのかもしれない。

どうしたものか迷っていると、手前の席にいた小高《おだか》先生が近づいてきた。

「仲村くん、どうしたの？」

見た目の印象よりも少しだけ低い、柔らかな声音で聞いてくれる。

小高先生のクラスになったことはないけれど、小高先生は校内ですれ違うといつも名前で呼んでくれていた。仲村くん、おはよう。校庭で転んだ一年生を保健室に連れて行ってくれたんだって？　ありがとうね、仲村くん。

優しくて穏やかで、いろんなことをよく見てくれている小高先生は、子どもたちからも人気があって、桜介もいつか先生のクラスになれたらいいなと思っていた。

結局叶わないまま六年生になってしまったものの、今年は一年生の担任らしいと知って、入学したばかりで緊張している一年生にはぴったりだなと思ったものだった。

あの、岡野先生にちょっと相談があったんですけど、と切り出すと、小高先生は職員室の後ろの方に向かって、

「岡野先生」

と声を張り上げた。

あ、岡野先生はいないのに、と思ったが、隣の事務室の方から、「はーい」という声が返ってくる。

小高先生は桜介に目配せし、おいで、と言って先導してくれた。

先生たちの机の間を通って大きな棚の奥に回り込むと、お昼に専科の先生たちが給食を食べているという長机がたくさん並べられたスペースに出る。

「ここにいて」

小高先生は椅子を一つ引いて桜介を促し、事務室へと入っていった。桜介は花柄の大きなテーブルクロスを見つめながら、パイプ椅子に腰を下ろす。

ここに座るのは六年間で初めてだった。窓際には小さな流しがあって、隣の食器棚には湯呑や木のお皿のようなものがぎっしりと入っている。何だか知らない人の家に来たみたいな気持ちになって、視線が泳いだ。

少しして、ジャージ姿の岡野先生が事務室から青いファイルを持って出てきた。

「お、どうした仲村」

桜介の向かいの席に座り、「何か相談だって？」とテーブルに肘をつく。

続いて出てきた小高先生がにっこりと微笑みながら自分の席の方へ戻っていくのを見て、桜介は「はい」とうなずいた。

「あの、日光のことなんですけど……波留が、行かないって言ってて」

波留の名前を出した途端、先生の顔がわかりやすく曇る。

「ああ、それなあ」

先生は髪の毛をワックスで立てた頭をぼりぼりと掻いた。

「仲村は橋本と仲がいいし、一緒に行きたいよな」

桜介は深く顎を引く。

「それで、何とかして、波留も行けないかなと思って」

波留を説得することができない以上、もう先生に頼むしかない気がした。先生から言ってもらえば、波留も考えを変えてくれるかもしれない。

桜介は先生を真っ直ぐに見つめ、お腹に力を込めた。

「お金なら、僕が出します」

「仲村」

先生が慌てたような声を出す。

「おい、それは」

「お年玉を貯めておいたやつがあるから大丈夫です。別に買いたいものもなかったし、」

「そういうわけにはいかないだろう」

言い終わるよりも早く、先生が言葉を挟んだ。

桜介は再び口を開く。

「波留が嫌がるかもしれないから、僕が出したって言わないでいいです。先生が出したとか、宿の人に相談したらどうにかなったとか言えば……」

「友達のことを思う仲村の気持ちは、先生も嬉しいよ」

先生は少しだけ悲しそうな目で、桜介を見た。

「先生も橋本のことは何とかしたいと思っているんだ。だけど、これはそういう問題じゃない」

「じゃあどういう問題なんですか」

桜介が嚙みつくように訊くと、先生はもう一度頭を搔く。声のトーンを落として、実はな、と言った。

「先生も、橋本だけ参加できないなんて残念だから、橋本の親御さんに連絡して、何とかならないかって頼んだんだよ。……もし、金銭的な問題だけなら僕が何とかします、とも言った」

「何とかなるんですか？」

先生はちらりと背後をうかがい、桜介に顔を近づけてから、先生のポケットマネーってやつだよ、と指で輪っかを作ってみせながら小声で言う。

「これは人には言うなよ。他の保護者に知られたら問題になるからな」

「はい」

桜介は神妙な顔でうなずいた。

それでも、先ほどよりも気持ちが軽くなっているのを感じる。

先生も、何とかしようとしてくれていたのだ。先生がお金を出してくれるのなら、波留だって自分に出されるよりは受け入れやすいだろう。

先生は、だけど、と難しい顔をして続けた。

「それでも、親御さんがうなずいてくれないんだよ」

「え、何で」

「どうせ、うちの子は転校したばかりで友達もいないからって言うんだ」

――友達が、いない？

桜介は目を見開く。

「そんな、いるのに……」

「先生もそう言ったよ。すっかりクラスにも溶け込んで友達もたくさんいますよ、絶対に一生の思い出になりますからって」

「それで、波留のお父さんは」

先生は、桜介から視線を外した。どう答えるか迷うように青いファイルを見つめる。そのうつむいた顔が妙に心細そうに見えて、ふいに岡野先生は自分の親よりも若いのだと思い出した。

岡野先生が、首の後ろに手を当ててため息をつく。

「そういうのが嫌いなんだよって言われてしまった」

「そういうのって？」

「俺は林間学校なんて嫌な思い出しかない。そういう、みんなで一緒に楽しい思い出を作りましょう、みたいな教師がいるから、林間学校なんて行かせたくないんだって……先生、何も言えなくなってしまってな」

桜介も何も言えなかった。

みんなで一緒に楽しい思い出を作ることの何が悪いんだろう？

たしかに、日光も、車酔いをする子なんかは少し憂鬱だと言っていた。楽しみだから頑張るけど、いろは坂は嫌だなあ、と。

桜介が毎年張り切っている運動会だって、嫌いな子がいるのは知っているし、桜介も、みんなの前でお芝居をしなきゃいけない学芸会はあまり好きじゃない。

だけど、波留は日光東照宮を楽しみにしているようだったのだ。近くで見たらすごい迫力なんだろうな、と憧れるみたいに言っていたのに――

職員室を出てからも、頭の中がぐるぐるしていた。

職員室へ入る前よりもわっとして暑く感じられる廊下を、うつむいて歩く。視界がグラグラと揺れる。

友達がいない、という言葉が反響していた。

波留が、そうお父さんに言ったんだろうか。

——もしかして、波留は俺のことを友達だと思っていなかったんだろうか。

波留が転校してきたのは、今年の四月だった。

六年生で転校なんて大変だなと思いながら、頬杖をついて教室のドアが開くのを見ていたら、先生の後ろから入ってきたのは、先生よりも頭一つ分くらい大きな男子だった。

うわ、でっけー！

誰かが叫んだ。

え、マジ？　桜介よりもでかいじゃん！

自分の名前が出て、咄嗟に周囲を見ると、いくつかの目が自分の方に向いていた。転校生の視線も桜介を捉える。

『橋本波留です。よろしくお願いします』

短く簡単な挨拶をして頭を下げた波留は、もう桜介の方は見ず、先生に促されて一番後ろの席へ向かった。

どう考えても波留には小さすぎる机と椅子に、身体をねじ込むようにして座る。

桜介は、頬が熱くなるのを感じた。

百七十センチある桜介は、これまでクラスの中でも断トツで背が高かった。ミニバスの大会に出れば自分よりも高いやつは何人もいたけれど、それでも、学校では常に桜介は

「異様に背が高い小学生」だったのだ。

桜介は、いろんな人からバスケットボールが向いていそうと言われてきた。自分でも、バスケをやるために神様から与えられた身体なのだと思ってきた。

身長で負けたことを悔しく思いながらも、桜介は、バスケじゃ負けない、と思った。いくら背が高くたって、ドリブルやシュートの練習をしていなければ試合じゃ使い物にならない。

むしろ背が高い分だけ動きが鈍くなりがちで、ミニバスの大会で見かける自分より背が高い選手の中にも、まったく身体を活《い》かせていないやつはゴロゴロいた。

桜介は体育の授業が始まるのを心待ちにし――だが、そこでも完全に打ちのめされた。

波留はこれまでに桜介が直に見たことがある誰よりも上手く、ボールを手にするや否やドリブルだけで全員を抜き去り、完璧なレイアップシュートでゴールを決めたのだった。

すげえ、という歓声が一気に沸き上がった。

大人みたい、漫画みたい、プロみたい――波留へ向けられる言葉のすべてが、桜介の癇《かん》に障《さわ》った。

なぜなら、それらはこれまで、桜介に向けられていたものだったのだから。

桜介自身、クラブチームに入って練習している自分と、授業で初めてバスケットボールを触った他のクラスメイトとでは、もはや同じスポーツをやっているとも思えないほど、もの、が違うと感じていた。

みんながちょっとドリブルをするだけであたふたしている中で、ロールターンやレッグスルーを交えてディフェンスをかわすのは気持ち良かったし、大したブロックもされないから、ロングシュートも面白いように入った。

先生からも、悪いけど少し力をセーブしてやってくれ、と頼まれるくらいで、体育の授業がバスケのときは、桜介はちょっとしたヒーローだったのだ。

だが、その座は波留によってあっけなく奪われた。

バスケのことをよく知らない人が見ても、はっきりと違いがわかるくらい、波留のすごさは段違いだった。

こいつさえ転校してこなければ、と桜介は思った。

波留が悪いわけじゃないことはわかっている。だけど、こいつが来なければ、こんなふうに恥をかかされることもなかったのに、と。

バスケの授業では、否応なしに別々のチームに入れられ、結局は1on1の形になるから向かい合わざるを得なかったが、それ以外のときは、意識的に波留には近づかないようにした。

波留も自分から声をかけてくることはなく、それがまた桜介のプライドを傷つけた。

こいつだけとは仲良くならない、と桜介が作っていた壁があっけなく崩れたのは、ひと月ほど経った頃。

きっかけは、あまりにくだらないことだった。

その日は、給食のメニューに揚げパンとメロンがあった。

欠席者は一人で、つまり、スープはともかく、揚げパンとメロンは一人しかおかわりをもらうことはできない。

おかわりは最初に配られた分を完食した順にもらえることになっていたから、桜介は「いただきます」の挨拶をするなり、スープを口に流し込み、メロンにかぶりつき、揚げパンを歯でむしるようにして食べていった。

残すところあと揚げパンが半分だけ、となったところで、桜介は牛乳の蓋を開けながら波留の様子を窺った。

波留も転校してきて以来毎日おかわりをしているから、今日もおかわり目当てに早食いをしているに違いない。

敵の進み具合を確かめるつもりで波留の席の方を振り向き、そのパンパンに膨らんだ頬を見て血走った目と視線が絡んだ瞬間。

桜介は盛大に噴き出した。

それにつられたように、波留も鼻と口から勢いよく牛乳を噴き出す。

うっわ、きたね！

やだ、最悪！

周りの席の子たちが叫んで大騒ぎになる間も、桜介は笑いが止まらなかった。何だその顔！

結局二人で先生から怒られ、汚れた机を片付けさせられ、雑巾を洗いに行かされた。

牛乳が垂れてこないように雑巾を手のひらで包むようにして外の流しに行くなり、同じ体勢の波留がやってきて、再び笑いが込み上げてきた。

おまえ、あの顔は反則だろ。

いや、おまえこそ人の顔を見ながら噴き出すとかありえないだろ。

ぎゃあぎゃあ言い合っていると、また先生がやってきて、黙って洗え、と叱られたが、何だかもう、桜介は波留相手に意地を張っているのが馬鹿らしくなったのだった。

ざっとすすぎ終えて雑巾を絞り上げると、桜介は、隣にいる波留へ顔を向け、なあ、今度バスケ教えてよ、と言った。

波留は軽く目を開いてから、ニヤリ、と笑った。

『んじゃ、この後昼休みにな』

それ以来、波留とは延々とバスケの練習をするようになった。

中休みや昼休みはもちろん、五分休みにも校庭に出てシュートの練習をし、波留がクラブチームに入りたいと言うから連れて行ってコーチに紹介もした。

波留と仲良くなってから、毎日が何倍も楽しくなった、と桜介は感じてきた。

こんなに気が合う友達ができたのは初めてだ、と。

——だけど、波留にとっては、違ったのだろうか。

教室へ戻ると、ガランとした室内には、波留だけが立っていた。

「あ、桜介、どこ行ってたんだよ」

咎める真似をするような口調で言い、「もうみんな理科室に行っちゃったぞ」と廊下へ向かう。

桜介が机の前まで来たところで動きを止めると、「桜介？」と怪訝《けげん》そうな声を出して戻ってきた。

その途端、急《せ》かすようにチャイムが鳴る。

「ほら、早く行こうぜ」

だが、桜介は授業へ向かう気にはなれなかった。

こんな気持ちのままで、ノートを取ったり実験したりできるとも思えない。

「桜介？」

波留が、長い首を傾げて顔を覗き込んできた。

桜介は反射的に身体の向きを変えてしまってから、腰の横で拳を握る。

「……波留は、本当は俺に怒ってるんだろ」

「え？」

波留が微かに首を引いた。

「怒る？　俺が？」

その飄々《ひょうひょう》とした声を聞いて、また頭に血が上る。だって、と答える声が喉に絡んだ。

「……俺のせいで怪我をすることになったんだし」

「またそれか」

波留はため息をつく。

「何度も言ってるけど、別に桜介のせいじゃないって」

「だけど、試合にだって出たかっただろ。波留が治るまで勝ち進めておくって言ったのに、結局負けちゃったし……」

いや、別に、と波留は襟足に手を当てた。そのどうでもよさそうな表情と仕草に、余計に感情が高ぶっていく。

今だって、こうやって平気なふりをするのは、自分に心を許していないからじゃないか。本当のことを言って喧嘩みたいになるのが面倒くさいだけじゃないか。

「何でちゃんと怒ってくれないんだよ。直接言ってくれた方がよっぽど――」

――友達がいないなんて、そんなことを家で言われるよりはいいのに。

込み上げた言葉を吐き出しそうになったそのとき。

波留が、澄ました顔で、言った。

「俺、そんなにバスケ好きじゃないし」

一瞬、目の前が赤くなる。

唇がわななき、嗚咽《おえつ》が漏れそうになった。

全身を駆け巡る感情が何なのか、自分でもわからない。

ずっと、波留が羨ましかった。

波留みたいになりたいと思っていた。

バスケの神様に愛されているみたいに背が高くて、テクニックもすごくて、特別な波留。

波留は、自分に罪悪感を抱かせないために言ってくれているのだ、と思う。思おうとする。

だけど、それでも。

バスケが好きじゃないなんて。

――それを、波留が俺に言うのか。

「だったら、何でそんなに上手くなるまで練習したんだよ」

声が震えて、語尾がかすれた。涙が溢れ出しそうになるのを必死にこらえる。

波留は、何も言わなかった。

ただ、じっと桜介の前で突っ立っている。

やがて、頭上からため息をつく音がした。波留が、教室のドアへ向かう。桜介は、唇を強く嚙みしめた。

もう終わりだ、という言葉が頭に降ってくる。

こんなふうになってしまった以上、たとえ波留の怪我が治っても、元の関係には戻れないだろう。

もう、前みたいに、二人で笑ったり、練習したりすることはない。

目の縁まで盛り上がった涙がこぼれてきてしまいそうだった。だけど、ここで、波留の前で泣くのだけは嫌だ。

せめて波留がいなくなるまでは我慢しようと、気配が離れていくのをじっと待った。

何なんだよもう、さっさと出て行ってくれよ――

突然、耳がドアの閉まる音を拾い、桜介はハッと顔を上げた。

ドアを閉め切った波留が、ゆっくりと桜介の方を振り向く。

「これは、他の誰にも言うなよ」

「え？」

波留は、声のトーンを落として続けた。

「俺、父親に当たり屋をやらされてるんだよ」

4、橋本波留

最初のきっかけは、本物の事故だった。

小学三年生の三月で、その日は朝から細かな雨が降り続いていた。

波留はクラブチームの練習後、親と夕飯を食べていくというチームメイトと別れて一人で帰途についた。

練習の疲れ以上に、足が重かった。

波留は三年生の中で一人だけ、全国大会のスターティングメンバーに選ばれていた。体格と予選での得点実績を買われてのことだったが、ベンチに入れなかった四、五年生や保護者からはどうして三年生なんかを入れるのかという声も上がっていた。波留自身、声として聞こえてくる以上に不満に思われているのを感じていた。一人だけずるい。何であいつだけ。コーチはえこひいきしている。

コーチは、経験を積ませておきたいのだと説明した。二年後、三年後、全国大会経験が豊富な選手がいるかどうかでチームの力は変わってくる。自分はミニバスをただのお稽古事だとは考えていない。橋本がいれば全国優勝だって狙えるんだ、と。

コーチの発言は余計にみんなを怒らせていたけれど、それでもやっぱり波留は、認められてチャンスをもらえる自分が誇らしかった。メンバーに選ばれた日には、さすが俺の息子だ、と父が喜んでくれるところを想像して、気が逸《はや》るのを懸命に抑えつけながら小走りで家に帰った。

だが、とっておきの宝物を見せるような気持ちで報告した波留に、父は鼻を鳴らした。

『ただの稽古事じゃなかったら何なんだよ。高い月謝払わせといて勝手にクソみたいな夢見やがって』

波留が選ばれたことについてのコメントはなく、台所へ焼酎の瓶を取りに向かった。小さなグラスに注いで一気に呷《あお》り、立ち尽くしたままの波留を振り返って見る。

『波留、おまえバスケは今年で終わりな』

え、と訊き返す自分の声は間が抜けて聞こえた。

ちょうどいいだろうが、と父が笑い交じりに言う。

『周りのやつらは、おまえが来年以降にもチャンスがあるのに出させてもらうのがムカついてんだろ。おまえも今年で最後だってんなら納得するんじゃねえか』

全身が冷たくなっていくのを感じた。自分は間違えたのだ、とそれだけがわかった。

何かを言わなければならない気がして、別に誰にも納得されなくてもいい、と声を絞り出した。けれど、これも間違いだった。

父は、おまえ何様のつもりだよ、と吐き捨て、瓶の底でテーブルを叩いた。鈍い音と振動に、波留は反射的に身をすくめる。

父は、はっきりと眉を吊り上げていた。

『たかが稽古事のために、毎月いくらかかってると思ってんだ。そういうことは稼げるようになってから言えよ』

父は元々、証券会社の実業団にバスケットボール選手として所属していた。だが、バブルが弾けて実業団が解散したとき、既に三十歳を超えていた父の行く先はなかったらしい。仕方なく現役を引退してその会社の営業部で働くことになったそうだが、スーツを着るようになった父はいつも機嫌が悪く、久しぶりに父の笑った顔を見たと思ったときには仕事を辞めていた。

バスケなんかやったってどうせ日本じゃ金にならない、というのが、父の口癖だった。だから真面目にやっても意味がないと言うときと、やるならアメリカに行けと言うときがあったけれど、実業団がなくなってからはアメリカという単語は出なくなった。

月謝袋を渡すたびに、父は無表情になった。嫌な顔でも、面倒がる顔でもない、ただ感情を消した顔。

お金を入れた袋を返されるときに、ほんの一瞬、躊躇うような間があった。いつも波留は、気づかないふりをした。父が何かを切り出すきっかけを作ってしまわないように。

何がきっかけになるかわからないと、気をつけていたつもりだった。もうすぐ失業保険というお金がもらえなくなるらしいと知って、前よりももっと慎重になっていたはずだった。

——なのに、どうしてあのとき、褒めてもらえるなんて思ってしまったのか。

波留は、着替えやシューズの入ったリュックの肩紐を握りしめ、足元を見つめながら歩いていた。

今月一杯でクラブチームを辞めることになる、という話は、コーチにもチームメイトにもできていなかった。言ってしまえば、本当にそうなってしまう。誰にも言わず、当たり前のように通い続けていれば、タイミングを逃して辞める話自体がなかったことになるかもしれない。

全国大会で優勝できたら続けてもいいと言ってくれるんじゃないかという期待は、抱きようもなかった。ミニバスの全国大会で優勝することなんて、父からすれば何でもない。父はかつて、インターハイで優勝、スポーツ推薦で入学した大学ではインカレで準優勝している。

今の父なら、波留が優勝すれば、むしろこれでいい思い出ができただろ、と言う気がした。どうせ辞めるんなら早い方がいい。バスケなんて潰しがきかないもんに人生費やしたら馬鹿を見るぞ、と。

父は馬鹿を見たんだろう、と波留は思った。自分が同じ目に遭わないようにと心配してくれているのだろう、と思おうとした。

だけど、どうしても辞めたくなかった。やっと、積み上げてきた基礎の意味がつかめてきたところだった。身体の使い方がわかってきて、点と点が繋がり始めたところだった。

試してみたい動きがいくつもあった。今が急成長するときだという感覚があった。

それなのに――

唇を噛みしめながら横断歩道を渡り始めた瞬間。

突然、真横で激しいブレーキの音が響いた。ハッと顔を向けると車のライトが迫っていて、気づけば目の前に大きなタイヤとアスファルトがあった。

運転手は、免許を取ったばかりの女子大生だった。彼女とその両親は鎖骨を骨折した波留の元に菓子折りを持って訪れ、膝に額が付きそうなくらい深く頭を下げた。

娘がこんなことをしでかしてしまって本当に申し訳ない。信号を無視した娘が百パーセント悪かった。まだ免許を取って日が浅かったのだから、雨の日に運転などすべきではなかった。息子さんの大事な身体に傷を負わせてしまって、何とお詫びすればいいのかわからない。

波留はずっと泣いていた。まさかこんなふうに終わってしまうなんて、思いもしなかった。自分はもう、最後の試合に出ることすらできない。悲しくて悔しくて、身体が破裂してしまいそうだった。

波留がミニバスの選手で、全国大会へ出場できなくなったことを知った女子大生は、顔色をなくし、傍目にもわかるほどにガクガクと震え始めた。彼らは一度波留の家を出て三十分後に再び現れ、父に茶封筒を差し出した。

父は彼らが帰ってすぐ封筒の中身を確認し、すごいぞ、と興奮した声を上げた。

『見ろよ波留、百万入ってるぞ』

何だそんなもの、と波留は思った。百万円なんかあったって、自分には関係ない。そんなことより、今すぐこの身体を元に戻してほしい。

返事をする気にはなれなくて顔を背けていると、父は波留の折れていない方の肩に手を置いた。

『波留、試合に出られなくて残念だったな』

もうずっと聞いていないような優しい声に、波留は驚いて父を見た。父は声よりもわずかに硬い、どこか緊張した視線を向けてくる。

『つらいよな。お父さん、波留の気持ちも考えないでごめんな』

何をどう考えたらいいのかもわからないままに首を振った。父はゆっくりと目を細める。

『まだバスケがしたいか？』

波留は短く息を呑んだ。見開いた目で、父を見つめる。

どうしてそんなことを訊くのか。もしかして――

『したい』

身を乗り出して答えると、父は『そうだよな』と笑って波留の頭をぐしゃぐしゃと掻き混ぜた。

『わかったよ』

『バスケ辞めなくていいってこと？』

ちゃんと言葉にして聞いておかないとなかったことにされてしまう気がして、慌てて確認する。

父は、ああ、とうなずいて封筒を掲げた。

『これだけあれば、月謝くらい払えるだろ』

ありがとうお父さん、と飛びつこうとして、肩に走った痛みに腕を引いた。詰めた息を慎重に吐き出しながら、父の言葉を嚙みしめる。バスケを辞めなくていい！

立ち込めていた霧が晴れていくような気分だった。父を見ると、父もまた、ずっとわからずにいた問題の答えをもらったような顔をしていた。

『バスケが金になるとはな』

父はしみじみとつぶやいた。

波留は、ぎくりと動きを止めた。意味がわからないのに、嫌な予感だけがあった。何かがこもった、べたついた声。

父は、暗い笑みを浮かべながら続けた。

『もっと活躍して、もっと最悪なタイミングで事故に遭えば、もっとたくさんのお金がもらえるかもしれないな』

父は、世の中には「当たり屋」という人たちがいるのだと説明し始めた。いいか波留、車ってのは保険に入ってるんだよ。運転手が事故を起こしたら、保険会社が金を払う。ちょっとした怪我でも痛いと言い張れば病院に通い続けられるし、それだけ金がもらえるんだ。きちんと相手を選べば、今回みたいに慰謝料をもらうことだってきっとできる。まさか子どもが当たり屋だなんて普通は思わないから、疑われることもない。

父の口はよく回った。

滑らかに揺るぎなくしゃべる父は、これまで見たことがないほど生き生きしていた。

俺だって、本当は波留にバスケを続けさせてやりたいんだよ、と父は哀れっぽく言った。何も本当に怪我をすることはないんだ。どこかを痛めていてもおかしくないと思わせられればそれだけでいい。大丈夫、波留ならできるよ。アリウープでタイミングを合わせるようなもんだ――

最初にわざと車にぶつかりに行ったときのことは、今も波留の脳裏に焼きついている。

薄闇の中から猛スピードで向かってくる車が、たくさんの顔みたいに見えた。

吊り上がった目と、横に大きく開いた口。笑いながら怒っているみたいな異様な顔は、目をギラギラさせて波留を弾き飛ばすタイミングを窺っていた。

波留は目を強くつむり、震える息を長く吐き出した。

タイヤがアスファルトを擦る音が、ひどく大きく聞こえた。頭をぼんやりさせるざらついたリズム、石粒をはねる尖った音、ぶるるると低く唸るエンジン音。

早く、と言葉にして考えた。

早く、飛び込め。早く、足を前へ出せ。

急がないと、誰かに止められてしまう。そうなったら、この場所は使えなくなる。今日を逃せば、試合の日が来てしまう。

音が大きくなる。お腹の奥の方が見えない手で絞られているように苦しくなる。死んでしまったらどうしよう。痛いのは嫌だ。怖い。こんなこと、自分にできるわけがない。

だけど、まぶたを上げて道の向かいを見ると、父は波留をにらみつけていた。

何でこんなことになったんだろう、と泣きたくなった。

本当に他に方法はないんだろうか。お父さんは、僕が死んでもいいと思っているんだろうか。

思っているんだろう、と思った途端、波が引くように震えが収まった。

父と母が離婚することになって、どちらと一緒に暮らしたいかと訊かれたとき、波留はなかなか答えられなかった。

本当は、お母さんだと言いたかった。だけど、母は全然目を合わせてくれなくて、父だけが自分を見ていた。

お父さんたちで決めてほしいと思ったけれど、二人とも波留の答えを待っていた。黙っている時間が長くなるほど、両親が遠ざかっていくのを感じた。もはやどちらの膜がより薄いかしか考えられなくて、お父さん、と口にすると、父の膜がぷちんと弾けて父の笑った顔が見えた。

その瞬間、波留は後悔した。

ここでお母さんだと答えたら、お母さんの膜が破れていたんじゃないか。自分は、絶対に間違えてはいけないものを間違えたんじゃないか。

悲しくて怖くて泣き続ける波留を、父は抱きしめてくれた。波留。つらい思いをさせてごめんな。お父さんと、バスケしような。

一年経って小学二年生になった頃、母が再婚して子どもを産んだらしいと父から聞かされたときには、全身の水分が全部なくなってしまうんじゃないかと思うほど泣きながら、どこかでホッとしてもいた。

自分は、やっぱり間違えたわけじゃなかったのだ、と。

波留は拳を握り、もう一度車の流れへ目を向けた。

高級車だと教えられた車種、運転手は女性、相手が避けられないギリギリのタイミング――父親から指示されたことを頭の中で確認し、横断歩道の真ん中を見つめる。

あそこがゴールだ。車はボール。速度と距離を測り、無駄のないタイミングで一気に飛び込む。

足の動き、視線の向き、腰の回転、視界の変化をイメージトレーニングで確認し、息を吐ききった瞬間にふくらはぎがぐっと緊張した。
一、二――今だ！
目の前が真っ白に塗りつぶされ、甲高い音が耳に突き刺さった。顔の前を空気の塊が通り過ぎ、大きな音と振動と共に視界がぐるりと回った。

ボンネットに乗り上がってしまったのだと理解したときには、足から地面に降り立っていた。

膝から力が抜けてその場にしゃがみ込んだ波留に、わっと人が集まってくる。

大丈夫か、どこか打ったか、痛いところはないか。早口に浴びせかけられる言葉に答えられずに父が立っていた場所へ顔を向けると、父は小さく顎をしゃくった。

その動きが何を意味しているのかわからなくて、動けなかった。

誰かが慌てた声で、やっぱり頭を打ったのかもしれない、と言い出した。早く救急車を呼んだ方がいい。横向きに寝かせて。もっとゆっくり。できるだけ頭を動かさないように。

大きくなっていく騒ぎの中で、波留はじっと地面に寝かされながら、懸命に身体の中の痛いところを探していた。救急車まで呼んでもらって、どこも悪くないなんて許されないんじゃないか。どうしてすぐに大丈夫だと答えなかったのかと怒られるんじゃないか。

右の太腿が痛い気がした。頭がクラクラする気もしてきた。駆けつけてきた救急隊員にそう告げると、救急隊員は意識がはっきりしているようだからひとまず大丈夫でしょうと父に言い、一応病院で検査してもらおうね、と波留に語りかけて救急車に乗せた。

何時間もかかる検査を終えて、さらに一時間待ってわかった結果は、右脚の打撲だけだった。

波留は耳が熱くなるのを感じたが、医者も、看護婦も、大事にしてしまった波留を責めなかった。びっくりしただろう。もう心配いらないからね。

父と二人きりになると、父は、よくやった、と波留を褒めた。

上手かったじゃないか。頭を打ったふりまでできるなんて、お父さん驚いたぞ。打撲の診断もついたし、これでしばらく病院に通い続けられるな。

本当は、もう病院には行きたくなかった。こんな程度の怪我を痛がるのも恥ずかしかったし、他の本当に怪我や病気がひどい人の邪魔になると思うと申し訳なかった。

恐る恐るそう言うと、父は、じゃあもう少しちゃんと怪我するか、と言った。

たしかに、せっかくおまえが事故に遭うのに大した慰謝料も取れないんじゃ、やっぱりう。


意味がないよな。本当に怪我をすればおまえも病院に通いやすくなるし一石二鳥だろ。

父は満足そうにうなずくと、次はどう身体を使えば理想通りの怪我ができるのかを話し始めた。あとは着地を工夫するだけだな。足からじゃなくて肩から落ちれば、腕か鎖骨が折れる。頭だけ打たないように注意して——うん、次はもう少し練習してからやってみよう。


その日から、バスケの練習の他に、事故の練習もするようになった。

父が段ボール箱を載せた大きな荷車を波留めがけて走らせ、波留はその上に転がり乗る。練習で怪我をしては元も子もないので、落ちる練習は市民体育館のエアマットを使ってやった。

父は楽しそうだった。実業団にいた頃、バスケを教えてくれていたときのように、熱心に波留の動きを見つめ、指示を出し、上手くできるようになると手を叩いて喜んだ。

波留は少しずつ自分の身体の感覚や使い方を覚えていき、練習を始めてひと月ほど経った頃、次の本番を決行した。

だが、このときはボンネットへ上がるタイミングを誤り、足を折ってしまった。

無事に五十万円を手に入れたものの、足が折れると何かと不便だ。

次は、できるだけ日常生活には困らないような怪我にしようと話し合い、足が治ってしばらくした後の三回目では、父の指導の通りに身体を使い、最初に折ったのとは逆の鎖骨を折った。

もちろん、毎回成功するとは限らなかった。

車に避けられてしまうこともあったし、上手く当たれても、かすり傷しか負わないこともあった。

上手く怪我ができても、期待したほどにはお金を引っ張れないこともあり、父も運転手への対応を工夫するようになっていった。

いつしか、走る車を見つめていても、波留は怖いとは思わなくなった。

ただ、他のときには感じないほどの強い緊張と、奇妙な高揚だけがあった。

自分の心の中には泥が詰まっているのだと、波留は感じていた。泥の中に小石を落としても、水面は揺れない。

もはや波留は、最初に事故に遭ったとき、なぜあんなに泣いたのかも思い出せなくなっていた。

試合に出られなくなることの、何がそんなに悲しかったのだろう。

どうしてあんなにも必死に、バスケを続けたいと思ったんだろう。

たとえば今、バスケを続けたければ車に当たれと言われたら、波留は迷わずバスケをやめることを選ぶ。

だけどもう、波留が車に当たらなければ、バスケどころかご飯を食べることもできなくなっていた。

5、仲村桜介

波留が何を言っているのか、桜介にはまったく理解できなかった。

当たり屋？

百万円？

自分は、一体、何の話をされているのか。

「まあ、そういうわけだからさ、あのときも桜介が声をかけてきたから轢かれたわけじゃないんだよ」

波留は、どこか晴れやかにさえ聞こえる声で言った。

「俺は元々飛び込むつもりだったんだし、こうやって怪我をしたのも予定通りっていうか狙い通りで、むしろ折れたのが腕だったのも完璧だったっていうか」

まるで、試合中の動きについて振り返っているような口調だった。しかも、勝った試合の。

「つまり、桜介が責任を感じる必要はないってこと」

桜介は口を開きかけて、閉じる。

波留が、首を伸ばして耳を寄せてきた。だが、まだ何も言えていないし、これから言うべき言葉も見つからない。

ぐわん、ぐわん、と頭が揺さぶられているような感じがした。

視界が、暗く狭くなっていく。

前に見た波留の父親の姿が、黒く塗りつぶされた脳裏に浮かんだ。

波留よりもさらに背が高くて、全身に分厚い筋肉がついていた。膝から下がアメリカの選手みたいに長くて、ゴツゴツした手が違和感を覚えるほど大きかった。

コーチは波留の隣に立った父親を見上げて、目を見開いた。

『もしかして、橋本太洋《たいよう》さんですか？』

父親は困ったように笑い、ええ、まあ、とうなずいた。

『コーチの知り合い？』

『バカ、大日本証券ブラックイーグルスの橋本さんだよ』

誰かの声にコーチが慌てて答えたが、桜介にはピンと来なかった。他のみんなも同じだったようで、顔を見合わせたり首を傾げたりしている。コーチは焦《じ》れったそうに、橋本さんはインターハイで優勝してるんだぞ、と続けた。

『え、マジで！』

『すげえ！』

場が一気に沸いた。

チームの中でも人懐こく、物怖じしない田代《たしろ》が駆け寄り、『何かやって見せてよ』とねだる。コーチは、おい失礼だろ、とたしなめたが、内心では同じことを期待していたのか、ちらりと窺う視線を向けた。

　波留の父親は『アップもしてないしなあ』と苦笑いしたものの、波留と目を合わせると、じゃあちょっとだけな、と言って、カゴに入っていた大人用のボールを軽々とつかみ上げた。その場でゆったりと屈伸してアキレス腱を伸ばし、肩を大きく回す。

　たったそれだけの動きでも、迫力があった。自分の身体や、怪我をしやすい場所を知り尽くしていることが伝わってくる、慣れた動きだ。

　ダン、とドリブルを始めるときの音が、いつものミニバス用のボールとは違った。重く、ゆったりと床を叩く振動が三回続き、桜介が唾を飲み込んだ途端、すっとスイッチが切り替わったように瞬間的に全身の筋肉が張りつめて重心が落ちる。

　透明な敵を美しく正確なドリブルでかわしながらあっという間にフリースローラインまでいった瞬間、大きな身体がふわりと、突然重力がなくなったみたいに浮かび上がった。

　ボールをつかんだ右手と、床から遠く離れた足が、一瞬空中で静止し、反動でしなった腕が勢いよくリングに叩きつけられる。

　リングが軋む音と着地の振動が、腹の底に響いてぞくりとした。爆発するように上がった歓声の中で、桜介はただその姿を目で追っていた。

『やっぱり身体がなまっちゃって駄目ですね』

波留の父親は右肩を回しながらコーチに笑いかけ、その手で波留の背中を押した。

『こいつのこと、よろしくお願いします』

いやあ、橋本さんのお子さんに教えるってのも何か緊張しますね、とコーチは言い、父親は『厳しく指導してやってくださいよ』と朗らかに笑った。

すべての仕草が、かっこよく見えた。

波留が羨ましかった。

こんなお父さんがいるなんていいな、とそう思ったのだ。

桜介は、特別な一枚の絵のように記憶に焼きついた、宙を跳ぶ波留の父親の姿を、懸命に振り払う。それでも、波留の話に出てきた言葉が、上手く音に変換されない。

嘘だろ、という言葉が喉元まで込み上げていた。そんなひどい話があるわけがない。親が——それもあの人が、わざと車に轢かれろなんて、息子に言うはずがない。

けれど、思えばたしかに、波留が転校してくるまで、桜介は橋本波留という名前を耳にしたことがなかった。これだけ体格も良くて上手ければ、全国大会で活躍して噂になっていてもおかしくないはずなのに。

桜介は、腕を三角巾で吊った波留へ顔を向けた。

「波留は、嫌じゃないの？」

　こんなことが聞きたいんじゃなかった。こんなバカみたいなことじゃなくて、もっと他に——

「嫌だよ」

　波留はあっさりと答えた。

「嫌に決まってるじゃん。だって痛いもん」

　淡々と返された言葉に、桜介は泣きたくなる。

「……何で、お父さんはそんなひどいことを波留にさせるの」

「何でって。うち、金ないし」

　波留は折れていない方の手のひらを上に向けて、おどけた仕草で肩をすくめた。

　その痛々しさに、桜介は胸が苦しくなる。

　そんなのおかしいよ、と言いたくなって、寸前でこらえた。

「そんなの……お父さんが働けばいいだけじゃん」

「一応たまに働いてはいるみたいよ？　工事現場とか、引っ越し屋のバイトとか」

「たまにって……」

　また言葉が出てこなくなる。喉の奥に何かが詰まって膨らんでいくような感じがする。

「何か、長続きしないみたいなんだよね」

波留は、大人びた顔でため息をついた。

「まあ、俺も働いたことはないから、どれだけ大変なのかは知らないけど」

桜介は、教室の中にいる波留を見つめる。

急に、自分がどこにいるのかわからなくなった。

机も、椅子も、黒板も、壁に貼られた学級新聞も、さっきまで見ていたものと同じはずなのに、何だか自分がいる場所じゃないみたいに思えてくる。

「……何で、お父さんが自分でやらないの」

かすれた声が漏れた。

「え？」

「車に当たってお金がもらいたいなら、お父さんが自分で当たればいいのに」

そうだ、と思った。

お父さんがやればいいのだ。お父さんは大人なんだから、波留にやらせないで、自分で怪我をしてお金をもらえばいい。

ああ、と波留は気の抜けた声を出した。

「まあ、たしかに俺ばっかり痛い思いをしなきゃなんないのはずるいと思うけどさ。でも、父親と俺とじゃ将来性ってのが違うらしいんだよね」

——将来性。

「ほら、俺たちには未来があるだろ？　だから、怪我したときの問題っていうか、大事感が違うんだって」

波留は右手を見下ろし、指をポキポキと鳴らした。

「父親はさ、おまえにバスケを教えたのはそのためだって言うんだよね。バスケが上手いから、おまえの価値が上がって、金がいっぱいもらえるんだぞって」

そんなわけがない、と桜介は叫ぶように思う。

だって、さっき波留だって言っていたじゃないか。

最初は本当の事故だった。百万円をもらえたことで、バスケが金になるとはな、とお父さんが言い出した。

それに、波留がバスケを教わり始めたのは三歳のときだ。

そんな頃から、そんなことのために、教え続けていたわけがない。

どう考えても話が合わないのに——波留には、それがわからないのか。

『俺、そんなにバスケ好きじゃないし』

波留の言葉が蘇る。

そんなことを言うなんてひどい、と思った。

だけど——

目の縁から、涙がこぼれ落ちた。

「あ、何泣いてんだよ」

波留が慌てた声を出して近づいてくる。

「別に泣くようなことじゃないんだって。一生バスケができなくなったわけじゃないし、まあもう桜介とはできないかもしれないけど、また中学に行けば……」

「俺とはできない？」

桜介が言葉を拾うと、波留は視線を泳がせた。

「あ、いや」

「どういうこと？　怪我が治ったら戻ってくるんじゃないの？」

「あー」

襟足を擦り、「いや、まだわかんないけど」と言葉を濁《にご》す。

「チームに戻ってこられないかもしれないの？　何で？」

桜介は波留の腕をつかんだ。波留は腕を見下ろし、「だって……」と小さく言う。

「バスケができなくなったかもってお金もらったのに、またやってたら変じゃん」

「変って……」

桜介は呆然と繰り返した。

何が変かと言えば、波留が車に飛び込まなきゃいけないことの方だ。

そもそも絶対におかしいことをしているのに、どうしてそんなところだけ筋を通すのか。

「まあ、怪我が治る頃には六年生の二学期だからさ、とりあえず卒業まではここにいられるかもしれないし」

宥めるように言う波留を、桜介は信じられない思いで見つめる。

桜介は一度も転校したことはない。けれど、毎年あるクラス替えですら、いつも憂鬱だった。仲が良い友達とクラスが離れたときには、心細くなった。

それなのに――波留はそんな理由で、これまでに何度も友達と引き離されてきたのだ。

波留が、あ、そうだ、と言って桜介を見た。

「この話、絶対誰にもするなよ」

桜介はハッと目を見開く。

そうだ、こんなの、このままにしていいはずがない。

波留のお父さんがしていることはきっと犯罪だし、先生か親に相談すれば――

「おい、マジで頼むよ」

波留は桜介の肩をつかんだ。

「よく考えてくれよ。俺は父親にやらされてたって意味では被害者かもしれないけど、運転手の人からしたら加害者なんだからな？　バレたら少年院――ってのは年齢的に違うかもしれないけど、とにかくどっかに連れて行かれてそれこそバスケどころじゃなくなる」

「そんな……」

「そりゃそうだろ」

波留は苛ついたように顔をしかめる。

「だって、俺が飛び出したせいで、何も悪くないのにいきなり子どもを轢いた犯人にさせられるんだぞ？　おまえが子どもの夢を奪ったんだとか責められて、お金まで取られて、最悪じゃん」

「でも、波留だって何も悪くないのに」

「悪いだろ」

波留は、桜介の肩から手を離して吐き捨てた。

「だって俺、そうやってもらったお金で食ってるんだぜ？　こないだなんか、三百万もらえたからステーキ食ったし、ラーメン屋でも煮玉子までつけて――」

波留の声が遠くくぐもっていく。

三百万、ステーキ、煮玉子。そのちぐはぐな単語たちを、どう捉えればいいのかわからない。

ステーキなんて、桜介だって何度も食べたことがある。ラーメン屋には行ったことはないけれど、家でラーメンを食べるときには、いつも母親が自家製の煮玉子を載せてくれる。

「とにかく」

波留は、声のトーンを上げて言った。

「俺はただ、桜介がずっと気にしているみたいだったから話しただけで、別に助けてほしいとか何かしてほしいとか思ってるわけじゃないからな」

教室の出入り口の方へ向かい、もう一度「頼むから、マジで絶対人に言うなよ」と念押ししてから、音を立ててドアを開ける。

「さすがにそろそろまずいだろ。理科室行こうぜ」

波留が教室から出て行くのを見ても、桜介は足を動かすことができなかった。

第四章

1、平良正太郎

早瀬顕一の勤める私立高校は、元町の丘の上にあった。

正太郎は歴史を感じさせる煉瓦造りの壁と校門横の大きな桜の木を、三百メートルほど離れたコインパーキングから眺める。

雨は、朝に比べると小降りになっていた。しかし、間断なく落ち続ける水滴で車窓が濡れ、視界が悪い。

腕時計を見ると、十時四十分を回ったところだった。

二時間目は十時十分に終わると聞いていたが、まだ校門には人影は見えない。

「早瀬が授業を持っていないのは三時間目だけなんですよね？」

大矢が焦れた声を出した。

「ああ、四時間目が始まるのは十一時十五分。遅くとも五分前には戻らないといけないだろうから――あと三十分だな」

正太郎は校門を見つめながら答える。

元々、早瀬から取りつけた約束は十分間だけだった。面会の機会さえもらえれば、会話する中で自然と延長することも可能だろうと踏んでいたが、これはもしかするときっかり十分前にやってくるつもりかもしれない。

事件前の週末、阿久津とバーベキューをしていた面々の一人である早瀬は、幹事だった阿久津の元同僚、江木達雄《えぎたつお》の高校時代の後輩だった。

阿久津とはこの日初めて顔を合わせたという。江木が紹介し、二人が簡単な挨拶を交わす場面はあったものの、その後は互いに離れた位置にいて、世間話すらしなかったらしい。

そのため、早瀬には当日の会の様子と江木についての質問をいくつかしたくらいで、これまで特に突っ込んだ聴取はしていなかった。

校門から男が出てきたのは、十時四十八分。

大矢が待ちかねたように車を降りた。男は、黒い傘を深く差し、足早に向かってくる。正太郎も外に出て片手を上げると、左右を見回してから駆け寄ってきた早瀬は、開口一番に「中でいいですか」と車を指した。

正太郎は「もちろんです」とうなずき、「少し換気をしていたので暑いかもしれませんが」と後部座席のドアを開ける。

早瀬は無言で後部座席へ乗り込み、ドアを閉めた。途端に顔をしかめ、ハンカチを取り出して鼻に当てる。

大矢が運転席に、正太郎が反対側のドアから早瀬の隣に座った。

「すみません、一応今日は車内で吸わないようにしてはいたんですが、臭いますか」

正太郎は腕を上げて背広の臭いを嗅ぐ。同じく喫煙者である大矢がエアコンを最強に切り替え、車内に冷えた空気が流れ出す。

早瀬は答えず、「今頃何なんですか」と不機嫌そうに言った。

「もう私に話せることは話したと思うんですが」

「ええ、お忙しいところ恐縮です。手短に済ませますので」

正太郎が手刀を切るのを遮って、「困るんですよ」と声を尖らせる。

「私は無関係なのに、警察が家まで来たせいで変な噂が流れたりして大変だったんです」

「失礼いたしました。以後気をつけます」

「それで、何を話せばいいんですか」

音を立ててため息をついた。

正太郎は居住まいを正し、

「時間がないので率直に申し上げますと、我々が聞きたいのは、あのバーベキューの日に早瀬さんがしたお話についてなんです」

　と切り出す。

「私がした話？　私はあの男とは話していませんけど」

「ええ。ただ、早瀬さんが他の方と話している内容を阿久津が聞いていた可能性はありますので」

　早瀬の視線が泳いだ。

「そう言われても、もう二年も前の話だし、何をしゃべったかなんて……」

　当然の反応ではあった。

　正太郎はすかさず、大矢が用意したバーベキュー参加者の写真を見せる。

「早瀬さんは当日、こちらの森川茜《もりかわあかね》さんと、高峰幸也《たかみねゆきや》さん、桝本洋子《ますもとようこ》さんとお話しされていたと聞いています」

　順番に顔を指さしていった。早瀬は写真をじっと見つめるが、言葉は出てこない。

　正太郎は数秒待ってから、「たとえば」と口を開いた。

「元教え子が会いに来た、というような話はしていませんか？」

「え？」

　早瀬が顔を上げる。

　だが、数秒すると困惑した表情で首を振った。

「いえ……そんな話はしなかったと思いますけど」

「元教え子の話ではなくても、生徒について話したりは？」

「それもないです。たしかあのときは、そういう仕事の話は全然しなくて……ああ、達也《たつや》くん——桝本が連れてきていた息子が、座っている阿久津と背くらべをして『おれのほうがおおきい！』ってはしゃぎだしたから、みんなでかわいいなって言いながら見てて」

桝本洋子は、早瀬と同じく江木の高校時代の後輩だ。早瀬と江木が所属していたサッカー部のマネージャーで、江木が主催するバーベキューにもよく来ていたという話だった。

「で、桝本が、達也くんが今までは自分のことを『たっくん』って呼んでたのに、年長になってサッカーを始めてからは『おれ』って言い始めたとかって話して」

正太郎と大矢は、バックミラー越しに視線を合わせる。

「そうそう、それで、阿久津が立ち上がって『おれの方が大きいぞ』なんて張り合ったから、達也くんが肩車してってせがんで、肩車をしたら、達也くんが阿久津の頭を叩きながら『これでおれのほうがおおきい！』って言って、みんなで笑って」

話しているうちに記憶が蘇ってきたのか、ほんの少し目を細める。

「桝本が、『阿久津さんの子なら背が高くなりそうだね』って言って、桝本の旦那さんが『それならサッカーよりバレーかバスケだな』って言って、そしたらお母さんも背が高い方がいいんじゃないかとかいう話になって、桝本が『この子百六十八ありますよー』なんてふざけて森川さんの手を上げさせたりして」

森川茜は、桝本洋子の職場の同僚で、当時恋人と別れたばかりだったことから、桝本が新しい出会いのきっかけを作ってあげようと考えて連れてきていたらしい。

以前、森川茜に聴取をした捜査員からも、桝本が森川の身長をアピールしながら阿久津に薦めたという話は報告されていた。経緯については触れられていなかったが、正太郎がその捜査員だったとしても、これは捜査会議では詳述しなかっただろう。

早瀬の顔から、笑みが消えた。

「事件の後も桝本とは何回か会ってますけど……あいつ、泣いてたんですよ。人殺しなんかに肩車させちゃった、あのとき達也に何かあったらと思うとゾッとするって」

ハンカチを握る早瀬の手に力がこもる。

正太郎は短く顎を引き、「その森川さんが手を上げた後、阿久津は何と？」と尋ねた。

早瀬は目を伏せ、「別に何も」と答える。

「桝本だって本気で言ったわけじゃないと思うし、あの場の空気だって冗談みたいな感じだったんで、みんなで笑って終わりです。……というか」

早瀬の声が一段低くなった。

「子ども好きでいいパパになりそうとか言われてましたけど、私から見たら、あれは単に本人が子どもなだけだと思いますけどね」

「というと？」

「そのままの意味ですよ。焼きそばの野菜をちまちま選《よ》り分けて残してて、そのくせ焼きマシュマロなんかは全員に行き渡るかなんて少しも考えずに二個も三個も食べるんですよ。まあ、空気を悪くするのもあれなんで何も言わなかったですけど」

正太郎はメモを取りながら相槌を打つ。早瀬の頬が皮肉げに歪んだ。

「そんなに好き嫌いが激しいなら、作る役を引き受けて自分で好きなように取り分ければいいじゃないですか。でも、そういう準備は何もしないんです。ただフラフラ歩き回って、いきなりしゃがみ込んでアリの行列を見始めたりして、それで子どもが何してんのって寄っていって仲良くなるんだから、何だそりゃっていうか、呆れちゃいましたよね。ああ、こんなんでも女って案外騙《だま》されるんだなって」

実際ああいうタイプと結婚すると苦労すると思いますけどね、とつけ足すと、余計な話をしてしまったと思ったのか、「とにかく」と話をまとめにかかる。

「あの男が森川さんの連絡先を聞いたってことはなかったらしいし、桝本も特に仲介みたいなことはしなかったって言ってましたよ」

いつの間にか、阿久津の呼び方が「あの男」に戻っていた。

実際のところ、バーベキューの後、阿久津が森川茜に連絡を取った形跡はない。森川本人も否定しているし、任意提出してもらったＰＨＳの通話記録にも不審な履歴は残っていなかった。

だからこそ、捜査本部としても森川茜に対して調査を続けることはなかったのだ。

正太郎はペンを止め、本人が子ども、と殴り書きされた文字を見つめた。

たしかに、阿久津の行動は些《いささ》か子どもじみているようにも思える。普通の大人だったら常識的にやらないような——思考を巡らせる間《ま》を感じ取ったように、早瀬が腕を上げて腕時計を見た。

「そろそろ戻らないと」

言い終わるが早いか、すばやくドアを開けて降りる。

時間を確認すると、既に約束の十分を五分ほどオーバーしていた。正太郎も車から出て、早瀬の方を向く。

「今日はお忙しいところありがとうございました。また何かあれば——」

「ありません」

早瀬はかぶせるように言って、初めて真っ直ぐに正太郎を見た。

「私から話せることはもうないと思います。本当に、これ以上は何も覚えてないので」

失礼します、と会釈し、学校へ向かって歩き始める。

正太郎はため息をつき、車に戻った。助手席に座って煙草を取り出し、火をつける。

たちまち、車内には白い煙が広がった。

前に吸ったのは三時間ほど前のことだというのに、身体中の細胞が旺盛にニコチンを取り込んでいく。

「まあ、なかなか思ったようにはいかないよな」

「すみません」

大矢は申し訳なさそうに身を縮めた。正太郎は顔の前の煙を払う。

「言っただろうが、無駄骨を折り続けるのがこの仕事だって」

大矢は目礼した。小さく息をつき、煙草を口にくわえる。

長く煙を吐き出しながら、煙の動きを目で追った。

正太郎は車窓を眺め、外から響いてきた耳慣れない音階のチャイムを聞く。

「阿久津は子どもが欲しかったんですかね」

つぶやく声音に顔を向けると、

「いや、そう言えば阿久津が元妻と離婚したのも不妊が原因だったなと思って」

大矢はぼんやりした口調で言い、ダッシュボードに伏せて置かれていた捜査資料を手に取った。元妻との離婚に関するページを開く。

真木実和。旧姓田島《たじま》。

昭和三十五年六月二十八日宮崎県生まれ。

阿久津より一つ歳上で、阿久津との出会いは昭和五十九年のことだった。

当時二十四歳だった実和は、横浜市内の建築会社で事務員をしており、阿久津の職場の先輩の紹介で二人は出会った。

交際後約二年で入籍、結婚生活は丸六年続いたが、実和が三十二歳、阿久津が三十一歳のときに離婚した。

離婚の原因は、大矢が言った通り、子どもができなかったからだと実和は証言している。

「だけど、子どもにこだわっていたのは元妻の方じゃなかったか？」

実和の話では、実和自身がノイローゼのようになってしまったということだった。阿久津から責められたことはなく、むしろ阿久津は子どもができないならできないで二人で暮らせばいいと言っていたらしい。

しかし、結婚して数年経っても妊娠の兆しが一向に見られないことに実和が追い詰められ、結婚生活が破綻していった。

最終的に、実和が「私が奥さんじゃなければあなたは父親になれるのに、結婚してもらっているのが申し訳ない」「あなたは平気でも私が耐えられない」と強硬に主張し、離婚に至ったという話だった。

「そうなんですけど、何だかさっきの話を聞いていたら、阿久津は妻には言わなくても本当は子どもが欲しかったのかもなって気がしてきて」

「まあ、それはありうるだろうけどな」

聞き込みをする中でも、阿久津が子ども好きだったらしいエピソードはいくつか出てきていた。早瀬が参加した回以外のバーベキューでも、阿久津はよく参加者の子どもと遊んでいたようだし、それが「いいパパになりそう」だという評判にも繋がっていた。

「でも、嫁さんが子どもができないことでノイローゼになってるんじゃ、そう言うこともできないだろ」

「というより、結局元妻はその後妊娠したんだなと思って」

大矢は、自分でも何が言いたいのか量りかねているように曖昧な口調で言う。

たしかに実和は、阿久津と離婚後四年ほど経って、今の夫である真木晋助《しんすけ》といわゆる「できちゃった婚」で再婚していた。

離婚から四年──正太郎は計算して、大矢を見る。

「ちょうど事件の直前か」

「そうなんですよ」

大矢はわずかに身を乗り出した。

「ほら、事件の前に阿久津の身には人生の転機になるような出来事は起こっていないって判断だったじゃないですか。実際、仕事も普通に続けていたし、結構モテていたみたいだし、自棄を起こすような原因は見つからないって話だったと思うんですけど、でも、実は元妻が思っていた以上に阿久津が子どもにこだわっていたんなら、ショックだったんじゃないかと思って」

正太郎は大矢の言葉を咀嚼しながら顎を撫でる。

「なるほど、なくはなさそうだな」

子ども云々の話がなくても、一般的に、かつて結婚していた相手が再婚したと聞けば心穏やかではいられないものだろう。その上、結婚生活が破綻するくらいの課題だった子作りの件があっさり解決したとなれば、動揺したとしても不思議はない。

だが、ではそれで自らの生活と将来を台無しにするほど自棄になるかという話になると、いまいち腑に落ちなかった。

真木実和については、阿久津の逃走の手助けをした可能性もあるとしてマークされたものの、事件当時で破局から四年経っており、しかも事件当日は再婚相手の子を妊娠中で、切迫早産のために入院していたことから、家庭を壊してまで匿うようなことは考えにくく、また、不可能だっただろうと判断されていた。

それでも聴取は綿密に行い、入院していた病院の看護婦にも聞き込みをし、電話の通話記録や銀行口座の出入金、現金書留の使用の有無に至るまで裏を取ったが、彼女の周辺から怪しい話は一切出てこなかった。

しかし——足取りを追うという視点からではなく、阿久津が犯行に至ったきっかけを探るという意味からの聴取であれば、またこれまでとは違った話が出てくるかもしれない。

「よし、真木実和のところに行ってみるか」

正太郎が答えると、大矢は「はい」と張り切った声を出し、シートベルトをすばやく締めた。

2、長尾豊子

濡れた阿久津の髪は、目で感じる印象よりもわずかに硬くて重い。

ふわふわと空気を含んで、それぞれ自由な方向へと伸びているようでいて、一本一本は濃く重量があり、小さなつむじを守るかのように覆い隠している。

どこから手をつければいいのかわからない塊に、豊子はそっと鋏《はさみ》を差し入れる。挟んだ厚みに耐えきれずに刃先が上ずり、どうしても不揃いになってしまう。長さを整えていくうちに、どこを切ったのか、切っていないのかもわからなくなっていく。

ジリジリジリ、チョン。ジリジリジリ、チョン。伸びた髪を切り落とす手応えは、いつもどこか後ろめたい。けれど崩れていく安定は奇妙な解放感をまとい、豊子の胸を甘くくすぐる。

豊子は、風呂場の椅子に腰掛けた阿久津の頭を見下ろす。長さを確認するために、腰を屈めて鏡を覗いた。

バスタオルだけを肩にかけ、耳栓をした阿久津はぼんやりしている。眠たそうな目で宙を見つめた顔は、ポスターの写真の男に、少しだけ似ている。

阿久津が腕を上げる。豊子は鋏を引く。阿久津の丸い爪が、筋肉が隆起した肩をボリボリと掻く。豊子は腕が下ろされるのを待って、再び鋏を構える。挟んで切る。挟んで切る。挟んで切る。鋏を動かすたびにバランスが失われ、時折整い、また壊れる。

切られた髪が風呂場の床に落ちる微かな音は、豊子に幼い頃を思い出させる。

お母さん美容院。

動かないで、と母が緊張した声で言い、豊子は肌に触れる刃の冷たさに身を強張らせていた。

大丈夫、かわいくなるからね、と母は繰り返し言った。豊子を励ますというよりも、自らに言い聞かせるような声音に、それでも豊子は安心した。

髪がつかないようにと脱がされた肌が寒く、ぶつぶつと粟立《あわだ》っていた。豊子は二の腕を指先でなぞりながら、目だけを動かして鏡越しに母の動きを見守っていた。

鏡を鋭く見据え、険しい表情で髪をつかむ母は、いつもの母とは違って見えた。けれど頭皮に触れる太くて柔らかな指はたしかに母のもので、もう少しだからね、と何度も言う声も、耳に馴染んでいた。

早く終わってほしかったのに、はい終わり、と言われると必ず物足りなさを覚えた。指を毛先に通すとするんと抜け、その感触を味わっているうちにシャワーをかけられた。じゃあ流しちゃおうね。このまま洗っちゃうから、今日はもうお風呂に入らなくてもいいよ。やったあ、と幼く弾んだ声を脳裏で蘇らせながら、豊子は阿久津の襟足に鋏を入れる。襟足は向きが揃っているから切りやすい。でも、真っ直ぐに揃えるとそれはそれで変になってしまうから、結局刃を首に当ててできるだけ短く切ることになる。

バリカンを買おうと思っていたのだった。襟足を切るときになると毎回思い出す。そもそもバリカンがあったら、上の髪もいちいち鋏で切らなくていいのかもしれない。短くはなってしまうけれど、鋏で切るよりも綺麗に整うはずだ。

そう思いながら、豊子は自分がこれからもバリカンを買うことはないだろうとわかっている。

露わになった男のうなじは、白かった。

ぽつりと、小さく赤いできものができていて、ふいに豊子は、そこに爪を立てたくなる。

右手を見ると、鋏が握られていた。

その、鈍い光を晒す刃に、視線が吸い寄せられる。

――ここで、この男が死んだら。

ざらりと、腹の底を撫で上げられたような感覚がした。

この男がいることは、誰も知らない。

心拍数が上がり始める。

死んでしまえば、もう出て行くことはなくなる。このままずっと、ここにいる。

豊子の喉が上下した。鋏を握る手に力がこもる。

阿久津は動かなかった。先ほどから変わらない姿勢で、真っ直ぐに前を向いて座っている。

前髪を切るふりをして前に回り込むと、阿久津は目を閉じていた。髭を剃られたばかりの口は薄く開かれ、腕は、窮屈そうに折り畳まれた足の上にだらりと乗せられている。

豊子は、そっと音を立てずに後ろに戻った。目が泳ぎ、カウンターに置かれたままの剃刀を捉える。

本当は気づいているのではないか、という気がした。

気づいていて、何もしない。それならそれで仕方ないというように、無防備に首を晒し続けている。

こちらを振り向く気配のない後ろ姿に、六年前に離婚した元夫の姿が重なるように浮かんだ。

ここ数年ほとんど思い出すこともなかった、離婚届を置いて家を出て行ったときの元夫の背中。

豊子が彼と出会ったのは、短大を卒業後、元ミュージシャン志望で楽器店を経営していた父親のコネで入社した、楽器製作会社でだった。

豊子の主な仕事は事務所内の掃除や来客時のお茶出し、電話応対や伝票処理で、年齢としては一つ上だが高卒で就職したために三年先輩だった彼は、ヴァイオリンの部品を製造する工場で駒の担当をしていた。

駒は、四本の弦を支えて振動を表板《おもていた》へ伝える重要な部品だ。厚みや高さ、表板との足合わせ、飾り切りの位置によって、音の豊かさ、クリアさが変わる。だが、大量生産品では一つ一つの厳密性よりも、出荷するすべての商品が一定の水準を下回らないことが求められた。

彼が任されていたのは、機械によって切り出された駒のチェックだった。

規定の大きさや厚みになっているか、割れていたり欠けていたりする箇所がないか。ミリ単位で測って不良品を取り除き、適合するものだけを表板とのフィッティングを行うベテランの元へ持っていく。

勤務上がりに歳の近い数人で飲みに行くことになった際、いつになったら面白い仕事をやらせてもらえるのかと憤る同僚に対し、彼は微笑むだけで同調することはなかった。

帰りの方向が一緒になり、並んで歩きながら、どうしてこの会社に就職したのか尋ねると、彼は『成り行きだけど』と飲み会の最中と同じ笑みを浮かべ、ポケットから不良品の駒を取り出した。

『二本の足で踏ん張って、腰に手を当てている子どもみたいに見えるだろ』

彼は駒の側面を豊子に見せた。

『基準を満たしたものは、どれも堂々としていて意気揚々とベルトコンベアを流れてくる。取り除かなければならないものは、どうか見逃してほしいというように息をひそめている。だから、測らなくてもわかるんだ。仕事としては不良品は少ない方がいいけど、見つけると何だか少し安心する』

その駒は、足の先に当たる部分がわずかに欠けていた。

彼は、廃棄処分となった不良品の駒を家に持ち帰っていた。本棚の上、言われなければ気づかないような場所に並べられた駒たちは、楽しそうに語り合っているように見えた。

就職して六年目、彼がフィッティングを担当するようになった頃に結婚し、豊子は二十五歳で寿退社した。

豊子が流産したのは、結婚二年目の頃だった。

悪阻《つわり》がひどく、三週間で五キロ痩せた。自分の身体が否応なしに変わっていくことに戸惑い、もう後戻りはできないということに、騙されたような気持ちになった。

あと何カ月も妊婦で居続けなければならない。出産すれば妊婦ではなくなるけれど、母になる。何が不安なのかもわからないのが不安で、便器に向かって吐いてはその場で泣いた。

ある朝目覚めると、胸のむかつきがなくなっていた。ついに悪阻が終わったのか、と急に気持ちが楽になり、久しぶりに軽く感じられる上体を起こしてトイレへ向かった。用を足し、トイレットペーパーで拭った瞬間、紙についた血の色に、ぎくりと身体が強張った。

慌てて産婦人科に駆け込んだ豊子に、医者は流産だと告げた。

実感など少しも湧かないのに、吐き気が消えていることにおぞましさを感じた。身体が心を裏切る。思えば妊娠して以来、ずっとそうだった。

夫に報告すると、彼は沈鬱そうな顔をうつむけ、こんなことなら親父に話すんじゃなかったな、とつぶやいた。

豊子は、ごめんなさい、と謝った。

夫はハッと顔を上げ、俺こそごめん、と、豊子の背中に手を当てた。

離婚することになったのは、夫に他に好きな女性ができたからだった。

音楽系の出版社に男女雇用機会均等法の施行後に初めて総合職として採用された女性で、雑誌で楽器の製作現場について特集することになった際、夫が取材に応対したという話だった。

女性とは、豊子も一度だけ会ったことがあった。夫が、お義父《とう》さんのスタジオを見てみたいんだって、と言って実家に連れてきたのだ。

スタジオというほどの部屋ではないのだけど、と豊子は少し恥ずかしく思ったが、美しく整えられたショートボブが似合う、すらりとした長身をパンツスーツに包んだ女性は、わあ、素敵なお部屋、と大きな目を見開いて手を叩いた。

父が本棚に並べていた外国の音楽雑誌にも目を輝かせ、喜んだ父との会話が弾んでいた。こうやっていろんな人にかわいがられている人なのだろう、と豊子は思った。男社会の中での立ち位置を上手く作り、相手の自尊心をくすぐりながら情報を引き出し、この子を引き立ててあげたいと思わせる。

豊子にはとてもできないことで、こういう子が総合職になるのだと、妙に納得していた。

あの日、彼女は一時間ほどで見学を終えると、昼食でも食べていったらと誘った母に、今日は予定があって、と心底残念そうに言った。その流れで夫と豊子も実家を後にすることになり、三人で駅まで向かう間、彼女は真ん中を歩き、豊子にばかり話しかけてきた。

一階にいると地下からの音はどのくらい聞こえるのか。二階だとどうか。近所から騒音の苦情があったことはないか。当時地下室を作るのはかなり珍しかったと思うが、資金はどうしたのか。

踏み込んだ質問も多かったが、口調が真剣で、答えるごとに丁寧な相槌を打たれるから か、不躾《ぶしつけ》な印象は受けなかった。

駅に着くと、彼女は背筋を伸ばした美しい姿勢で頭を下げ、今日はお休みの日に貴重なものを見せていただきありがとうございました、と礼儀正しく言った。

そこでようやく夫の方を向き、先日取材させていただいた件で追加でうかがいたいことがあるんですが、と口にした。

この後予定があると言っていたはずの彼女と喫茶店へ向かった夫は、結局、夕飯の時間が過ぎるまで戻らなかった。

離婚をすぐに受け入れる決断は、豊子にはできなかった。

夫の、小さな声を聞き逃さない耳の良さが好きだった。だからこそ、欲しいものを自らの手でつかみ取っていくあの女性にも、息をひそめて飲み込んでいる声があるのかもしれないと思った。

夫と別れた後の人生が想像できない一方で、夫がこれから先の人生を彼女と歩みたいと思っているのなら、無理に自分と居続けても幸せにはなれないのだろうと考える自分もいた。

豊子は自分が夫を幸せにできないことを悲しんだが、その思いを伝えると夫は傷つけられたような顔をした。もう夫の耳には豊子の声は届いていないようだった。

離婚が成立しないまま、ひと月が経った。

豊子は、父宛に送られてきた雑誌の中で、自宅スタジオの特集を読んだ。豊子の家は四軒紹介されているうちの一つで、最近建てられたばかりだという他の家に比べて古く野暮ったく見えた。

夫が取材に協力したという楽器製作現場の特集号を家の中で見ることは、結局最後までなかった。

ふた月後に離婚が成立し、実家に戻った。

豊子は自らの手を見下ろした。かさついた甲、ささくれ立った指先。生きる糧をつかむこともできないのに、歳だけは重ねた手。

その都度、正しいと思える道を選んできたつもりでいた。だけど本当は、自分は何も選ばなかったのかもしれない。

だから結局、三十一年間生きてきて、この手には何も残っていない。

一からやり直すには遅すぎて、余生と考えるには早すぎた。

両親は豊子の離婚についてはほとんど何も口にしなかったが、ただ父にひと言、おまえは情が薄い、とだけ嘆かれた。

豊子は、そうなのかもしれない、と思った。

自分には執着というものがなく、だから何も残らなかったのかもしれない、と。

鋏を握った手が、視界の中心で震えていた。

豊子は男の白いうなじを見つめながら、懸命に一歩後ずさる。

——これは、何だろう。

私は、どうしてしまったんだろう。

裸足の裏に、髪が刺さるチクチクした感触がした。

床を埋め尽くす毛の海を、呆然と見下ろす。

私には、何もない。

夫とは離婚したし、両親ももういない。子どもは生まれなかったし、仕事だって、辞めても、またいつでも始められるようなパートでしかない。

きっといつか、阿久津が捕まれば、自分は罰を受ける。すべてを失う。

けれど、失って惜しいものなど、ないはずだった。

阿久津が再び腕を上げ、細かな毛がついた襟足をぽりぽりと掻いた。

大きなあくびが鏡越しに見え、反射的に豊子の唇がわななく。伝染するようにこみ上げてきたあくびに、泣き笑いのような表情になった。

3、橋本波留

窓の外には蟬の声が、すぐそばでは扇風機の音が響いている。

波留は自分の熱で温まった畳から、まず脚をずらし、次に右腕を使って上体を動かした。ほんの少しだけ冷たく感じられる床に頬をつけ、目を閉じる。

お腹が絞られるような音が響いた。首だけを持ち上げて、ちゃぶ台に置かれたデジタル時計を見上げる。

時間は、まだ午後三時を回ったところだった。

波留は背中を丸めて腰を折り、両脚の間に右腕を挟む。

腹減った、ということしか考えられなかった。

今日は、まだ牛乳と食パン一枚しか食べていない。目が覚めたのが朝の七時で、できるだけお腹が空かないように寝ていようと二度寝をしたものの、九時前にはどうしても眠れなくなり、仕方なく起き出して一枚だけ残しておいた食パンを食べ、逆さにして振ってもコップ半杯にしかならなかった牛乳を飲んだ。

父は、三日前から帰ってきていなかった。

仕事に行ってくる、と言って出かけたが、本当はどこに行ったのかはわからない。

これまでにも、父が何日も帰らないことはあった。帰ってくると大抵香水の甘い匂いがしたから、女の人のところなのかなと思ったけれど、どこの誰なのか波留は知らなかった。

父が出かける前にくれた三百円は、とっくに使い切ってしまっていた。棚や押し入れを漁《あさ》ったものの、買い置きの食べ物はなく、お金も見つからなかった。

波留は、台所へ向かい、水切りかごから洗った割り箸を手に取った。ギプスの隙間にねじ込み、力任せに掻く。

何日間一人で耐えなければならないかが先にわかっていたら、地道におつりを貯めておいた。お金のすべてを乾麺に使い、少しずつ食べた。普通に毎日お金をもらえる日が続いて、つい腹がある程度満たされるまで食べてしまっていて、突然何の前置きもなくお金がもらえなくなるから、困ることになる。

波留は、ちゃぶ台の前に戻ってあぐらをかいた。もうほとんど噛むところがなくなった爪を噛みながら、黒光りするテレビの画面を見つめる。

何か観ていれば気が紛れることはわかっていたけれど、つける気にはなれなかった。つけっ放しにしておくと必ず食べ物のＣＭが流れてくるからだ。

昨日から何度も見ている卓上カレンダーへ手を伸ばし、給食が始まるまでの残りの日数を数えた。あと三十五日。目の奥に鈍い痛みを覚え、ちゃぶ台に突っ伏してまぶたを下ろす。

一学期が終わる頃、岡野先生はさりげなく波留を職員室に呼び、何か困っていることはないか、と訊いてきた。

波留が首を振ると、数秒考えるような間を置いてから、そうか、とうなずき、住所が書かれた紙を渡してきた。夏休み中、何かあったらおいで、と先生は言った。

『何かって?』

別に何もなくてもいいよ、と先生は笑った。

『腹が減ったら遊びに来い。先生も夏休み中はみんなと会えなくて寂しいんだよ。出勤している日もあるからいつも家にいるわけじゃないけど、奥さんは大体家にいるからさ。そうめんでも食って待っててくれてもいいし、家には行きづらかったら学校に来てもいいぞ』

先生はいい人だな、と波留は思った。優しくて、親切で、正しい人だ。

だから先生が、波留が食事をもらえていないことを知れば、何とかしようとするだろうことは簡単に予想できた。最初はこっそり食べさせてくれるかもしれないけれど、きっとそのうち父と直接話そうとするだろう。

波留の脳裏にあったのは、おまえ林間学校になんて行きたいのか、とにらみつけてきた父の顔だった。学校で何か言っただろ。今日担任がうちまで来たぞ。

それから数日、父は機嫌が悪かった。立ち上がるのにも箸を置くのにも大きな音を立て、何度も舌打ちをした。そのたびに波留は懸命に耳の奥に意識を凝らさなければならなかった。

波留は、苦い空気を詰め込まれたみたいに鈍く痛む腹を抱えて、細く息を吐く。

最初に男の庭を訪れてから半月ほどで、既に四回、ご飯をもらっていた。

男が夕方の四時半以降に来るようにと言ったから、それまでは我慢し、四時半ぴったりに庭に着くようにした。

男は、外に出しておいたら腐った、と惣菜のパックを置いておくのは止め、波留が行くと天窓を開けて出してくれるようになった。

波留は黙々と食べ、男は波留に構わずに布団に転がっていた。波留が食べ終わって、ごちそうさまでした、と声をかけると、長い腕を天窓から突き出し、空になったパックを受け取る。

この人がいてくれて助かった、と思うのに、なぜかこれまでよりもはっきりと、最悪の末路が浮かぶようになっていた。この人がいなくなったら、自分はどうなるのだろう。

午後四時二十分を過ぎたところで、波留は家を出た。

トンネルを抜けて真っ直ぐに男の家へと向かう。

家の前まで来たところで、そう言えば次は月曜日以外に来るようにと言われていたのを思い出した。だが、今日は何曜日だったかが思い出せない。

ひとまず木々を掻き分けて庭へ入り、カーテンの閉まった窓の前にしゃがみ込んだ。そっとノックをすると、カーテンがずらされ、足下の窓が開く。

「こんにちは」

「こんにちは」

男は、いつものように妙にかしこまった挨拶を返してきた。もわもわと膨らんでいた頭が、心なしか小さくなっている。

「今日って来ていい日だった？」

波留が訊くと、男は数秒黙った後、まあ、いいか、とつぶやいた。

「今日って月曜日だっけ？」

「ああ、でも豊子は出かけたから問題ない」

男が踏み台にしていたちゃぶ台から下りて天窓から離れる。少しして、三つのパックを手に戻ってきた。今日はかんぴょう巻きとコロッケと唐揚げの南蛮漬けだ。

波留は礼を言って受け取り、芝生の上にあぐらをかいた。いただきます、と頭を下げて、まずは唐揚げから口に放り込む。

甘辛いたれがたっぷりかかった唐揚げが、胃の壁に染み込んでいく感じがした。よく嚙んで味わっていると、男がお茶のペットボトルも差し出してくれる。

波留は口を直接つけて呷り、唇の端から垂れたお茶をTシャツの袖で拭った。

さらにコロッケを一つ、かんぴょう巻きを二つ食べたところで、満腹感を覚えていることに気づく。胃が小さくなっているのか、いつものように入らない。

パックに残った惣菜を見下ろし、「ねえ、おじさん」と呼びかけた。

「ん？」

「これ、持って帰ったらダメ？」

男がのそりと上体を起こす。

問うような間に、波留は、あの、と目を伏せた。

「今、父親がいなくて、明日の朝も昼も食べるものがないんだ。ここで全部食べちゃうんじゃなくて、残りは持って帰って明日の分にできたら助かるんだけど……」

男なら、別にいいとあっさり言ってくれる気がしていた。だが、予想外に男は答えず、黙り込んでいる。

波留は男を見た。

男は、んー、と小さく唸ってから、波留を見上げる。

「何か容れるものを持って来られるか」

「容れるもの？　どうして？」

「パックを持って行かれると困る」

波留が眉根を寄せた。よく意味がわからない。

「パックを何かに使うの？」

「使わない」

男は否定した。波留が首を傾げたままでいると、

「パックがないと、豊子が怒る」

と言葉を足す。

「トヨコっておじさんにご飯をくれてる人だよね？」

男はうなずいた。

「その人は、おじさんが俺に分けてくれてるのを知らないの？」

「知らない」

波留は、茶色いたれとネギと白ごまがかかった唐揚げを見つめる。

つまり、どういうことだろう。

――おじさんはその人に内緒で俺にこれをくれていて、知られると怒られるから、パックがないと困る？

「その人って、おじさんの奥さん？」

男が目をしばたたかせた。一拍遅れて、首を横に振る。

「奥さんじゃない」

「じゃあ飼い主？」

波留は冗談のつもりで言ったのに、男はその言葉の意味について考えるように黙った。しばらくして、なるほど、とつぶやく。

「飼い主だ」

波留は、男をまじまじと見た。ふざけている感じはしない。

男の横に丸まった布団が見え、ふと、男が前に、ここに住んでいるわけじゃないわけじゃない、と回りくどい言い方をしていたのを思い出した。

「おじさんって、ずっとここにいるの？」

「一九九六年十一月五日」

「え？」

「一九九六年十一月五日からここにいる」

いきなり出てきた具体的な日付に面食らい、「え？」ともう一度聞き返すと、男はなぜか「火曜日だ」と付け足した。

「……その日って、何か特別な日なの？」

男は再び黙り込む。答えを考えていることは伝わってきたので静かに待ったが、五秒ほどしても男は顔を上げず、十秒ほど経ったところで、ぼんやりと口を開いた。

「何だっけ」

波留は目を見開く。

「思い出せないの？」

「いや、今何を訊かれてたんだっけ」

波留は少し考えてから、「ううん」と首を振った。

「何でもない」

もしかしたら、訊かれたくないことだったのかもしれない。自分にだって、答えたくないことはある。

「買い物とかは、そのトヨコさんがやってくれるの？」

質問を変えると、男は今度はすぐに「ああ」とうなずいた。

「豊子がやってくれる」

「全然外に出ないの？」

「出ない」

「何で？」

男は不思議なことを訊かれたというように、頭を傾ける。

「出られないから」

え、と波留は声を跳ね上げた。

「出られないの？」

状況がさっぱりわからなかった。

出ないじゃなくて、出られない。それは一体どういうことなのか。

男がちゃぶ台の上に立ち、腕を伸ばして窓枠に手をかけた。そのまま懸垂の要領で身体を持ち上げて天窓から頭を出す。

胸の辺りで引っかかった。ゆっくりと上体を枠の中へ沈めていき、最後はすとんと下に降りた。

波留は天窓に顔を突っ込み、部屋の奥に目を凝らす。

暗くてよく見えないが、うっすらとドアらしきものが見えた。ドアの前には段ボール箱が積み上げられている。

波留は上体を戻し、白い肌着についた窓枠の汚れを払っている男を見下ろした。

「誰か、助けを呼んできた方がいい？」

いや、と男は短く答える。

「呼ばなくていい」

「本当に？　外に出たくないの？」

「別にどっちでもいい」

本当にどうでもよさそうな声だった。

波留は背後の茂みを振り返り、顔を戻す。

「でも、それじゃあ自分で食べ物を買いに行くこともできないんでしょ？　もし、そのトヨコって人が帰ってこなかったらって思ったら怖くないの？」

「豊子が帰ってこなかったことがない」

それは今までの話だ。これからどうなるかはわからないのに——

じゃあ、という声が喉から出た。

「そこでいつも何をしてるの？」

ドラムはやらないと言っていた。テレビも観ていないと言っていた。だったら一体、何をして過ごしているのか。

「本を読んでるの？」

「本は読まない」

男は当然のように答えた。波留は、口を閉じる。それじゃあ、何もすることがなくなってしまう。

「頭の中で光景を再生している」

男は、ぽつりと言った。

「光景を再生って？」

「昔行った場所とか、誰かと話したこととかを流す」

短く説明すると、やってみせるように宙へ目を向けた。その弛緩《しかん》した顔を、波留はじっと見つめる。

すぐ目の前にいるはずなのに、急に男の輪郭が薄くなった気がした。

そのまま暗い部屋の中に溶け込んでいってしまいそうで、波留は「それって、思い出すってこと？」と尋ねる。

男は、ゆっくりとまばたきをした。

「まあ、そうだな。頭の中にスクリーンを作って、そこに好きな映像をセットして、流す」

肯定されたことで、余計に理解しづらくなった。

スクリーン、映像、流す、という言葉は、波留が何かを思い出すときの感覚とは全然違う。

波留の場合、頭の中に浮かぶのは、漠然としたイメージでしかなかった。それも、動きがあるような映像ではなく、断片的な画像だ。

ぼやけた写真のようなものがパッと現れて、すぐに消えてしまう。残像を寄せ集めようとしても、前後の光景は残っていない。

「見たものを、そのまましまっておくんだよ。そうすれば、別にそこへもう一度行かなくても、いつでも行きたいときに行けるだろ」

男が言っていることは一向にピンと来ないのに、その満たされているような表情を見ていると、何だかモヤモヤしたものが膨らんでいく感じがした。

思い出したい光景なんて、特にない。

引っ越しは何度もしたから、いろんな街で暮らした経験はあるけれど、どれも記憶は薄ぼんやりとしていた。

映画を観に行ったり夏祭りや盆踊りに行ったり遠出をしたりするようなお金のかかる誘

いに参加したことはなかったし、バスケの記憶はすべて、自分に向かってくる車のライトの光景に繋がっていた。

　思い出そうと思って浮かぶのは、病院の待合室や、スーパーで見つめていた金額の札や、ひたすら横たわって眺めていた床や扇風機だ。

　もしかしたら、母がいた頃には楽しかった記憶もあったのかもしれないけれど、もう忘れてしまった。

　男は、また何かの光景を流しているのか、焦点が合わない目をしている。波留は首を伸ばし、男の前にある白い壁を見る。

　——本当に、いつでも好きなときにできるんだ。

　誰かとしゃべっていても、目を閉じなくても、一瞬で違う場所へ飛んでいける。

「どんな光景を流してるの？」

　男は、濁った目をしたまま、公園、とだけ答えた。

「公園？」

　予想外の答えに、波留は聞き返す。何となく、もっと遠くて特別な場所なのかと思っていた。

　外国とか、有名な観光地とか、何枚も写真を撮って、記憶に焼きつけたいと思うようなところ。

「すぐ近くに集会所みたいなのがあって、水で遊べるところがあって、変な滑り台がある」

「何それ」

「カンガルーなんだかでかい鼠《ねずみ》なんだかわからない、パチもんみたいな動物の胸のとこが穴になってて、そこから子どもがわらわら出てきて、青くて縁が黄色い滑り台を流れていく」

想像してみようとした。でも、胸のところに穴が開いていて滑り台になっているというのが、どういう形なのかよくわからない。

「俺の手にはおにぎりがあって、実和は唐揚げを食ってる」

「ミワ？」

「奥さんだった人」

男は、何でもなさそうに言った。そのまま「草と土がついた赤と黄色と青と白のレジャーシートには弁当が広げられていて」と続けるが、波留はその前の言葉に対して、え、と声を漏らす。

奥さんということは結婚していたのか。だったということは今は違うのか。じゃあトヨコという人は何なのか。

「風が強くて寒くて、弁当も冷めきってて、魔法瓶のお茶だけがあったかいから黙って交互に飲みながらコート着たまま急いで食ってる」

男は構わずに話を続けた。

波留は思考を切り上げ、「それってピクニック？」と言葉を挟む。

「何で、そんな寒い中でわざわざピクニックなんかしてたの？」

男がまばたきをして、目の焦点が合った。

それでもまだ完全には意識がここに戻ってきていないような表情で、「袋」とつぶやく。

「袋？」

「実和が大量に袋を作るんだよ。弁当袋とか、コップ袋とか、箸袋とか、レジャーシートを入れる袋とか」

波留は首を傾げた。

話が見えない。

「元々は服を作るのが趣味だったんだけど、布が余るだろ。で、どんどん袋ばっか増える」

増える、と言われても、寒い中でピクニックをすることと何の関係があるのか。

波留が尋ねると、男は難しい顔をした。

「袋は、使わないといけない」

「……袋を使うためにピクニックをしてたの？」

そんなはずはないだろうと思いながら言うと、男は話が通じたと思ったのか、そう、とうなずく。何だそれは、と波留は思った。そんなの、あべこべだ。

頭に、目の前の男が弁当袋とお揃いの服を着て、震えながら黙々とおにぎりを頬張る姿が浮かんだ。何だか、ちょっとおかしい。

「いろんな公園に行ったけど、この公園を一番流すな」

男は、ほんの少し口元をほころばせた。

「何か特別なことがあったの？」

「いや、ただ、あの滑り台が面白かった」

どんな滑り台なんだろう、と波留はまた思う。

カンガルーだか鼠だかわからない、パチもんみたいな動物というのは、結局何の動物なんだろう。

「見てみたいな」

気づけば、何かを考えるよりも先に口にしていた。

男の目が、再び濁る。波留は少し上体を引き、動きを止めた男を眺めた。今度はどんな光景を流しているんだろう――

ふと、男が顔を上げた。

「行くか」

「え？　どこに？」

「公園」

「……おじさん、そこから出られないんじゃなかったの？」

「豊子に言わないと出られない」

「え？」

波留は目をしばたたかせる。

「言えば出られるってこと？」

男は答える代わりに、おまえんちどこ、と言った。

「俺んち？」

波留は自分を指さす。男は、短く顎を引いた。

「ここを出たら迎えに行くよ」

まず思ったのは、期待しない方がいいということだった。

トヨコという人が駄目だと言うかもしれない。おじさんの気持ちが変わるかもしれない。

そもそも、本気じゃないかもしれない。

そう自分に言い聞かせるのに、胸が高鳴っていく。

——もし、本当に、おじさんがそこに連れて行ってくれるなら。

うん、と答える声は、自分の耳にも上ずって響いた。

4、平良正太郎

正太郎たちが真木実和の指定した喫茶店に着いたのは、十四時前のことだった。

実和は今、再婚した夫の実家からほど近い東京都大田区のマンションに住んでいるという。

チェーン店ではない昔ながらの喫茶店は、時間帯もあってそれなりに混んでいたが、後からもう一人来ることを告げると四人掛けのテーブル席に通してくれた。正太郎と大矢は横に並んで座り、実和の来店を待った。

約束した十四時を五分ほど回った頃、チリン、と来客を告げる鈴の音がした。

「遅くなってすみません」

紺色のハット帽を外しながら小走りに駆け寄ってきたのは、カーキ色の大きめのシャツに細身のジーンズを合わせた女性だった。

汗で額に貼りついた前髪を剝がし、「ちょっと出掛けに子どもがぐずってしまって」と頭を下げる。

「こちらこそ急に申し訳ありません。お子さんは大丈夫でしたか?」

「はい、義母に預けてきたので」

正太郎の正面に座り、火照った頬を手の甲で拭った。

「冷たいものでもいかがですか？」

大矢がメニューを広げて渡す。「主任は何にしますか？」と正太郎に顔を向けた。

「アイスコーヒーを」

正太郎が水を運んできた店員へ告げると、大矢が「僕もそれで」と片手を上げる。実和は「あ、じゃあ私はオレンジジュースで」とメニューを閉じた。

店員が立ち去るや否やグラスの水を呷り、ふう、と息をつく。

「すみません、急かしてしまったようで」

大矢が柔らかい口調で声をかけた。

「お子さんは一歳半でしたか」

正太郎が尋ねると、実和はようやく少し落ち着いたように「はい」とうなずき、表情を和らげる。

「イヤイヤ期が始まりかけの男の子です」

事件の頃は妊娠八カ月だった。切迫早産で入院中だったことから、聞き込みには気を遣ったことを覚えている。

実和の連絡先を教えてくれた阿久津の母も、大事な時期にこんなことに巻き込んでしまって申し訳ない、と身を縮め、できるだけ無理をかけないであげてほしいと懇願していた。

あのとき、お腹にいた子どもが、もう一歳半。

事件発生から、それだけの時間が経ったのだ。

「その後、阿久津から連絡はありましたか」

正太郎は、さりげなく手帳を開きながら尋ねた。

実和は、すぐに小さく首を振る。

「あったらご連絡しています」

きっぱりとした口調だった。

正太郎はうなずき、「今日おうかがいしたいのは、真木さんが再婚された話を阿久津は知っていたのかということです」と切り出す。

一瞬、実和の目が揺れた。結婚指輪を嵌《は》めた手を見下ろし、つぶやくように「知っていました」と答える。

「再婚を決めたときに連絡したんです。いつか誰かから聞いてしまうかもしれないし……だったらせめて自分から話したいと思って」

「それはいつのことですか」

「二年前——事件のひと月くらい前のことです」

実和の返答には記憶を探るような間がなかった。なぜ明確に覚えているのかと思っていると、「安定期に入って、結婚しようと話が決まって、そのときに電話したので」と続ける。

「なるほど」

　正太郎はうなずいた。

「阿久津は何と？」

「ああ、そうなのかって。それで話が終わってしまって……何だかいたたまれない気持ちになって、私、ごめんなさいって付け足しちゃったんです。そしたら、何で謝るんだって訊かれて」

「では、妊娠されたことについても？」

「どうせわかることですから」

　実和が皮肉げに唇を歪める。

「私は子どもを産めないから弦と離婚したんですよ。これからは一人で生きていきたいって言っていた私が再婚するなんて、妊娠していなきゃおかしいでしょう？」

　正太郎はおかしいとは思わなかったが、実際、実和は妊娠しなければ再婚するつもりはなかったのだろう。

　そしたら、と実和は言葉を止め、水がほんのわずかしか残っていないグラスをつかむ。

「弦は、よかったって言ったんです」

　細い指が、グラスについた水滴を拭い始めた。少しずつグラスを回転させながら、親指の腹で、先ほどまで冷えた水が入っていたことを示す線を消していく。

「私は、弦は最近どうなの、と訊きました。もしかしたら、弦も誰か新しい人と再婚の予定があったりするのかもしれないと思ったんです。……だって、そうじゃなかったら、どうしてよかったなんて言えるのかわからなかったから」

あの人は、嘘がつけないんです、と実和は言った。

「社交辞令とか、相手の気持ちを考えて、本当は思ってないけど相手が欲しいだろう言葉を先回りして口にすることができない人で……よく、思ったことをそのまま口にして相手を怒らせてしまっていました。だから、妊娠して再婚するなんて話をしたら、何を言われるんだろうって怖かったんです……なのに」

声が、泣き出す直前のように震える。

だが、実和は涙は流さず、大きく息を吸い込んで、慎重に吐き出した。正太郎は、嘘がつけない、とメモを取る。

「私だって、友達から妊娠したという話をされたときには、同じように言っていました。おめでとう、よかったねって……だけど、私の言葉と、あの人の言葉じゃ、全然違う」

そこで店員が飲み物を載せた盆を手に現れた。

一度実和は口を閉ざし、店員が去っていくのを待つ。

ストローを差し、グラスをつかんだものの、口をつけようとはせずに自らの手元を見つめた。

「最近どうかという質問に、阿久津は」

正太郎が尋ねると、「どうとは？　と訊き返されました」と力なく微笑む。

「そういうところがあるんです。曖昧な質問だと何を訊かれているのかわからないというか。……私は、迷いながら、今弦は誰かお付き合いしてる人がいるの、と訊きました」

この辺りは、これまでの聴取でも詳しく聞き出していたことだ。実和は正太郎の記憶にある通りに、「弦は、付き合っている人はいない、と言っていました」と口にした。

正太郎はメモを見下ろしながら、思考を巡らせる。

阿久津は、事件のひと月前に、元妻の再婚と妊娠を知っていた。けれど元妻に対し、祝福の言葉をかけていた。そして、阿久津は心にもないことは言えない人間だという――

「阿久津は、子どもを欲しがっていたんでしょうか」

尋ねたのは大矢だった。

正太郎は、事実はどうであれ、少なくとも元妻は肯定するだろうと予想していた。

だが、実和は「わかりません」と答える。

正太郎が顔を上げると、視線が合うことを避けるように目を伏せた。

「結婚していた頃は、欲しがっているんだと思っていたんです。たとえば、子どもが生まれたらどんな名前をつけたいか、雑談のつもりで話したことがあったんですけど、弦はまだ子どもができてもいないのに名付け辞典を買ってきたりして……私が気が早いよって笑ったら、俺は何にでも時間がかかる人間だからなんて真剣な顔をして言って」

実和は、ひとつ息をつく。

「でも、よかった、と言われてわからなくなりました。もしかして、弦は私が思っていたほど、子どもが欲しかったわけじゃないのかもしれない。私が一人で気にして騒いでいただけだったのかもしれない。……私も、実際に母親になってみて、自分が親になることをリアルに想像していたわけじゃなかったんだと気づいたんです。ただ、結婚したら子どもを産むものだと思って焦っていただけで……」

言いながら、何について答えていたのかわからなくなったのか、視線を泳がせ、言葉を止めた。

大矢はペンを持った手をすばやく動かし、実和を見据えた。

「阿久津は、戸川と出会わなければ父親になりたいとは思わなかったと言っていたそうですが」

実和は「はい」とうなずき、ようやくジュースに口をつけた。思い出したようにおしぼりを取り、手を丹念に拭う。

「子どもの頃は、大人になっても結婚したり親になったりはしないと決めていたと言っていました。父親みたいにはなりたくないからって……お父さんからはいつも、みっともない、どうしておまえはちゃんとできないんだって、殴られていたって」

正太郎は〈父〉と書いた文字に丸をつけ、殴られていた、と書き込んだ。

特段驚くような話ではなかった。

体罰や虐待が問題視されるようになったのは、ここ数年のことだ。昔は、親が子を殴るのなんて当たり前のような風潮があった。

「だけど、センセイみたいな親になるなら悪くないかもしれないって言ったんです」

――センセイみたいな親になるなら悪くない。

正太郎は手帳に書きつけながら、その言葉を頭の中で読み上げる。

大矢が、わずかに身を乗り出して尋ねた。

「阿久津は、戸川についてはどんなふうに話していましたか」

これは、おそらく捜査員が真木実和に対して最も多く投げかけた質問だろう。実和も繰り返し話していて思考が整理されているのか、すぐに「あの人が戸川さんへの思いみたいなものを口にしたのはそのときだけです」と答える。

「でも、私は……日常のいろんなところに、戸川さんの影みたいなものを感じていました」

「影？」

「どう言えばいいかわからないんですけど、たとえば、何か書類を読まなければならないときに、別の白い紙を一行の幅だけくりぬく感じで切って、文章にはめ込むようにして一行ずつ読んでいたり……あと、いきなりおはじきを買ってきたり」

おはじきについては、戸川の塾に残されていた阿久津に関するノートにも記載がある。阿久津が塾に通い始めた頃、まず勉強をするのではなく、おはじきやかるた、ジグソーパズルなどの遊びをやっていたようだった。

阿久津は弾いて遊ぶのは苦手だったが、おはじき自体を気に入り、家に持ち帰って延々と眺めていたという。

「あの頃の私は、すごく不安定でした。子どものことしか考えられなくなっていて……特に、月に一度の……子どもができていなかったとわかる日なんかは、もうどうしようもなく落ち込んでしまって、私なんて生まれてこなきゃよかったんだって泣いて騒いで」

正太郎は一拍置いて、ああ、月経のことかと思い至った。

「そのとき弦は、生まれてこなきゃよかった子どもなんていないって言ったんです。子どもというのが誰のことなのかわからなくて、一瞬、だから子どもが生まれてこないのがつらいのにって思ったんですけど、少しして、ああ、私のことかって気づいて」

実和はグラスを両手で囲むようにしてつかむ。

「それで、もしかしたら、これは弦が子どものときに誰かから言ってもらった言葉なんじゃないかと思ったんです。たぶん、戸川さんが言ってくれた言葉を、大事に持ち続けていたんだろうなって」

　そうした言葉をかけられたということは、少年時代の阿久津は、実和と同じように生まれてきたこと自体を悔いるような言葉を口にしたことがあったのだろう。けれど、生き延びて大人になり、同じ言葉をかけるようになった――

「弦にとって戸川さんは、道標みたいなものだったんだと思います」

　グラスの中で、カラン、と溶けた氷が回る音が響いた。

「弦はよく、俺は馬鹿だから、と言っていました。馬鹿だから、みんなが当たり前にできることができない、目の前にいる人間が何を考えているのかわからない。ずっと、自分だけが暗い場所にいる気がする。全部ぼんやりとしか見えなくて、よく見ようとしても、見ようと思ったものが見つからなくなってしまうんだって」

　正太郎はメモを取ろうとして、どう省略すればいいのか迷った。単語だけを拾い書きすれば何かがこぼれ落ちてしまう感覚がある。

「弦と戸川さんの間に何があったのかは、私にはわかりません。だけど、絶対に理由があるんだと思います」

　声に力がこもり、語尾がかすれた。

「弦はどうして、よりによって戸川さんを殺してしまったんだろうって、この二年間、何度も考えてきました。でも、私には全然わからなかった。……六年間も、一緒に暮らしていたのに」

　実和が、唇を嚙みしめる。

「弦との結婚を決めて彼の実家に挨拶に行ったとき、お父さんからいきなり、どういうつもりだって怒鳴られたんです。結婚なんて聞いてない、おまえなんかがまともな家庭を築けるわけがないだろうって。私、頭にきちゃって……絶対に幸せな家庭を築いてみせますからって啖呵《たんか》を切って帰ってきて、そのままご両親の許しはもらわずに結婚したんですけど」

　そこで言葉を止め、続きを言っても意味がないと思い直したように、小さく頭を振る。

「弦のお父さん、亡くなったんですよね」

　ええ、と正太郎はうなずいた。

「事件の三年前に、脳梗塞で。——その話は、電話のときに？」

「はい。お義母《かあ》さんたちは元気？　って訊いたら、親父は死んだって……私、何も知らなくて、お葬式にすら行けませんでした」

　実和は肩を落としてため息をつく。

「つい、教えてくれればよかったのにって言っちゃったんです。そしたら、教えるものなのかって驚いたように言われて……彼は、普通はそうするものなのかって意味で訊いたんだと思います。でも、私は何だか、自分に教えてもらう資格があるのか問われたような気がして」

結局、その後お義母さんに連絡を取ることもしませんでした、と続けた。

「あとはもう、何を言えばいいかわからなくなって、元気でねって言って電話を切りました」

以来、彼とは一度も話していません。

実和は、そのこと自体が罪の告白であるかのように、ひっそりとつぶやいた。


喫茶店を出て車に戻ると、車内の空気はひどく蒸していた。

エンジンをつけてエアコンを最強にし、二人揃って煙草に火をつける。

長く煙を吐き出しながら、正太郎は凝った首を鳴らした。

大矢の仮説通り、阿久津はたしかに実和の妊娠と再婚の話を、事件前に聞いていた。

だが、そこで阿久津は祝福する言葉を口にしており、実和の言葉によれば、思っていないことは言えない人間だということだった。だとしたら、事件の動機らしきものはどこにも見当たらない。

「よくわからないですね」

大矢が、灰皿に灰を落としてつぶやく。

「やっぱり、普通の理屈で考えていたら、辿り着けないんでしょうか」

それは、正太郎も感じつつあったことだった。

阿久津は中学時代に補導されたとき、動機について『痛いかと何度も訊いていたから、殴られたら痛いのか知りたいのかと思った』と答えている。

早瀬の証言からも、阿久津が常識的な大人としては首を傾げるような行動を取っていたことがわかった。

そして、たった今聞いたばかりの実和の話だ。

嘘がつけず、相手が欲しいだろう言葉を先回りして口にするようなことはできない。

曖昧な質問だと何を訊かれているのかわからない。

阿久津にとって、戸川は道標みたいなものだった。

ずっと、自分だけが暗い場所にいる気がする。全部ぼんやりとしか見えなくて、よく見ようとしても、見ようと思ったものが見つからなくなってしまう——

「もしかしたら、恨みや殺意があったわけではなく、戸川を慕い続けていたからこそ殺した、ということもありうるんですかね」

あるかもしれない、と正太郎は思った。

「たとえば、阿久津が戸川を花瓶で殴ったのは、戸川から頼まれたからだった」

「嘱託《しょくたく》殺人だったということですか？」

「いや、殺害に繋がるとは戸川も思わなかったのかもしれない」

「つまり事故のようなものだったと？」

正太郎は低く唸る。やはり、そんな奇妙な状況が想像できない。

大矢も、眉間に皺を寄せて腕を組み、「花瓶を振り下ろす状況……」とつぶやいた。

「よくわからないですけど、何かの実験とか？」

「実験？」

「戸川はいろんな生徒に対して、オリジナルの教材を作ったり指導方法を試行錯誤していたようです。そういう何かで花瓶を使ったものを考えていた、という線はどうかと」

「たまたまそこに阿久津が来たから、ちょうどよかったって手伝ってもらったということか？」

「んー」

今度は大矢が唸る。

「ピンと来ませんね」

「それが真相だったなら、どうしてすぐに救急車を呼ばなかったのかわからないしな」

単なる事故だった可能性については、既に事件直後に捜査本部でも検討されているのだ。

花瓶を振り下ろした理由は一旦置いておいて、とにかく殺害の意図を持たずに振り下ろし、それが運悪く戸川の頭に当たってしまったと仮定したとしても、その後の逃亡に説明がつかないことには変わりない。

「……殴られた後も戸川に意識があって、阿久津に逃げろと言った、というのはどうでしょう」

「戸川の指示だから逃げ続けていると？」

「はい。それなら逃亡し続けていることにも一応筋が通るかと」

「意識があるのなら、なおさら救急車を呼ばないか？」

「えーと、とりあえず阿久津を逃した後に戸川が自分で救急車を呼ぼうとしたものの、その前に力尽きて意識を失った、とか」

もはや、推理というよりも妄想の類いだ。

根拠は一つもなく、無理がある可能性をかけ合わせたものでしかない。

二人は黙り込み、新しい煙草に火をつけた。沈黙の上に、ため息が重なる。

数分経ち、根元まで燃えた煙草を灰皿に押しつけたときだった。

「そう言えば、阿久津の両親は最初は結婚に反対していたんですね」

ふいに、大矢が手の中の煙草を見つめながら言った。

灰が長くなり、少し慌てたように灰皿に落としてから、いえ、と続ける。

「阿久津の母親は真木実和のことをずいぶん気にかけているようだったので、結婚してから和解したのかな、と」

正太郎の脳裏にも、申し訳なさそうに身を縮めていた阿久津の母親の顔が蘇る。

阿久津の母親は、警察に聴取されることになった実和を案じていた。

大事な時期にこんなことに巻き込んでしまって――その言葉を思い出した瞬間、微かに何かが引っかかる。

正太郎は、つい先ほど実和から聞いた話を反芻《はんすう》した。

阿久津は事件の一カ月前、実和から連絡を受け、妊娠と再婚の話を知った。

実和の方はそこで元義父の死去を知ったが、その後も自分から元義母に連絡を取ることはしなかった。

一方、事件直後、阿久津の母は妊娠中の元嫁のことを心配していた――

ハッと顔を上げ、大矢を見る。

「阿久津の母親は、いつ元嫁が妊娠中であることを知ったんだ？」

大矢が弾かれたように正太郎と視線を合わせた。すぐに目を宙に浮かせ、拳を口に押し当てる。

「捜査員の誰かが漏らしたのか……」

聞き込みの際、聴取対象者に余計な情報を漏らさないことは、捜査の基本だ。もちろんそれでも、誰かがうっかり話してしまったという可能性はあるが――

もし、実和から電話で咎められて、そういう話は知らせるものなのかと思った阿久津が、事件前に母親に伝えていたのだとすれば。

だが、母親からは、そんな話は一度も出てきていない。

事件当日の阿久津と母親の会話について、母親に聴取したのは正太郎だ。それ以前の電話でのやり取りなども、かなり遡って詳細に聞き出した。他にも何人もの捜査員が、繰り返し様々な角度から質問したはずだ。それなのに、思い出しそびれていた、というのは考えにくい。

どう考えても、息子から「元妻が妊娠して再婚することになった」という話をされたのなら、代わり映えのしない近況報告よりも記憶に残るはずだからだ。

「もし、故意に話を伏せたのだとしたら」

正太郎は、全身の細胞が騒ぎ出すような感覚を覚えた。

——そこには、伏せるだけの理由があったことになる。

「一度署に戻るぞ」

正太郎が言い終わるよりも一瞬早く、大矢は吸い殻を灰皿に落とし、ハンドルを握った。

5、仲村桜介

〈ここは竜の首コロシアム。うでに自信のあるものが世界中から集まり、アイテムをかけて戦う場所〉

画面に現れる文字を、桜介はベッドの上であぐらをかいて眺めていた。

〈このコロシアムでは、アイテムをかけて戦います。まず、てもちのアイテムの中から何をかけるかきめて下さい〉

もはや読む必要もなく覚えている内容を、コントローラーのボタンを連打して流し、選択画面まで飛ばす。

四つ上の兄と一緒に使っていた子ども部屋に壁を取りつけて二つに分けた桜介の部屋は、ベッドと学習机、テレビだけでほとんどが埋まっていた。必然的にゲームをやるにはベッドに座るしかないが、テレビの位置が低いため、背中を丸めて首を突き出す形になる。

桜介がやっているのは、兄から譲り受けたファイナルファンタジーⅥだった。

二年前にクリアして以来、ソフトを入れることもなかったが、何となく入手できるアイテムをコンプリートしたくなって、ここ数日、部屋にいる時間はずっとやり続けている。

手持ちのアイテムを賭けて、現れた敵と戦い、勝てばレアなアイテムがもらえ、負ければただ参加費として出したアイテムを没収されるだけで終わる。

ただし、バトルはオート――つまり、自分で操作することはできず、勝手に勝敗が決まる。できることは、レベル上げをしたキャラを使って万全の装備をすることくらい。言い換えれば、それさえ済めば後は淡々と選択ボタンを押し続けるだけだった。

賭けるアイテムを決め、対戦メンバーを選び、戦いが始まる。

テンポアップした音楽が響き出すが、桜介は特に沸き立つこともない。攻撃をしたり、されたり、相手の持ち物を盗もうとして失敗したりといった、早送りしたくなるような気だるい時間が続き、やがて画面に勝敗結果が現れる。

〈げんじのたてを手に入れた！〉

〈ブレイブリングを手に入れた！〉

〈とうぞくのこてを手に入れた！〉

入手アイテムが増えるたびに、桜介は手元のノートにアイテム名を書き込み、またボタンを押していく。

勝てばアイテムをもらってセーブして続け、負ければ一度電源を切ってやり直す。

クリスタルヘルム、と書いたところで、桜介、という母親の苛立った声がドアの奥から聞こえた。

ほとんど同時にドアが開き、眉を吊り上げた顔が現れる。

「さっさと林間学校の支度しちゃいなさいって何度も言ってるでしょう。いつまでゲームやってるの」

「別にいいじゃん。大体は用意してあるし後は夜にやれば」

桜介はテレビ画面に視線を戻し、セーブした。チャラリン、という小さな効果音が鳴る。

「よくないでしょう」

母親が画面の前に立ち塞がった。

「足りないものがあったら買いに行かなきゃいけないから、今持ち物を全部揃えなさいって言ってるの。夜になってあれがない、これがないって言ったって、お母さん買いに行けないわよ」

床に落としたままのしおりを拾い上げ、ほら、と桜介の顔の前に突きつける。

「お菓子は自分で選びたいから買いに行くって言ってたでしょう？　着替えだって、これが一日目、これが二日目ってセットにしておけば、あっちで迷わずに済むじゃない」

「服なんて適当に三枚ずつ入れておけばいいよ」

桜介は、しおりを払い、首を伸ばして画面を見る。

「桜介！」

母親が怒鳴り声を上げた。

その声に、それまでの小言とは違った色を感じて、ようやく桜介はコントローラーをあぐらの間に下ろす。

「あんた、どうしちゃったの」

母親は、怒るというよりもどこか怯えるような視線を向けてきた。

「最近は自主練にも行かないし、家でゲームばっかりしてるじゃない。波留くんが怪我しちゃって一緒に練習できなくなったのはわかるけど、だったら別の子と違うことをして遊べばいいでしょう」

桜介は答えず、手の中のコントローラーを見下ろす。

「小学生の夏休みなんてこれで最後なのに、何の思い出も作らないで、一人でゲームばっかりして」

思い出って何だろう、と桜介は思った。

どうして、思い出を作らなきゃいけないんだろう。

けれど、たしかに自分もずっと思ってきた。

六年生の林間学校は、一生に一度しかない。

今を逃せば二度と巡ってこない、無駄にすることなんて許されない時間なのだから、楽しまなければ負けなのだと。

だから、今までだって、友達から遊びに誘われれば必ず参加してきた。

四年生のときも、五年生のときも、「夏らしい思い出」をたくさん作って、夏休みの宿題の絵日記に書いてきた。

ミニバスの大会に出て、友達と花火大会や盆踊りに行って、家族旅行でスパリゾートハワイアンズへ行った。

いつも楽しかったし、満足感があった。自分は、正しいことをしているのだという確信があった。

今だって、母親に言われるまでもなく、こんなことをしていていいんだろうかと思っていた。

せっかくの夏休みなのに、家で一人でゲームをしているだけなんて、しかもクリアするためじゃなくて、ただアイテムをコンプリートするために延々と時間を使うだなんて、馬鹿みたいじゃないか。こんなことをしたって、何も残らないのに、と。

だけど、自分は一体、何に勝ちたくて、何を残したかったのだろう。

こんなこと、これまでは考えたこともなかった。

なのに今は、最後の夏休み、という言葉がひどく息苦しいものに思われてくる。

「ねえ、波留くんと喧嘩でもしたの？」

母親の言葉に、桜介は身を強張らせた。

――ここで、お母さんに話したらどうなるのだろう。

母親は、きっと、まず父親に話すだろう。そうしたら、父親はどうするだろうか。

先生に相談する？

警察に連絡する？

波留の父親に直接話しに行く？

それくらいしか、桜介は思いつかなかった。

――そうなったら、波留はどうなるのか。

このままでいいわけがない、と思う。でも、もし、波留が言う通り、波留がどこかに連れて行かれるようなことになったりしたら。

波留の話はショックだったけれど、波留が自分だけに話してくれたことは嬉しかった。怒ってるんだろと詰め寄られるのが面倒くさかったからだとしても、どこかで信じてもらえたからのような気がしていた。

けれど、それはきっと、助けてくれる、という信頼ではない。

誰にも言わず、何もせずにいてくれる、という信用だ。

だからこそ、桜介は誰にも言えなかった。波留との約束を破ってしまったら、たとえ波留が心配していたようなことは起こらなくて、いい結果になったとしても、もう波留は自分を信じてはくれなくなる。

「別に、何もないよ」

結局、桜介はうつむいたまま答えた。

母親が、そう、と低い声でつぶやく。

数秒考え込むような間を置いた後、「お母さんは、いつでも桜介の味方だからね」と言って部屋を出て行った。

ドアが閉められる音を聞くと、桜介は途端に心細くなる。

やっぱり、お母さんに言うべきだったんじゃないか。

このまま何もしないでいたら、取り返しがつかないことになるんじゃないか。

視線を上げると、目の前には先ほどと変わらない画面があった。

桜介は長くため息をつき、電源を切ってベッドから下りる。

財布だけを持って部屋を出て、玄関へ向かうと、母親が慌てたように駆けつけてきた。

「ちょっと、桜介どこに行くの」

「お菓子買いに行ってくる」

それだけを答え、家を出た。

母親は、自分がいじめられているとでも思っているのかもしれない、と歩きながら思う。

遊ぶ相手が一人もいなくて、それで林間学校も憂鬱に思っているんじゃないかと考えているのかもしれない。

だけど、遊ぶ相手ならいた。

今日だって、本当は亮《りょう》たちの家で遊ぼうと声をかけられていたし、林間学校の班も亮たちと一緒だ。

亮とは、波留が転校してくるまでは一番仲が良かった。波留とバスケの練習をするようになってからは遊ぶことが少なくなっていたけれど、それでも買い食いをしたり、映画を観に行ったり、波留が参加できない遊びは一緒にしていた。

きっと、日光だって、行ってしまえばそれなりに楽しい時間になるのだろう。

次々にいろんなものを見て、いろんなイベントをやっているうちにあっという間に終わって、帰りにはみんなと最高だったなと言い合っているはずだ。

そう思いながら、桜介は、どうして日光が最高だったという声しか聞こえなかったのかがわかったような気がしていた。

あれは、最高でなければならなかったからではないか。

小学校最大のイベントを楽しめなければ、負けたことになるから。

気づけば、スーパーの方ではなく、波留の家の方へと歩いていた。

何だか少し不気味な感じのする団地が見えてきたところで足を止め、つま先を見つめる。

波留は、桜介が責任を感じる必要はない、と言っていた。

自分が声をかけたことは関係なく、元々飛び込むつもりだったのだから、と。

——だけど、本当に少しも責任がないなんてことは、あるんだろうか。

だって、波留をクラブチームに連れて行ってコーチに紹介したのは、自分だった。

必死に練習して、決勝の前の試合でも、二十二点入れた。

それが——あの一点一点が、波留を、事故を起こさなければならない場所まで押し出してしまったのではないのか。

波留と話したかった。

もう一度、じっくりと、何かできることはないかと相談したかった。

でも、波留はきっと、それを一番嫌がる。

結局自分は、同じ話を繰り返すことしかできない。波留の気持ちを変えることなんてできない。

帰ろう、と踵《きびす》を返しかけたときだった。

ふいに、B棟の階段から波留が出てくるのが見えた。

桜介は咄嗟に案内板の陰に隠れてしまう。声をかけるタイミングを見つけられずにいるうちに、波留が反対側へ歩き始めた。

後を尾《つ》けようと思っていたわけではなかった。ただ、何となく距離を保ったまま、ついていく形になる。

トンネルと畑を抜けて住宅街に入り、細かな路地を何度も曲がると、いつの間にか見慣れない光景が広がっていた。お金持ちが住んでいそうな大きな家が多く、分かれ道の先がどこに繋がっているのかがわからない。この街で生まれ育った桜介でもほとんど歩いたことがない道を、波留は迷わず進んでいく。

突然、波留が立ち止まった。

桜介は反射的に横道に飛び込む。数秒してから、そっと様子を窺うと、波留が誰かの家の庭に木を掻き分けて入っていくのが見えた。

桜介は、波留が入っていった家を見上げる。それなりに古いけれど、壁が白くて四角い、お洒落《しゃれ》な家だ。

玄関の方へ回り込み、表札を確認した。

〈長尾〉

桜介が知る限り、少なくとも同じ学年に長尾という名字の人間はいない。

庭の側へ、足音を立てないよう意識しながら戻った。恐る恐る茂みに近づき、顔を寄せる。

一瞬、波留が見当たらなくて、もう中に入ってしまったのだろうか、と思ったところで、庭の奥の方でしゃがみ込んでいる背中を見つけた。

——何をしているのだろう。

桜介は、息を詰めて目を凝らす。

それほど広い庭ではない。車一台が横に置けそうなくらいの奥行きで、あまり手入れがされていないのか雑草が伸びている。よく見ると波留のすぐ前には煉瓦のようなものが並んでいて——その瞬間、煉瓦の奥からにょきりと腕が突き出てきた。

思わず上げそうになった声を、桜介は何とか寸前で呑み込む。

——下に、人がいる？

家の構造がどうなっているのか、よくわからなかった。

目を見開いて見守る桜介の視線の先で、波留がスーパーなどで売っているおかずのパックらしきものを受け取り、芝生にあぐらをかく。いただきます、と頭を下げ、その場で食べ始めた。

——何か、食べている？

心臓が、どくどくと脈打っていた。

覗き見なんてしちゃダメだと思うのに、目が離せない。

ねえ、おじさん、と呼びかける波留の声が微かに聞こえた。

——おじさん？

ここは、波留の親戚のおじさんの家なのだろうか。

その先の会話はよく聞き取れなかった。

声のトーンを落としているのか、しゃべっていることはわかるものの、音がくぐもっている。

もう少し近い場所に移動しようか、と思ったところで、「いれるもの？」という波留の声が聞こえた。

男の返事は、相変わらず聞こえない。

桜介は背後を振り返り、道の左右を見回した。

こんなふうに覗いているところを誰かに見咎められたら、波留に気づかれる。後を尾けるつもりはなかったと言っても、きっとわざと尾けていたとしか思われない。

――帰った方がいいだろうか。

迷いながらも、もう一度隙間に目を近づける。

「おじさんって、ずっとここにいるの？」

聞こえてきた声に、桜介は眉根を寄せた。

一体、相手は誰なのだろう。

――親戚とかじゃないのかな。

そこまで考えて、そもそも庭の芝生の上なんかでおかずのパックを食べているのがおかしいのだということに気づく。

「全然外に出ないの？」

波留が、さらに尋ねた。

「何で？」

どういう関係なんだろうという疑問と、もしかしたら波留が出てくるかもしれないという焦りが同時に浮かぶ。

やはりここから離れた方がいいと判断した瞬間。

地面の中から、男の顔が生えた。

桜介は叫びそうになって、慌てて口元を手で押さえる。

男は波留を見上げ、地面に吸い込まれるようにして再び消えた。

どん、どん、と鼓動が激しく波打つ。

まず思ったのは、知っている、ということだった。

あの人を、自分は見たことがある。

けれど、どこで見たのかが思い出せなかった。

年齢からすると、クラスメイトの誰かの父親だとしてもおかしくはないが、思い当たるクラスメイトがいない。

あの少し眠そうな目、その下のほくろ――

ハッと、桜介は短く息を呑んだ。

目を見開いたまま後ずさり、離れると中がまったく見えなくなる茂みを凝視する。

二年前――桜介が四年生のとき、この街で殺人事件が起きて騒ぎになったことがあった。

犯人が捕まっていないらしく、一時期は集団登下校をすることにもなった。親や先生たちからは、絶対に一人にならないように、と言い含められ、友達とは、やべー殺人鬼じゃん、とはしゃぎ合った。

クラスの何人かと放課後に公園で集まって遊んでいたとき、誰かが指名手配のポスターを見に行こうと言い出した。

連れ立って掲示板へ向かうと、女子の一人が泣きべそをかき始め、桜介たちは、俺たちで見つけて通報しようぜと盛り上がった。ポスターの内容をみんなで読み上げ、公園に戻って犯人逮捕ごっこをして遊んだ。

戦いごっこの形で犯人役を倒すこともあれば、『金田一少年の事件簿』を真似て犯人を言い当てる遊びにすることもあった。どの場合でも必ず犯人が負け、犯人役は次々に交代した。

繰り返していくうちに、名前ペンで目の下にほくろを描いて眠そうな顔をしてみせるやつが出てきた。感謝状を渡される展開が加わったり、犯人が逃げ出してみんなで追いかける流れになったりもした。

そうした遊びはしばらく流行ったが、少しずつ遊ばれなくなり、集団登下校が解除される頃には話題に上ることもなくなった。

犯人逮捕ごっこをしていたときにはほとんど恐怖を感じなかったのに、そうやってふざけることがなくなってからポスターを見かけると、この人まだ捕まってないんだ、と胸の奥がざらついた。

自分の住む街に、殺人犯がいるかもしれない。一人でいるときにばったり会ってしまったら、捕まえたり倒したりなんてできるわけがない。

モヤモヤと膨らんでいく思いは誰にも吐き出せなかった。言えば弱虫だと思われる。女子みたいでダサいと笑われる。友達の前では何も気にしていないふりをして、一人でこっそりポスターを見に行った。

ポスターの写真を見ると、毎回落ち着かない気持ちになった。見てはいけないものを見ている気がして、もうやめようと思うのに目が離せなかった。

男の顔は、怒っているように見える日もあれば、薄笑いを浮かべているように見える日もあった。どちらにしても悪いことを考えていそうで、何となく男の視線の先に立ちたくなくて、少し角度をつけて眺め続けた。

あの男が、すぐ近くにいる。

お腹に太い棒の先を押し込まれたような圧迫感を覚えた。

波留はたしかこう尋ねていた。

『おじさんって、ずっとここにいるの？』

『全然外に出ないの？』

――あれは、警察に捕まらないためにずっと隠れているという意味なのではないか。

喉がごきゅりと鳴った。膝が震え、足が竦《すく》む。

早く、波留を連れて逃げないと。

とにかく男が追ってこられないように全力で走る。交番へ駆け込んで――いや、近くの中学校まで行く方が早いかもしれない。大人に話して通報してもらって、波留にも説明して――

ふいに、桜介は思い至る。

波留は、今年の四月にこの街に引っ越してきた。
犯人逮捕ごっこをしていた友達の中に、波留はいなかった。
波留は、二年前の事件のことを知らないのだ。

第五章

1、平良正太郎

こぢんまりとした戸建てのドアには、乾いた卵の中身がこびりついていた。

足元には、割れた生卵が落ちたままになっている。チャイムを押すと、卵の汁が飛んでいたのか、指の腹がべたついた。

数秒待ったものの、返答はない。

「旭西署の平良です」

正太郎は心持ち声のトーンを落として言った。しばらくして、室内からビニールが擦れ合うような音が聞こえ始める。

鍵が開く音とドアチェーンが外される音が小さく響き、ゆっくりと、細くドアが開いた。

正太郎は会釈をし、ちょっとおうかがいしたいことがありまして、と切り出す。阿久津の母親は緩慢な動きでうなずくと、ドアノブから手を離した。

顔の前でドアが閉まる。正太郎は失礼します、と言ってドアを開け直した。靴が散乱した玄関に足を踏み入れた途端、胸が悪くなるような淀んだ空気が顔面を覆う。

生ゴミとカビと線香と害獣の糞尿の臭いが混じり合った、独特の悪臭だ。耳の横を小さな音を立てて飛んでいく羽虫を払いながら、正太郎は積み上げられたゴミ袋の隙間を縫って進み、半分だけ開けられた曇りガラスのドアを通った。

母親は無表情のまま、床に落ちた洗濯済みなのか判断がつかない衣類をまたぎ、四人掛けのダイニングテーブルの奥に回る。

マグカップやコンビニ弁当の空き容器、調味料や郵便物らしき山をまとめて押しやってわずかなスペースを作ると、それだけで力を使い果たしてしまったかのように腰を下ろし、背中を丸めた。

正太郎と大矢は、母親と向かい合う位置に並んで座る。

「嫌がらせ、まだ続いてますか」

ひとまず正太郎は廊下の方を振り向きながら言った。

母親はおもむろにうなずいてから、ああ、いえ、とぼんやり答える。肯定か否定かもはっきりしなかったが、正太郎はそれ以上踏み込むことはせず、メモ帳を取り出した。

「それで、本日おうかがいしたいのは、お母様が息子さんと事件の直前にされた会話についてなんです」

　母親は特に反応しない。

「既に何度もおうかがいしていると思いますが、少々疑問が出てきまして」

　正太郎は母親を見据えながら、「お母様は、事件の当日もその前も、息子さんとは仕事のことやご自身の怪我の話しかしていないと証言されていたと思います」と続けた。

「ただ、当時、息子さんの元妻――実和さんについて、『大事な時期にこんなことに巻き込んでしまって申し訳ない』とおっしゃっていたなと思い出しまして」

　母親は動かなかった。まばたきもせずに宙を見つめている。

「それで、少し不思議に思ったんです。お母様は、いつ、どこで、実和さんが妊娠していることを知ったのだろう、と」

　母親の肩が、小さく跳ねた。

「本当は、息子さんから実和さんの話を聞いていたんじゃないですか」

　母親は答えない。けれど、忙しなくまばたきをしている。

　正太郎は、ボールペンを握った手に力を込めた。

　やはり母親は隠していた。これまで幾度となく聴取を受けながら、ひと言も話さなかった話があった。

「どうしてこれまで証言されなかったんでしょうか」

母親は、もはや傍目からもわかるほどに肩を震わせていた。

しかし、唇を固く引き結び、開こうとしない。

それは事件当日のことですか、と重ねて尋ねるかどうか、正太郎は数秒迷った。沈黙は、先を促す圧力を持つが、ある一点を超えると無言を肯定し始める。その中に完全に逃げ込まれてしまえば、再び反応を引き出すのが難しくなる。

「お答えいただけないようでしたら、事件に重要な関わりがあると見て捜査を進めるしかありませんが」

「違うんです」

母親がようやく口を開いた。

「あの、隠そうと思っていたわけじゃなくて……ただ、事件とは関係ない話だと思ったから……」

「関係ないかどうかは我々の方で判断します」

正太郎は、あえて硬い口調で告げる。

「どんな些細なことでも、隠さずお伝えいただけないと困ります」

母親が身を縮めた。親指に巻かれた絆創膏《ばんそうこう》をつまみ、「あの……」と声を震わせる。

「たしかに、弦からは実和さんの話を聞きました。妊娠して再婚することになったらしいよと言われて……でも、それだけです」

「お母様は何と答えたんですか？」

「そうなのねって……だって、他に言えることもなかったし」

「それで息子さんは」

質問を重ねた瞬間、母親の目元に微かな安堵が浮かんだのを正太郎は見逃さなかった。話が無事に前に進んだことを歓迎するような。

——ここに、何かある。

「特には……弦が黙ってしまったから、私から仕事の方はどうなの、と訊いて……あとは前にお話しした通りです」

母親は目を伏せたまま、細い声で言った。

嘘だな、と正太郎は思う。しかし、本当にそうだったのだと言い張られれば押し切られてしまいかねない余地がある。

正太郎は手帳を見下ろし、「それは、そのままの言葉ですか」と尋ねた。

「え？」

「実和さんから、息子さんは曖昧な質問は意図が理解しにくいのだと聞きました。どうなの、という訊き方で答えが返ってきたんでしょうか」

母親の視線が再び揺れた。

「それは……たしかにあの子はそういうところがありましたけど、よく訊いていたことだったし……」

「帰り際に息子さんは『また困ったことがあったら連絡して』と言ったそうですが、これにも違和感があります」

正太郎は、あえて手帳に目を落とすふりをした。

「これも実和さんから聞いた話ですが、息子さんは相手の気持ちを考えて、先回りして気遣いを口にすることが苦手だったそうですね」

母親が頰を強張らせる。

「本当に、息子さんはそう言って帰っていったんでしょうか」

「それは……それも、私がいつも、困ったことがあったら連絡するねって言ってたから……」

母親の表情や仕草は、どれも発言が嘘だと告げている。だが、どうすれば口を割らせることができるのか――

「息子さんは、実和さんの話をどういう言葉で表現していましたか」

口を開いたのは、大矢だった。

「妊娠して再婚することになったらしいよ、という言葉の通りですか」

母親は視線をさまよわせたが、数秒して、「具体的な言い回しについてはよく覚えていませんせん」と答えた。

大矢が黙り、沈黙が落ちる。

　ここからどんな球を投げられるかが問題だった。実際のところ、正太郎たちの持ち札は少ない。

　答えないなら事件に重要な関わりがあると見て捜査するしかない、というこちらの出方に対し、慌てて口を開いたところからして、触れられたくない事柄があるのは間違いない。

　しかし現時点では、母親から何らかの取っかかりを引き出せなければその先の捜査の糸口はつかめないのだ。どうせ答えようが答えまいが調べるんだろうと開き直られたら行き詰まる以上、無理に追い詰めすぎるのは得策ではない。

　正太郎は音を立てずに息を吐き、母親から視線を上げて部屋を眺めた。

　室内は薄暗く、蒸し暑いのに寒々しい。その中で仏壇の周りだけが整頓されていて、火の消えた線香の奥にある父親のぎこちない笑顔が浮き上がっている。

　ここで、この母親は一人で暮らしているのだ、と正太郎は思った。

　夫に先立たれ、息子は殺人犯として指名手配され、近隣住民からは立ち退きを迫られながら、それでもこの家で暮らし続けている。

　嫌がらせが最もひどかった事件発生直後、引っ越しをする予定はあるかと確認した捜査員に対し、母親は『あの子が来るかもしれませんから』と答えて否定したという。

　息子が頼る実家をなくさないために嫌がらせに耐える道を選んだ――ふと、母親が口にした言葉が、帰る、ではなく、来る、なのだと気づく。

「そう言えば、息子さんはこの家で暮らしたことがないんですよね」

正太郎はつぶやいた。

「引っ越すとき、寂しかったりはしませんでしたか」

母親は、どこで事件と繋がる話をされるのかと警戒するような顔をする。

正太郎は世間話のトーンで続けた。

「いえね、うちは官舎暮らしで、異動のたびに引っ越しているんですよ。息子が生まれてからも二回家を移っていて、だから今の家には息子が幼い頃に落書きをした壁も、シールで埋め尽くされたドアもないんです。いつか息子が家を出る歳になって、息子が成長した記録や記憶が家に刻まれていないことを寂しく思ったりするのかな、なんて」

「あの……何がおっしゃりたいんですか」

「いえ、単なる興味本位です。お母様は息子さんを育てた家を手放すのが寂しくなかったのかな、と」

「そりゃあ寂しかったですよ」

母親はわずかに声音を強めた。

「だけどローンを考えたら、使わない部屋を残しておくより二人で暮らすのにちょうどいい家に買い換える方が掃除の手間も減っていいだろうって主人が……」

言いながら床に散乱した衣類に目を向け、口を噤む。

「息子さんは今頃どうしているんでしょうね」

正太郎は意識的に口調を変えないまま言った。

「誰かに匿われているのか、人相を変えてひっそりと暮らしているのか――この家に帰りたくても帰れずにいるのか」

あえて「帰る」という表現を使って、母親に語りかける。だが、母親は目を伏せるだけで答えを返そうとはしなかった。

正太郎は、「もう一度確認させてください」と言って席を立つ。

「事件当日、息子さんは商店街で買った食材を持って、この家に来た」

玄関へ移動し、「台所まで運んで米を米櫃《こめびつ》に入れ」と台所の手前まで向かう。

「ここで実和さんについて、妊娠して再婚することになったらしいよ、と報告した」

足を止め、母親を振り向いた。

「息子さんは、どんな表情をしていましたか？」

「表情と言われても……あの子はあまり感情を表に出さない子だし」

「実和さんとは不妊が原因で離婚したんですよね。息子さんは妊娠を告げた実和さんに『よかった』と声をかけたそうですが、」

そこまで言った瞬間、母親の身体が見えない鞭《むち》で打たれたように跳ねた。

正太郎は、ハッとして言葉を止める。

母親は「だって……」と声を震わせながら、髪を何度も撫でつけた。

「だって、あの子が結婚したりする日が来るだなんて思わなかったから……」

——結婚？

正太郎と大矢はすばやく視線を合わせる。

一体、何の話が始まったのか。

だが、ここは下手に口を挟まない方がいいと直感が告げている。

「せっかく落ち着いたと思ったのに、クラスの子を殴って補導されて……みんなやってるって言うから」

「みんなやってる？」

あ、と思ったときには遅かった。

大矢の問いかけに、母親が顔を上げる。瞬間的にたった今自らが口にした言葉をなぞるように目を動かし、すばやくうつむいて首を細かく振った。

「何でもありません」

「何でもないということはないでしょう。みんなやってるっていうのは、何のことですか」

大矢は慌てた様子で詰め寄ったが、母親はもう反応しなかった。

——失敗した。

正太郎は奥歯を嚙む。

ここがチャンスだった。意味のある証言を引き出す機会を逃してしまった——

大矢が懸命に質問を重ねた。みんなというのは誰か。結婚する日が来ると思わなかったというのはどういう意味か、そのことと息子が同級生を殴ったことには何か関係があるのか。

母親が漏らした言葉を、一つ一つすくい上げて問いを投げかけていく。

しかし母親は、もはや微動だにしなかった。

2、橋本波留

ブロック塀と木に囲まれた庭から出ると、外は来る前よりも明るく感じられた。

波留は惣菜のパックを持った手に力を込め、元来た道を戻り始める。

結局、男はやっぱり持って帰ってもいい、とパックのまま持たせてくれた。どうせ話すことにしたんだし、バレるもバレないもないだろ、と。

かんぴょう巻き、コロッケ、唐揚げの南蛮漬け。明日の朝と昼はこれを食べればいいのだと思うと、お腹の中が温かいもので満たされていくのを感じる。

もう、せめて少しでも空腹を感じずに済むようにと寝転がっている必要もない。テレビだって観てもいいかもしれない。右手でドリブルの練習をしたっていいかもしれない。

——それに、公園。

その単語を心の中で唱えるだけで、何となくそわそわした。

こんなこと、いつぶりだろう。

早くその日が来てほしいのに、ずっと来なければいいとも思う。フリースローをする直前の緊張感に似ていて、だけど投げる前から入った瞬間の、身体がぶわりと膨らむような感覚を先取りしている感じがする。

ついほころんでしまう口元を引き締め、角を曲がったときだった。

あ、という声がまず漏れた。

目の前に立っている見慣れた姿に、足が止まる。

「桜介」

桜介は顔を強張らせたまま、口を開かなかった。

「どうしたの、こんなところで」

訊きながら、たった今までお腹の中にあったものが一気に冷えていくのを感じる。もしかして、自分を待っていたんだろうか。あの庭にいるところを見られたんだろうか。

「おまえ、いつからここにいたんだよ」

「波留」

桜介が、低くかすれた声を出した。

波留は視線を桜介に戻し、その険しい顔にわずかにたじろぐ。

「桜介？」

桜介のこんな表情は、見たことがなかった。

事故直後の泣き顔も、本当は怒ってるんだろと突っかかってきたときの怒った顔も、当たり屋の話を打ち明けたときの呆然とした顔も、桜介にしては珍しい表情ではあったけれど、どれもなぜそんな顔をしているのかは透けて見えた。

なのに、今の表情からは、その奥にあるものが見えてこない。

桜介は開きかけた口を閉じ、波留の後ろをちらりと見やった。

「ちょっと、こっち」

突然腕を引かれ、波留は抱えていたパックを落としそうになる。慌てて抱え直し、桜介をにらんだ。

「何だよいきなり」

桜介はハッと手を離し、ごめん、とパックを見る。その顔は、見覚えがあるものだった。

桜介は、唇をきゅっと引き締めて歩き始める。

遠ざかっていく桜介の背中を、波留は動かずに数秒眺めた。桜介は分かれ道の前で振り返り、忙しなく手招きする。

波留はため息をついて足を動かした。桜介の横に並んで「何、どうしたの」と訊いたが、桜介は答えずに歩く速度を上げる。そのまま中学校の前まで歩いて立ち止まり、強張った顔を波留に向けた。

「波留、知ってんのかよ」

それだけ言って、どこか気まずそうにうつむく。地面に向かって絞り出すように、「あいつのこと」と続けた。

あいつ、というのが誰のことなのか、一瞬わからなかった。

一拍遅れて、地下室の男のことだと気づく。

「何だよ、やっぱり見てたのかよ」

頰が熱くなり、声が尖った。何だよ、という言葉がもう一度漏れる。

「見てたなら、もっと早く声をかけてくればいいだろ。もしかしておまえ、俺があそこに入る前から、」

「あいつ、殺人犯だぞ」

かぶせられた言葉が、よく聞き取れなかった。

「え?」

「殺人犯、指名手配されてるやつだよ。二年前にこの近くで、塾の先生を殺して」

は、と聞き返すんだか笑うんだかわからない声が出る。サツジンハン？　シメイテハイ？

意味が取れずに固まっていると、桜介は唇をほとんど動かさずに「阿久津弦」と言った。

「あいつのことだろ？」

あくつげん、と波留は口の中でつぶやく。

初めて耳にする響きだった。それが、あの人の名前？

何かを考えるよりも前に、は、と今度ははっきりと笑う声が漏れる。

「何だよそれ。人違いだろ、あの人はそんなんじゃ……」

「じゃあ、あいつは誰なんだよ」

波留は言葉に詰まった。

誰だと訊かれても、そんなことは知らない。名前なんて聞いたことがないし、どこの誰かなんてことはどうでもよかった。

ただ、食べる物をくれる人。それだけだったからだ。

「ちょっと来て」

桜介が再び歩き始めた。

今度は波留の腕を引こうとはせず、波留もすぐに後に続く。

半歩後ろを歩く形でついていきながら、波留は、たった今桜介から聞いた話を反芻した。

——あの人が殺人犯。殺人事件を起こして、指名手配されている。

そんな馬鹿な、と思うのに、どこかで、そうかもしれないという気もした。

あの人は、ずっと、あの地下室にいるのだと言っていた。

外には出られないのだと言っていた。

いつも窓とカーテンがぴったりと閉められていて、テレビも音が消されていた。

飼い主という言い方、よれよれの肌着、適当に切ったような髪——違う、と波留は思考を払う。

だってあの人は、公園に行こうと言ってくれた。惣菜だって持たせてくれた。

本当に、警察から逃げるために隠れていたのなら、そんなことするわけがない。

不動産屋や銀行が並んだ通りの先に、駅が見えてきた。

「どこに行くの」

波留が尋ねると、桜介は前を向いたまま「駅」と答える。

「俺、切符買う金なんて持ってないけど」

「駅に指名手配のポスターが貼ってあったから」

桜介は改札に向かう階段を真っ直ぐに上っていった。波留は剝き出しの惣菜のパックを隠すように持つ。

久しぶりに来た改札前には、人がたくさんいた。みんな忙しそうに切符を買ったり、電光掲示板を見上げたり、改札に駆け込んだり、改札から手を振りながら出てきたりしている。

　桜介は立ち止まると、きょろきょろと辺りを見回した。しばらくして動きを止め、白い壁に貼られたポスターの前へ小走りで駆け寄る。

　波留は走らなかった。遠くから見ても指名手配のポスターだとわかる、人の顔写真が大きくアップになった黒っぽい紙の前へと、一歩一歩近づいていく。

　顔が見分けられる距離まで来たところで、足が止まった。

　――似ている。

　咄嗟に感じた印象に、背筋が強張る。

　けれど、じっと見つめ続けていると、似ていないような気もしてきた。

　あの人は、こんな怖そうな顔じゃない。こんな、いかにも悪いことをしそうな目もしていない。でも、目の下のほくろ。そして――〈一九九六年十一月五日〉という日にち。

　男が口にした日付は、よくは覚えていない。だけどそう言えば、二年前の秋からずっとここにいるのかと、考えなかったか。

「あいつだろ」

　桜介が、低く、囁《ささや》く声音で言った。

　波留は、口の中に溜まった唾を飲み込み、唇を舐める。

「……違うよ」

「何でかばうんだよ！　このままじゃ波留が、」

「大声出すなって」

興奮してきたらしい桜介の腕を引いて制した。周囲に視線を動かしてから、あっちで話そう、と人がいない階段脇のスペースへ向かう。

桜介は不満そうな顔でついてくると、「波留」と咎めるような声を出した。

「波留が信じたくない気持ちはわかるけど、何かあったら遅いよ」

「何かって何だよ」

「いや……殺されちゃう、とか」

桜介が視線を泳がせる。

「俺なんか殺してどうするんだよ」

波留は鼻を鳴らした。桜介が波留を見る。

「だって、波留はあいつがあそこにいることを知ってるから」

「誰かにバラさないようにってこと？」

「そうだよ。警察に通報されたら困るだろうし……」

「んなわけないじゃん」

波留は唇を歪めた。

「俺、もう五回もあそこに行ってんだぜ？　バラされたくないなら、もっと早く殺してるだろ」

桜介が、でも、と言いかけて、目を伏せる。

「波留が気づいていないみたいだから様子を見ているだけかもしれないし」

「じゃあ、これで俺は気づいちゃったから、殺されるわけだ」

波留は茶化す口調で言った。桜介が弾かれたように顔を上げる。

「波留」

「冗談だって。あの人はそんなことしないよ。それに、別に隠れてるわけでもない」

桜介が怪訝な顔をした。

「だってさ、あの人今度一緒に公園に行こうって言ったんだよ。隠れてるやつがそんなこと言うわけないだろ」

言いながら、そうだ、と思う。やっぱりあの人が殺人犯のわけがない。

「でも……そうやって波留をおびき出して殺すつもりなのかも」

「馬鹿じゃねえの」

波留は吐き捨てた。

「そのために出てきて誰かに見られたら元も子もねえじゃん」

桜介が、ようやく口を噤む。

その困りきった表情に、身体の中で何かが膨らんだ。喉を、鼻を、耳を、内側から圧迫していく。耳の奥の音が他の音をかき消し、桜介の言葉が頭の中で反響する。

——波留が信じたくない気持ちはわかるけど。

おまえに何が、と思った瞬間に頭が痺れ、膨らんでいたものが冷えて萎んだ。

「桜介」

波留は、桜介を正面から見据えて呼びかける。

「絶対通報なんかすんなよ」

「でも……」

「通報なんかしたら、おまえのこと一生許さないからな」

少しでも桜介を縛りつける可能性がある言葉を選んだ。

桜介が目を見開くのを見つめたまま、他に言えることはないか、と思考する。何か、通報を思いとどまらせられるような理屈——

「あの人は、ずっとあの地下室で暮らしてるんだよ。誰にも迷惑なんかかけてない。それに、俺に食べ物をくれてるんだ。あの人がいなくなったら、俺は飢え死にするしかない」

「……だったら、俺んちに食べにくる、とか」

「それはおまえが決めることじゃないだろ」

桜介が、びくりと身を縮ませた。唇を噛みしめ、身体の横で拳を握る。

「……お母さんに、相談してみる」

「そんなことしなくていいよ」

波留はため息をついた。

「桜介は何もしなくていいんだ。ただ、黙っていてくれれば」

でも、と桜介が瞳を揺らす。

波留は桜介から視線を外した。

鈍く痛む額を指の腹で強く押さえる。砂の鳴る音に意識を向けて、膜が広がっていくのをじっと待つ。少しずつ、痛みが遠くなっていく。

「通報しちゃ駄目ってことは、波留だって本当はあいつが殺人犯だって思ってるんじゃないか」

くぐもった桜介の声が、遅れて耳に届いた。膜の向こう側にいる桜介が、顔を上げる。

「だってそうだろ。そうじゃないなら、別に通報されたって問題ないんだから」

膜が揺れる。ごわん、ごわん、と洗濯機が回っているような振動が、頭に響く。目が泳ぐ。視界に床の黒ずみが飛び込んでくる。

「波留」

右腕に違和感を覚え、視線を落とすとつかまれていた。

「俺、波留がいなくなったりしたら、嫌だよ」

泣き出す寸前のような震えた声に、事故を起こした日、顔をぐちゃぐちゃにして泣いていた桜介の声が重なる。波留、波留、波留——

咄嗟に腕を引き抜いた。桜介から顔を背ける。

「関係ない」

漏れた声に引きずられるように、そんなことは関係ない、と言葉にして思う。

あの人は、殺人犯なのかもしれない。

誰かを殺して、ずっと警察に捕まらないまま、トヨコという人に匿ってもらってあの場所で暮らしているのかもしれない。

——だけど。

それが何だというのだ。

波留はお腹に力を込め、足を踏み出した。

桜介の脇を通り過ぎ、惣菜のパックを抱えて階段を下り始める。

いつの間にか、辺りは薄暗くなっていた。

3、仲村桜介

波留の背中が、階段の奥へ消えた。

桜介は、反射的に伸ばしかけた手を宙に浮かせ、その場で手のひらを見る。

庭の外で男の正体に気づいた後、桜介はすぐに通報すべきかどうか迷った。

とにかく少しでも早く助けを呼びに行った方がいい気はしたけれど、自分が離れている間に波留に何かあったらと思うと、動けなかった。

男が何かおかしなことをしようとしたら、すぐに出て行って止める。男が驚いている隙に、波留を連れて一緒に逃げる。

そう何度もシミュレーションしながら備え、けれどその後も男が出てくる様子はなかった。

やがて波留は、おかずのパックらしきものを手に立ち上がり、桜介は慌てて茂みを離れた。咄嗟に道を曲がったところに身を隠し、出てきた波留を少しでも安全そうな場所へ連れて行ってから、男の正体について話した。

まさか、波留があの男を殺人犯だと知ってもかばおうとするなんて、思いもしなかった。

一緒に交番へ行って、男のことを話せば、それで終わりだと思っていた。

もう波留が危ない目に遭うこともなく、男は捕まり、この街から殺人犯はいなくなるのだと。

桜介は、ぎゅっと強く目をつむった。

頭では、波留が何と言おうと通報すべきだと思う。

何か起こってからでは遅い。波留が殺されてしまうようなことになったら、絶対に後悔する。

ただ——本当のところ、殺される、という言葉はピンと来なかった。

わかっているような顔で口にしたものの、桜介は、まだ人が死ぬところを見たことがない。祖父母はみんな生きていて、だから葬式にも出たことがない。

五年生のときにクラスで飼っていたハムスターが死んでしまったときには悲しかったけれど、きっと人間が死ぬというのは全然違うことなんだろうなと、何となく思っていた。

具体的には何がどう違うのかわからないからこそ、怖かった。

幼い頃、お母さんが死んでしまったらどうしようと考えて泣いていたときと、自分はまったく変わっていなかった。

それまで生きて動いてしゃべっていた人が、骨だけになって土の下に埋められる。そんな恐ろしくてむちゃくちゃなことがこの世界にあるなんて信じたくなくて、桜介はずっと、それを存在しないことにしてきた。考えようとするだけで頭がおかしくなりそうな気がして、意識が向きそうになるたびに、慌てて別のことを考えるようにしてきた。

テレビで地下鉄サリン事件や阪神・淡路大震災のニュースが流れていたときは、漫画を開いて懸命に読んでいたし、hide が死んでしまったと兄がリビングで泣いていたときは、声をかけずに自分の部屋に戻った。

だけど、本当は気になって仕方なかった。

二年前にこの街で起きたという事件だって、詳しいことなんて知りたくないのに、わざわざ指名手配のポスターを見に行かずにいられなかった。

その犯人と、波留は仲良くしている――そう思った途端、ちり、と胸が小さく痛んだ。

この感じは、知っている。これは――車に撥ねられてもらったというお金でステーキやラーメンを食べたのだと、波留が特別なことのように話すのを聞いたときの気持ちだ。

一歩間違えば死んでしまうようなことを何度もしている波留にとっては、死というものも、意味がわからない化け物みたいじゃないのかもしれない。

もっと身近で、何でもないことなのかもしれない。

『じゃあ、これで俺は気づいちゃったから、殺されるわけだ』

笑いながら言った波留の声が、頭の中でくぐもって響く。

桜介は、強張った足を動かし、北口の方へ向かった。ビルと繋がった連絡通路の前に立ち、地上にある小さな交番を見下ろす。

波留は、通報なんかしたら一生許さない、と言っていた。

桜介は、一歩一歩、階段を下りていく。横断歩道の前で足を止め、通りの向こうの交番をじっと見つめる。

あそこに行って、全部話す。

自分に言い聞かせるように考えた。

きっと本当に、波留は許してくれないだろう。一生口をきいてくれなくなるかもしれない。目も合わせてもらえなくなるかもしれない。

そんなの嫌だ、と思うと、泣き出したくなる。

信号が、青に変わった。

桜介は、黄色い点字ブロックの先へ足を踏み出す。

唇を、強く噛んだ。

――嫌われてもいいから、波留にいなくなってほしくない。

うつむいたまま交番の前まで来て、顔を上げたときだった。

桜介は、入り口に足を踏み入れた体勢で、呆然と立ち尽くす。

中には、誰もいなかった。

灰色の机の上には、ぽつんと立て札だけが置かれている。

〈ただ今、パトロール中です。ご用の方はこの電話でお話しください〉

身体から力が抜けていくのがわかった。

その場にしゃがみ込みたくなるのをこらえながら、視線を電話機へ移す。

かけるべき番号は書かれていた。でも、電話なんてほとんどかけたことがない。いきなり顔も見えない警察の人に繋がって、何をどこから話せばいいのか。

入り口で立ったまま、時計をにらみつけた。滑らかに回り続ける秒針を目で追っているうちに、あっさりと一分が経つ。それを四回繰り返し、五分経ったら帰ろうと決めて最後の一周を見守り始めると、針が動くのが遅くなったような気がした。

針の先が十二を指すのと同時に、交番を出る。

そのまま、顔を伏せて横断歩道を渡り、階段を上ったところで、もう一度だけ交番を見下ろした。

まだ、警察の人は戻ってきていない。

駅を抜けて南口へ出ると、もう完全に日が暮れていた。

お母さんは心配しているだろう、とふいに思う。

お菓子を買いに行くと言って出て行ったのに、こんなに何時間も戻らないなんて、何かあったんじゃないかと思っているかもしれない。

帰ろう、と桜介は思った。

やっぱりまずは、お母さんに相談した方がいい。自分が見たものも、波留に言われたことも全部話して、その上でどうすればいいか訊けばいい。

だが、駅から離れてトンネルの前まで来たところで、桜介は立ち止まった。

白々とした蛍光灯に照らされた灰色の壁には、何と書かれているのかわからない落書きがいくつもある。その上に重なるように、ため息をついた波留の顔が浮かんだ。

うちに食べにきたらどうかと提案した自分に対し、波留は、それはおまえが決めることじゃない、と言った。お母さんに相談してみる、と言うと、白けた顔をした。

——結局俺は、お母さんに頼らなければ何もできないんだろうか。

波留を裏切って通報することすら、お母さんにやってもらうんだろうか。

熱くて重いものが喉の奥まで込み上げてきて、掻きむしりたくなった。

怖い、と思う。自分は馬鹿だとも思う。

だけどそれでも、身体が向きを変え、足が暗い道へと進んでいく。

男と、直接話す。

そうするのが、一番ましな方法のような気がした。

男に会うだけなら、波留を裏切ることにはならない。男の顔を正面から見て、本当にポスターの男なのかを確かめることもできる。

そして——一度男に会ってしまえば、もう通報するしかなくなる。

波留に嫌われることが怖かろうが何だろうが、最後までやるしかなくなる。

波留は、あの男は地下室で暮らしているんだと言っていた。地面まで出てくるには少し時間がかかるだろうし、自分は走るだけなら学校で一番——波留よりも速い。何かあったら、とにかく全力で逃げればいい。

唱えるように考えながら、男の家の前まで来て、足を止めた。

ただ歩いてきただけなのに、息が切れている。深く息を吸い込み、長く吐いた。膝が震えて、喉がからからに渇いている。そう言えば、夕方に家を出てからは、何も口にしていない。

とっくに夕飯の時間を過ぎているはずだったが、まったくお腹は空いていなかった。

桜介は平らな腹を押さえた手を、少しずつずらしていって、うるさいほどに脈打ち続けている胸に当てる。目を閉じ、手のひらに響く鼓動を感じながら、やるべきことをイメージし始めた。

庭に入る。すみません、と声をかける。男が顔を見せるのを待つ。波留の友達なのだと話す――そこでハッと、目を開けた。

その後は？

自分は一体、男と何を話そうというのか。

もう波留と会わないでほしいなんて頼んだところで、意味はない。むしろ、波留が男のことを人に話したのだと誤解され、波留が男の正体について知ってしまったことに気づかれて、波留の危険が増すだけだ。

桜介は、一歩後ずさる。

黒い塊のようにしか見えなくなった茂みを見つめた。

仕方ない――浮かんだ思いに、自分は元々男に会うつもりなどなかったのだと思い知らされる。自分にやれることをやろうとした。自分なりに方法を考えた。そうした言い訳をするためだけに、交番へ行き、この家の前まで来た——

「あの！」

突然、後ろから鋭い声が聞こえた。

桜介はびくりと振り向く。

そこにいたのは、レジ袋を持った女の人だった。

肘くらいまでの濃い色のパーカーに、ダボッとした感じのズボン、ほつれた髪が頬の横でうねっている。

「うちに何か用ですか」

——うち？

言葉が上手く出てこなかった。

ここは、この人の家？

「あの、えっと、用というか……」

汗がどっと噴き出してくる。耳たぶが熱くなる。

「ちょっと、あの、おじさんに……」

うつむいて何とか口にしたが、女の人は答えなかった。

桜介は後ずさりし始める。

この人は、あの男を匿っているんだろうか。殺人犯の仲間なんだろうか。もし、今あの男が出てきたら。相手が二人では走って逃げるのも上手くいかないかもしれない。

「主人が何か？」

「え？」

桜介は顔を上げた。

——主人？

女の人は、眉毛の間に皺を寄せている。

「あなた、お名前は？」

「あ、えっと、ごめんなさい間違えました」

咄嗟に桜介は踵を返していた。

駆け出しながら、顔が熱くなっていくのを感じる。

角を曲がり際に振り向くと、女の人は追いかけてきていなかった。ただ、怪訝そうにこちらを見ている。

桜介は一気に橋を渡り終えてから、もう一度、来た道を窺った。肩で息をしながら、道の先に目を凝らす。

やはり、誰も追いかけてきていなかった。

——もし本当に殺人犯なら、追いかけてくるはずじゃないか。

捕まえて、警察なんかに行けないように閉じ込めるか、殺そうとするんじゃないのか。再び走り出すと、今度は頰に当たる風が冷たく感じられた。

──やっぱり、勘違いだったのかもしれない。

波留だって、違うと言っていた。隠れている人が一緒に公園に行こうなんて言うわけがないと。

波留が通報するなと言うから、余計に怪しい気がしたけれど、ただおじさんに迷惑をかけたくなかっただけなのかもしれない。

ポスターの写真だって、よく考えたら、目の下のほくろくらいしか同じところはなかった気がする。

──通報なんて、しなくてよかったのかもしれない。

そのまま家まで走って帰ると、玄関の前にいた母親が「桜介！」と悲鳴みたいな声を上げた。

「あんた、こんな時間までどこに行ってたの！　心配するでしょう！」

今にも泣き出しそうな顔で乱暴に抱き寄せられ、痛いほどに締めつけられる。

ごめんなさい、と答える自分の声が小さな子どもみたいに聞こえて、鼻の奥がツンと痛んだ。

4、長尾豊子

呼び止める暇もない速さで走り去っていく少年の後ろ姿を、豊子は立ち尽くしたまま見送った。

たった今起きたことの意味を上手く考えられない。完全に見えなくなってもしばらく動けず、まず強張った首を捻って自宅を振り返った。捩《ねじ》れた身体が元に戻ろうとする力を使ってようやく足を踏み出し、玄関へ向かう。

鍵を開けて中に入り、廊下にレジ袋を下ろした。

今の子は、庭を覗き込んでいた。

おじさん、と言っていた。

足元で、がさりと袋が崩れる音がした。袋の口から溢れたルームソックスやヘアゴムやマニキュアや毛抜きやポーチを、呆然と見つめる。

刑事が突然やってくるところは、もう幾度となく想像していた。

家の中を確認させろ、と言われ、地下室への入り口を隠してあるベニヤ板を見つけられて、階段を下りていく刑事の頭を見下ろしている自分。

ベニヤ板には気づかれず、胸を撫で下ろしたところで、刑事が何気なく庭へと向かい、一階の下に窓があることに気づく展開。

阿久津の手首に手錠がはめられる瞬間も、阿久津が乗り込んだパトカーが無数のカメラのフラッシュを浴びながら離れていくところも、この二年間、繰り返し思い描いてきたことだった。

——だけど、子ども。

今見た少年の顔を思い出そうとして、既に記憶が曖昧になっていることに気づく。手足がすらりと長い、小学生みたいにあどけない印象の子だった。

咄嗟に夫だということにしたら、少年も間違えたと言って慌てて帰っていった。けれど、きっと少し落ち着いたらやはりおかしいと思うに違いない。

少なくとも、家に帰って親に話せば、親は怪訝に思うだろう。

地下室で人知れず暮らしている男がいること。それを、この街で起きた殺人事件の犯人がまだ捕まっていないという事実と結びつけるのに、どのくらいの時間がかかるのか。

ベニヤ板と空の段ボール箱をどかして階段を下り、地下室の扉をノックした。だが、返事も、人が動く気配もなかった。

試しにドアノブをつかんで押すと、あっけなく扉が開く。

阿久津は、丸まった布団に絡みつくようにして眠っていた。

豊子は、顔から表情を落としたまま、すぐ側まで進み、そっと腰を下ろす。

このところ、何かがおかしいのは感じていた。

妙に惣菜が減るようになった。こんなふうに、扉の前に本が入った段ボール箱を置き忘れることなど、今まではほとんどなかった。それに——阿久津が一週間ほど前、猫が庭に入ってくるようになったからと、自分がいないときに地下室を出て一階のトイレを使っていたこと。

野良猫というのは、あの子のことだったんじゃないか、という気がした。

さっきの少年が庭に出入りするようになったから、地下室で用を足すのを嫌がり始めたんじゃないか。

もう外の人間にバレていることを知っていたから、段ボール箱を置いても無意味だと感じていたんじゃないか。

隣から歯ぎしりの音が聞こえて、目を向けると、阿久津はうなされていた。

額から汗を流し、顔を歪め、小さな唸り声を上げている。

どんな夢を見ているのだろう、と豊子は思った。

阿久津は時折、こうしてうなされる。飛び起きた後、どんな夢を見たの、と聞いても、覚えていないと首を振る。

本当は、母が自分にしてくれたように、怖い話の続きを考えて話し聞かせてあげたかった。

ハッピーエンドに変えてあげたかった。

だけど阿久津は、決して夢の話をしない。

中学生の頃、すり減らすことも、すり減らされることもなく、自分の足で立ち、自由に好きな場所へ進んでいるように見えた男が、本当は、これ以上すり減る部分がないほどに傷つき、踏みにじられ、未来を選べない場所へ追いやられていたことを、もう豊子は知っていた。

あの頃、他の誰もが阿久津を正義感で動いたのだろうと考えたように、警察に見つかればみんなにとってわかりやすい物語の枠に入れられて、本当のことはこぼれ落ちて、なかったことにされてしまうかもしれない。

ただ、それが嫌なだけで阿久津を家に上げ、話を聞いた。

だが、阿久津から打ち明けられた話は、想像していたものとまるで違った。

それは豊子が、見向きもせずに通り過ぎてきたことだった。そして、そんな自分こそが、阿久津を傷つけ、踏みにじり、追いやってきたのだと知った。

阿久津の大きな身体が跳ね、長いまつげが震えながら開いた。

阿久津は肩で息をしながら天井を凝視し、固定された人形の首を無理やり捻らせるようにして、豊子の方を向く。

ただいま、と豊子は言ったが、阿久津は、おかえり、とは言わなかった。

豊子の全身の輪郭を確かめるように充血した目を動かし、長く筋肉質な腕を伸ばしてくる。

服を荒々しく脱がされていく間、豊子は息を潜めながら協力した。パーカーのチャックを下ろされると腕を曲げて抜き、Tシャツの裾をまくられると腕を上げる。腰がゴムになっているパンツと下着をまとめて下ろされると腰を浮かせて膝まで下ろされるのを待ち、その先は足を使って自分で脱いだ。

ついでに靴下も脱いでいる間に、阿久津はすばやく自らの肌着と下着を剝ぎ捨てた。乾いた唇が押しつけられるのと同時に、口の中に太く熱い舌が差し入れられる。乳房を揉みしだかれ、肌を吸われ、茂みの奥に指を這わされながら、豊子は手の甲を嚙み、漏れそうになる声をこらえていた。

声を出しても、外に聞こえるわけではないことはわかっていた。だけど、声を出してしまえば、何かを台無しにしてしまうような気がした。

元夫との行為でも、その前につき合った人と肌を重ねたときも、ずっと豊子は様々な声や仕草で相手に快感を伝えるようにしてきた。

荒く喘《あえ》ぎ、背中や肩に爪を立て、膣《ちつ》を収縮させる。

達したときには大げさに身体を痙攣《けいれん》させ、首をのけぞらせる。

すべてが演技なわけではなかったが、常にどこかで性行為をしている自分というものを意識し続けていた。自分の声や動きや表情で相手の興奮が大きくなるのが嬉しかったし、それが自らの快感を高めることにも繋がるのだと信じていた。

だが、懸命に豊子の全身に舌を這わせ、何かを掻き出そうと指を動かし続ける男は、快楽を求めているようではなかった。それよりももっと切実な何かを探し続けているような男を、豊子は邪魔したくなかった。

声をこらえ、快感を抑え込もうとするほどに、全身の神経は敏感になり、刺激に反応しようとした。内へ内へと膨らんでいく切迫感は、溢れ出すように小さな爆発を繰り返し、豊子を戸惑わせた。

口を、耳を、鼻を、性器を、男は丹念に舐めた。眼球にさえ、舌を伸ばした。

初めは、眼前に舌が迫ってくることに恐怖を覚えた。けれど、予想したような痛みはなく、生温かく柔らかいものが目の表面を這う動きは、強烈な快感をもたらした。

男の舌が触れるごとに、身体の輪郭が崩れていくのを感じた。どろどろと溶けて、いくつもの穴が開いただけの袋になる。穴の奥に男は舌の先や指を伸ばし、性器を入れる。どれだけ執拗に伸ばし続けても、穴は破れない。男が探し求めているものは、手に入らない。

快感の波が過ぎ去るごとに、豊子は哀しみを覚えた。

それは、初めて身に宿った子を亡くした後、股の間から流れ出していった赤黒い塊を眺めていたときのやるせなさに似ていた。

医者は、この週数なら特に掻爬《そうは》手術をする必要はないでしょう、と言った。何もしなくても、月経と同じように自然に排出されるでしょう。その言葉の通り、月経の二日目とほとんど変わらない量の血の塊は、否応なく身体から押し出されてきた。

子になるはずだった塊を、豊子はトイレの中で長いこと眺め続けた。水を流してしまう気には、どうしてもなれなかった。

それでも、一生そのままにしておくことはできず、結局数時間経って尿意を覚えたのを潮《しお》に、ゆっくりとレバーを回した。

水はいつもと同じように流れ、塊は渦の中に飲み込まれていった。

男が果てるたびに、豊子は何かを仕損じたような焦りを覚えた。懸命に手を伸ばしても、引き留めることはできなかった。押し寄せる快感は、引くときに砂を削り、奪い取っていく。

行為を終えてからも、しばらく豊子は阿久津と並んで転がっていた。汗と唾液と精液が混ざり合って貼りついた肌は、なかなか乾かなかった。

エアコンのない地下室は、ひどく蒸していた。窓を開けて扇風機を回せば、それなりに過ごしやすくなるけれど、窓を開けなければ淀んだ空気はどこにも逃げない。

豊子は、阿久津の肩に額をつけた。腹の上に腕を乗せ、しがみつくように抱き寄せる。

阿久津は、されるがままにしていた。豊子の脳裏に、少年に向かってついた嘘が蘇る。

少しずつ力が抜け、肌が離れていった。

阿久津が天井を向いたまま、口を開く。

「公園に行こうと思うんだけど」

行ってもいいか、ではなかった。

だから豊子も、そう、と答える。

「あの男の子と行くの？」

阿久津は小さく息を呑んだ。その反応に、豊子はわずかな満足感を覚える。

「どこの公園？」

野方《のがた》、と阿久津は短く答えた。

「西武新宿線の？」

特に訊きたいことでもなかったが、尋ねていた。ああ、という返事を聞きながら、豊子は目を閉じる。

身体が重かった。起き上がるのが億劫で、できればこのまま眠ってしまいたい。

ずっと、こうしていたかった。

生ぬるいお湯の中で、先のことなど何も考えずにたゆたっていたかった。

この部屋を作り、週末にはいつも上機嫌でドラムを叩いていた父と、お父さんも本当に好きねえ、と苦笑しながら、時折リズムに合わせて身を揺らしていた母は、三年前、旅先で交通事故に遭い、揃って亡くなった。

様々な手続きを終えて受け取った父の財布からは、お土産に買ったらしいチーズケーキと象のぬいぐるみのレシートが出てきたが、現物は事故の際に燃えてしまったようだった。

父からは、もう何度も象のぬいぐるみをもらっていた。

父は大阪万博で買わせてやれなかったことを気にしていたようで、どこかで見かけるたびに買っては、これはあれに似ているんじゃないか、と渡してきた。

父の嬉しそうな顔を見ていると、別に象のぬいぐるみが好きなわけじゃない、とは言えなかった。ありがとう、似ているかも、と言って受け取り、それでも父は何度でも買ってきた。

豊子の部屋の押し入れには、今も父からもらった象のぬいぐるみが入った箱がある。

大きさも質感も愛らしさも様々な、ただ、象であるということだけが共通しているぬいぐるみたち。

これまで父からもらったぬいぐるみの中で、記憶の中の置物と重なるものは一つもなかった。けれどなぜか、最後に燃えてしまったぬいぐるみだけは、違ったのではないかという気がした。

そうそう、これ、とはしゃぐ自分に、父がやっと、肩の荷を下ろしたように表情を緩める。決して訪れることはない場面を何度も夢想し、折り皺のついたレシートを繰り返し眺めた。お店の場所を調べ、しかし結局、お店に行くことはなかった。レシートの文字は、少しずつ、着実に薄くなっていった。

豊子は時間をかけて寝返りを打ち、腕の力を使って上体を起こした。膝を立てて立ち上がると、股の間からどろりとした液体が垂れていくのを感じる。

そのまま部屋を出て、階段を上った。

二階の自室へ入り、箪笥《たんす》の一番下の段から、阿久津の服を取り出す。黒い無地のTシャツと、灰色のカーゴパンツ。

二年前に洗って地下室に干し、畳んでしまったきりになっていた服からは、防虫剤の人工的な匂いがした。

地下室へ戻ると、阿久津は布団の上に裸で寝転がったまま、部屋中に張り巡らされている紐からぶら下がる洗濯物を見上げていた。

豊子は入り口で足を止め、その光景を数秒眺める。

阿久津が暮らすようになって以来、豊子がこの部屋に対して感じていたのは奇妙な異国感だった。

具体的な国を想起させるわけではなく、映画やドラマで観る外国の光景と重なるわけでもない。それでも豊子は、なぜか異国で抱く郷愁に似たものを感じる。

たとえばそれは、幼い頃、ベッドの柵と学習机にタオルケットをかけてテントに見立てた野宿ごっこのような。

阿久津に服を渡し、丸まっているパンツのポケットから車のキーを引き抜いた。ローテーブルの上に置くと、再び布団の上に横たわる。

ありがとう、と阿久津は静かな声音で言った。

どういたしまして、と豊子は背を向けたまま答えた。

これが最後の会話になるのだろう、と静かに思った。きっと、次に起きたときには、もう阿久津はいなくなっている。

まぶたを閉ざす直前、視線がテレビ台の上から落ちたらしい卓上カレンダーを捉えた。数カ月前からめくり忘れていたカレンダーは、倒れたまま真新しいページを開いていた。

5、橋本波留

薄い布団の上で目を覚ますと、枕に押しつけていた右頰からよだれの糸が伸びた。波留はすすり上げきれない分を手の甲で拭ってから、右腕を上げて全身を伸ばす。腰を左右に捻って背骨を鳴らし、もう一度だらりと足を投げ出した。

寝返りが上手く打てないからか、腕を骨折して以来、首や腰や背中が凝るようになっている。骨を鳴らしても、節々に何かが詰まっているような重苦しさが抜けない。

再び目を閉じたが、眠気は戻らなかった。波留はのそのそと布団から這い出てトイレへ向かう。

あくびをしながら用を足し、手と顔をまとめて洗って手のひらに汲んだぬるい水を飲み、昨日の夜に使ったバスタオルで拭いた。

洗濯カゴから溢れた服やタオルや下着を見下ろす。

そろそろ洗濯しなければと思ったが、面倒だった。とりあえず和室へ戻って、テレビをつける。

画面に現れたのは、夏祭りらしい映像だった。

白いテント、赤と白の提灯《ちょうちん》、木の長机には金色と銀色の大きな鍋と白い炊飯器が並んでいる。パックに盛られたカレーライスの上に〈青酸が混入〉という文字が重なった。

青酸というのが何なのかはわからなかったけれど、表面が乾いた色の薄いカレーライスは美味しくなさそうに見える。

チャンネルを替えても同じような映像が繰り返されていて、波留はテレビを消した。

再び布団の上に寝転がる。

目をつむると、ほんの少しだけ眠気らしいものが見つかった。それを抱き寄せるようにして、身体の力を抜いていく。

何も考えたくなかった。けれど、頭の内側にある凝りが、上手く眠気に溶けてくれない。

――また、あの庭に行くんだろうか。

父は、昨晩も帰って来なかった。今日は、昨日男からもらったコロッケやかんぴょう巻きの残りを食べればいいとしても、このまま明日も帰って来なかったら、何とかして食べるものを手に入れる必要がある。

万引きをする、という案が脳裏に浮かんだ。

途端に、口の中の唾液がべたついていくのを感じる。

去年の夏休み、波留は万引きをした。

一度目は上手くいき、二度目は失敗したものの見逃してもらえ、三度目で通報された。

父は、みっともない真似すんじゃねえよ、と顔を真っ赤にして怒り、波留を殴った。波留は、当たり屋と万引きの何が違うのかがわからなかったが、とにかく捕まってはいけないのだということだけは理解した。

ただ、波留は万引きがあまり得意ではなかった。図体が大きい割に顔立ちが幼いためか、立っているだけで注目を集めてしまうことが多く、こっそりと食べ物を持ち去れる機会はなかなか訪れなかった。

やはり自分はまた、あの人のところに行くのだろう、と波留は思った。

もし本当に、あの人が殺人犯なのだとしても、どうでもいい気がした。桜介は殺されるかもしれないと心配していたけれど、それならそれで別にいい、とも思う。

死ねば、少なくとも腹が減ることはなくなるだろう。痛かったり苦しかったりするのかもしれないけれど、それだってきっと一瞬だ。

太陽の光を含んだオレンジ色の闇が、じんわりと身体の縁から染み込んでくる。少しずつ、意識が遠ざかっていく。ザー。耳の奥の音が浮かび上がる。全身の輪郭がぼやけて膜に包み込まれる――

ふいに、玄関からチャイムの音が響いた。

波留は頭だけを持ち上げ、ここからでは見えるはずがない覗き穴の方に目をやる。布団をそっとかぶり、息を潜めて動きを止める。

「あれ、ここじゃないのか」

扉越しに聞こえた声に、ほとんど反射的に飛び起きた。転がるようにして玄関に駆け寄り、ドアを開ける。

「あ、いた」と男がつぶやいた。

いつも肌着姿だった男は、今日は服を着ていた。

黒いTシャツに灰色のズボン。

「どうして」

波留は思わずつぶやいていた。

男が不思議そうに頭を傾ける。

「迎えに行くって言っただろ」

「でも……どうせ出られないと思ってたから」

「そうか」

男はくるりと波留に背を向けた。

「あ、ちょっと待って」

波留はキッチンへ向かい、冷蔵庫から昨日もらったコロッケとかんぴょう巻きのパックを取り出す。

玄関へ戻ってパックを抱えたまま素足をスニーカーに押し込み、閉じてしまったドアを急いで開けた。

階段の下にいた男は、波留の手にちらりと目を向けると、んじゃ行くか、と言って歩き始めた。波留は男のすぐ後ろに続く。

男の人差し指には鍵らしきものがぶら下がっていた。団地内の案内板の前にあるのは、明るい水色の車――父親から見せられた高級車のリストにはなかった車種だ。

男は運転席に乗り込んだ。波留は助手席と後部座席を見比べてから、後部座席のドアへ手を伸ばす。

中は窮屈だった。男を見ると、男も狭そうに首を縮めながらシートベルトを着けている。がたん、と尻の下が揺れた。

波留はシートの縁をつかんで、前を見る。

フロントガラスの端には、赤い交通安全のお守りがあった。

「これ、おじさんの車？」

いや、と男が短く答え、上体を捻って車をバックさせる。

波留は、シートにかけられた男の腕を見た。筋が浮き上がった筋肉質な腕に、微かに胃が強張る。

「どこに行くの」

バックミラー越しに尋ねる声が、車の動きに合わせて揺れた。

「野方」

男は前を見たまま答える。

「それってどこ」

「んー中野《なかの》？」

なぜか疑問形だった。

波留は、それがどこで、ここからどのくらい離れているかわからなかったが、ふうん、とうなずく。

車は、どんどん知らない道を進んで行った。

回転寿司屋、コンビニ、ガソリンスタンド、ファミレス、郵便局、駐車場。次々に後ろへ流れていく景色を眺めながら、少しずつ身体が軽くなっていくのを感じる。

本当に、迎えに来てくれた。

出てきて大丈夫だったの、という言葉が浮かんでいたが、口にはしなかった。代わりに波留は、割り箸忘れた、とつぶやく。

男はバックミラーを見て、割り箸、と復唱した。

「コロッケとかんぴょう巻き持ってきたけど、箸を忘れたなと思って」と波留が説明すると、ああ、と相槌なのか嘆息なのかわからない声を出す。

それ以上のコメントはなかったが、しばらくするとコンビニの前に車を停めた。波留は車から降りる男を凝視する。

「箸、ここでもらえるぞ」

男は後部座席の窓越しに言い、コンビニへ向かっていく。

男が自動ドアの奥へ消えるのを見守ってしまってから、波留は車を降りた。駆け足で店内に入り、男を探す。

男は、おにぎり売り場の前にいた。おかかおにぎりを手に取り、波留の方を振り向く。

「好きなの選んでいいぞ」

男の隣、サラダ売り場にはジャージ姿の女の人がいた。身体の内側が強張る。こんなふうに人前に姿を見せて大丈夫なのか。もし誰かに気づかれたりしたら――

「すみません」

背後から聞こえた声に肩が跳ねた。

首だけで振り返ると、サラダ売り場にいたはずの女の人が波留のすぐ目の前にいる。

女の人は迷惑そうな顔をしながら、男の方を指さした。

「あの、取りたいんですけど」

男が棚の前を離れ、女の人はおにぎりを引ったくるようにしてつかむ。そのままレジへと向かう姿を見つめながら、波留はみぞおちを押さえた。棚へ向き直り、目についたおにぎりを適当に三つ取って男に渡す。

男は両腕におにぎりを抱え、レジへ並んだ。女の人の会計が終わり、男が台の上におにぎりを置く。

店員は顔を上げずにおにぎりのバーコードを読み込み始めた。波留は顔を背け、コンビニの出口を見る。

「あ」

男が声を出した。

「あと、唐揚げ二つ」

店員がケースを開け、小さな紙袋に入ったからあげクンを取り出す。

波留は耳たぶが熱くなるのを感じた。

「箸ください」

男が言い、店員が手際よくレジ袋に割り箸を入れる。男は小さく畳んだ千円札をキャッシュトレイに置き、受け取ったレシートとおつりをズボンのポケットに直接突っ込んだ。

店を出て行く間も、車に乗り込む間も、波留は背中に力を入れ続けていた。

車が走り出してようやく、詰めていた息を吐く。軽い目眩を感じて、ヘッドレストに頭を預けた。

胸の辺りに手を当て、深呼吸を繰り返す。けれど、上がった心拍数がなかなか戻らない。

信号で車が停まり、男が、あ、と声を上げた。

「飲み物買い忘れた」

コンビニに戻る道を探すように視線を動かすのが見え、波留は身を乗り出して「後で自販機で買えばいいよ」と主張する。

男は、そうか、とうなずき、再び車を走らせ始めた。波留は身体を戻して目を閉じる。

身体から力が抜けていく感覚に、思わず口元が緩んだ。何だか、急に笑い出したくなる。

細く開いたままの窓に顔を向けた。少しだけ涼しい風が、伸びた前髪を吹き上げる。

早く着かないかな、という思いと、このままずっと車に乗っていてもいいな、という思いが同じくらい湧いた。ぐう、と腹が鳴り、そう言えばまだ朝ご飯を食べていなかった、と思い出す。

波留は窓に額を当てた。断続的な揺れに身を任せ、まだらな眠気を引き寄せていく。耳の奥の音が存在感を増す。

いつからか、耳の奥の雑音は波留のお守りになっていた。雑音の膜は、現実のあらゆる音を包み込む。聞きたくない言葉も、感情的な声も、諭すような理屈も、全部ぼんやりとしか届かない。世界は少し離れた場所で回り続け、怒ったり悲しんだり期待したりする人たちを柔らかく突き放す。

「あった」

目を開けると、車の外に公園らしい空間が見えた。

男が車を路地に停め、コンビニの袋に惣菜のパックを入れて降りる。波留は一人で中へ進んでいく男の後を小走りで追った。

公園は、家の近くの児童公園とあまり変わらなかった。奥には浅いプールのような水遊びのコーナーがあるけれど、ブランコや滑り台、砂場やベンチは拍子抜けするくらい普通で、まだ朝早いためか園内には犬を連れているおじいさんくらいしかいない。

パチもんの滑り台は、と周囲を見回しながら進んでいくと、よくある普通の滑り台の奥に隠れるようにしてあった。

「これ？」

波留は、滑り台を指さして男の方を振り向く。

おう、という返事を聞きながら、滑り台に視線を戻した。

滑り台は、想像していたよりもずっと小さかった。

でも、短い腕で滑り台を支えている動物は、たしかにカンガルーなのか鼠なのかよくわからない。

「滑ってみろよ」

男に言われて背後に回ると、背中のところが階段になっていた。波留の足には狭すぎる段差を二段飛ばしで上り、小さな穴に腰を深く屈めて入る。

上の空間に立っても、それほど景色は変わらなかった。隣の滑り台の方が高く、長い。左腕が当たらないように気をつけながら腰を下ろし、足の裏を浮かせて滑った。

内臓が浮き上がる感覚もしないままに、地面に足が着いてしまう。

だけど、男は満足そうな顔をしていた。

「おまえ、この滑り台似合うな」

よくわからないことを言われ、波留は「滑り台が似合うって何」と言い返す。

「おじさんも滑ってみてよ」

男に言うと、男は「そういや滑ったことはなかったな」とうなずいて滑り台へ向かった。

波留は正面に回り込み、男が顔を出すのをじっと待つ。

いて、という声が聞こえてきた。ちっちぇえな、と男はつぶやきながら、にょきりと顔を出す。

カンガルーのお腹から出てきたように見えた。

波留は、そのまま波留と同じくあっけなく地面に降りてしまった男へ「ねえ、おじさん」と呼びかける。

「やっぱりこれ、カンガルーだよ」

「そうなのか」

男は滑り台を見上げ、まるで正しい答えを初めて知ったかのような声を出した。

波留は男と並んで滑り台を眺める。そう言えば、カンガルーという生き物がいるらしいと知ったとき、お腹の袋に入ってみたいと思ったことがあった。

たしか、母親が出て行ったばかりの一年生の頃。袋の中ってすごい臭いらしいよ、と当時のクラスメイトに言われて、猛烈に腹が立った。そんな頃もあったんだなと静かに思う。

「飯にするか」

男は唐突に言い、草むらへ入っていった。おそらく前はビニールシートを敷いたのだろう場所に、直に腰を下ろしてあぐらをかく。

波留が近づいていくと、そうだ、飲み物な、と言って、財布ごと渡してきた。

「入り口のところに自販機があっただろ」

波留はシンプルな黒い二つ折りの財布を受け取りながら、「おじさんのは?」と尋ねる。

「ん？」

「おじさんは、何にする？」

「ああ、アクエリアス。レモンじゃないやつ」

波留はうなずき、自販機へ駆け出した。ずらりと並んだ見本の前に立ち、一つ一つに視線を滑らせていく。

まず買ったのはアクエリアスだった。隣にはレモンと書かれている黄色の缶もあって、慎重に青色の方のボタンを押す。

自分の分は、迷った挙げ句、「力水」というのを買った。前に、桜介たちが飲んでいるのを見たことがある。

草むらの方へ戻ると、男はおにぎりや惣菜のパックやからあげクンを袋の上に並べていた。妙に几帳面な並べ方におかしくなりながら、はい、と缶を手渡す。

男は受け取るなりプルトップを上げ、ごくごくと喉を鳴らして飲んだ。

波留も男の前に座って力水のキャップを回し、口をつける。

甘くてシュワシュワしている力水は、肌が粟立つくらい美味しかった。

「それ、あれだろ」

男が顎で示して言う。

「何だっけ、何か頭が良くなるとかいう」

「ＤＨＡ？」

「そうそう、それ」

男が手を伸ばしてきたので、瓶を渡すと、男はまじまじと見つめた。

「俺が子どもの頃にもあったらな」

「頭が良くなりたかったの？」

「俺は馬鹿だからな」

男が瓶を返してくる。

少し意外な感じがした。男が自分を否定するような言葉を口にするのを、初めて聞いた。誰かにそう言われたんだろうか、と考えたことで、桜介が塾の先生を殺したと言っていたのを思い出す。

ふいに、どうして殺したの、と訊きたくなった。

何があったの。殺した後どう思ったの。どうして隠れていたの。なんで隠れていたのに出てきてくれたの。

いくつもの問いが浮かんだが、波留は黙ったまま割り箸を割った。からあげクンを口の中に放り込み、嚙みながらツナマヨおにぎりをつかむ。

男は素手でかんぴょう巻きをつまんだ。かんぴょうを抜いてパックに捨て、ご飯を海苔で巻いただけのものを口に放り込む。

ふと、波留のギプスを見た。

「その腕、どうした」

「これ？」

波留はギプスを持ち上げる。数秒考えてから、「車にぶつかった」と答えた。

「ふうん」

男はそれだけで納得してしまったのか、視線をかんぴょう巻きのパックへ戻す。そのまま会話が終わる気配を感じて、

「おじさんも骨折ったことある？」

と尋ねると、男は、ある、と答えた。

「何で折れたの？」

「動いてる車に触りたかった」

よくわからない答えに、波留は眉根を寄せる。

「わざと当たったってこと？」

「わざとではない」

「俺はわざとだよ」

言ってしまってから、あ、と思った。だけど、口が勝手に「車に轢かれて怪我をすると、慰謝料がもらえるんだ」と続ける。

男は、表情を変えずに波留の方を向いた。

「俺んち金ないからさ、それでもらった金で食ってんの」

波留は唇の端を歪める。お腹の底がざわつくような落ち着かなさを覚えて、唐揚げに手を伸ばした。口の中に入れると肉臭さが微かに鼻をつく。

男は何も言わなかった。かんぴょう巻きをもう一つ手に取り、またかんぴょうを抜く。

頬が熱くなった。力水のキャップを開け、勢いよく呷る。

「そうか」

相槌というには遅すぎるタイミングで、男が言った。波留は、反らした喉をゆっくりと戻す。男の静かな気配が、太陽が作るオレンジ色の闇みたいに、身体に染み込んでいく。

「上手く当たれよって、お父さんは言うんだ」

波留は、ギプスを見下ろしてつぶやいた。

「だけど、お父さんはお手本を見せてくれるわけじゃないんだ。やるのはいつも、俺だけ」

「手本を見せてほしいのか」

男の言葉は、相変わらずずれていた。けれど、そういう話じゃないと思った後に、そうなのかもしれない、という気もしてくる。

将来性が違うのだという父の説明に、一応は納得したはずだった。なのに時折、呑み込んだものが喉の奥まで込み上げてきてしまう。

波留が答えずにいると、男は再び食べ始めた。波留もおにぎりにかぶりつき、咀嚼していく。

すべての食べ物を平らげ、ゴミを袋にまとめたところで、男が立ち上がった。

「次はどこに行く」

「次？」

波留は目をしばたたかせる。

「家に帰るか」

「行きたい」

咄嗟に答えていた。

男は「どこへ行けばいい」と尋ねてくる。

どこへ、と波留は口の中で繰り返した。

行きたいところなんて、特にない。

ただ、このまま家に帰りたくはなかった。できるなら、車でずっと走り続けていたい。どこでもいいから、とにかくどこか、遠いところ――

ふいに、頭の中に、教科書で見た東照宮の写真が浮かんだ。

「日光」

つぶやくと、男が「日光」と復唱する。

波留はうつむいた。

「俺の学校、今日から日光で林間学校なんだ」

日光へ行ったところで、林間学校に参加できるわけじゃない。参加したいわけでもない。だけど、日光まで行くなら、きっと、この車に長く乗り続けていられる。

とん、と頭の上に重たい感触が載った。

目を上げると、男の腕が自分の頭に向かって伸びている。

「日光なら、行ったことがあるから道がわかるぞ」

男は、日光へ行くことよりも、道がわかることの方が大切であるかのような声で言った。

第六章

1、平良正太郎

「申し訳ありません」

阿久津の母親の家を出るなり、大矢は背中を丸めて頭を下げた。

「まあ、仕方ない」

正太郎は短く制し、助手席に乗り込んでドアを閉める。煙草に火をつけると、大矢は少し遅れて運転席に座った。

深く肩を落とし、「すみません」ともう一度謝る。

たしかに、大矢が言葉を挟まなければ、もう少し阿久津の母親から話を聞き出せた可能性はあった。だが、黙っていれば洗いざらいしゃべったはずだと考えるのは楽観的すぎる。

母親は、明らかに何かを隠そうとしていた。動転した勢いで漏らしたとしても、せいぜいあと一言二言程度だっただろう。

何にせよ、もう口を開くまいと決め込まれてしまった以上、口を開かざるを得ないような糸口を見つけるしかない。

「みんなやってるというのは、何のことなのか」

正太郎は、煙を吐き出しながらつぶやいた。

「……何か、弁解しているようでしたね」

大矢が、ハンドルを見つめて言う。

——だって、あの子が結婚したりする日が来るだなんて思わなかったから。

思わなかったから、何をしたというのか。

「『せっかく落ち着いたと思ったのに、クラスの子を殴って補導されて……みんなやってるって言うから』——文脈からすれば、息子に対してのことだろう」

「戸川か、保護者の誰かに何かを勧められたんでしょうか」

「ひとまず署に戻って戸川の保護者面談の記録を見直すか」

はい、と大矢は低くうなずいてエンジンをかけた。正太郎はシートベルトを着けてヘッドレストに後頭部を預ける。

目を閉じて、思考を巡らせた。

保護者面談の記録は、既に何度も検証されている。特に阿久津のものは、細かなメモ書きに至るまで裏取りを済ませていた。

他の保護者との交流についても、人員を割いて聞き込みを繰り返し、確認していた。阿久津の親と個人的な交流があった人間はいない、というのが、そこで出された結論だった。ほとんどの保護者は阿久津の顔も名前も知らなかった。教室で授業の入れ替わりのタイミングですれ違うことがあった人も、挨拶以上の言葉を交わしたことはなかったという。

しかし――たとえば、「みんなやってる」というのが疚《やま》しいことならば、関係者全員が口を噤み、交流自体をなかったことにしている可能性もないではない。

署に戻ると、正太郎はまず、課長に報告を上げた。

明らかに進展と見られる情報がある以上、話をしておかないわけにはいかない。あわよくば増員の流れにならないかと期待したが、井筒は正太郎の話を「で、阿久津は見つかったのか」と遮った。

「いえ、ただ非常に重要と見られる情報が出てきたので、」

バン、と井筒は机を叩いた。

「そういうのはいいんだよ」

唇を歪め、こっちはおまえらと違って忙しいんだ、と吐き捨てる。

「くだらねえ報告入れてる暇があるなら、さっさと阿久津の居場所を突き止めろよ」

クソが、という言葉が喉元まで込み上げた。

何とか寸前で呑み込み、失礼します、と踵を返す。

小会議室へ向かうと、先に資料を広げ始めていた大矢が顔を上げた。問うような視線に、

「くだらねえ報告入れてる暇があるなら、さっさと阿久津の居場所を突き止めろってよ」

と返す。

は、と大矢が乾いた笑いを漏らした。

「そこまで徹底してんのもいっそすごいですね」

軽い口調に、正太郎も喉に詰まっていた苛立ちが溶けていくのを感じる。

正太郎は大矢の向かいに座り、資料を半分引き寄せた。

保護者面談に関する記録に目を通しながら、「そういや戸川の塾では、保護者会みたいなもんはなかったな」とつぶやく。

「個別指導塾ですからね。指導内容も生徒によって違うようでしたし、揃って何かをするという機会もなかったんでしょう」

大矢もページをめくりながら言った。

「不登校の子どもの親同士なんかは、情報交換をしていたこともあったようですが」

資料を二枚手に取り、正太郎に差し出してくる。

それぞれ、不登校で戸川の塾に通い始めた生徒の保護者からの聞き取り資料だった。保

護者同士の交流として、互いの名前を出している。

「でも、阿久津は不登校ではなかったですし」

大矢は資料を引き取り、ファイルの中に戻した。

「状況が異なれば悩みも違うでしょうしね」

そもそも戸川の塾は、通常の教育からこぼれ落ちてしまった子どもを広く受け入れる個別指導塾だった。

学校に行けていない子どもや、学校での集団学習についていけない子ども。その中には、知的・情緒に障害があるという診断を受けている子どももいた。

戸川の塾や自宅には障害に関する専門書や児童心理学の学術書、教育論や指導法についてまとめた本、福祉関連の資料などが大量に残されていたが、それらも特定の障害に限定されず、幅広く収集されている。

生徒ごとに分けられたノートには、不登校、ダウン症、自閉症、学習障害、知恵遅れ、精神薄弱、精神遅滞、知的障害などの言葉が書き込まれていた。専門家に確認したところ、用語については時代によって変遷していることもあり、また、医師によっても診断名が異なることがあったため、障害の状態を的確に表しているとは限らないという。

阿久津のノートには、〈精神薄弱〉と書かれていたが、上からわずかに異なる色のペンで二重線が引かれていた。その下には〈カナー?・〉〈自閉症?・〉〈学習障害?・〉〈非言語性

LD?〉と新たに書き込まれ、これらもすべて別のペンで塗り潰されている。

結局のところ、阿久津の障害は何なのか。

専門家に阿久津に関する資料を見せて意見を聞いたこともあったが、返ってきた答えは、はっきりしないものだった。様々な特性が混ざり合っており、特定の障害に当てはめようとすると説明がつかないことがいくつも出てくるという。

そもそも阿久津に限らず、個人の言動をすべて障害で説明をつけようとすること自体がナンセンスで、障害によって傾向や特有の困難さはあるとしても、症状の出方は十人いれば十通りあるのだという話だった。

たしかなのは、阿久津は精神薄弱だと見なされていた時期があった、ということだけだった。精神薄弱とは現在は不適切な表現だとして使われていない言葉だが、戸川の所蔵していた本の書名リストにも、精神薄弱者という文字はいくつも並んでいる。

「……親の会っていうのはたしかあったな」

正太郎は、記憶に引っかかるものを感じた。リストを指でなぞっていくと、精神薄弱者の育成に関する五冊の小冊子の備考欄に〈親の会〉という書き込みがある。保管場所の欄には〈平山幸子《ひらやまさちこ》の指導ノート〉とあった。

「平山?」

どこかで目にした名前だった。

大矢が顔を上げる。

「何かありました?」

いや、とひとまず否定しながら、正太郎は席を立った。積み上げられている資料の山へ進み、中から平山幸子の指導ノートを掘り出す。

大矢も作業の手を止め、正太郎の隣に並んで手元を覗き込んだ。

「この人が何か?」

正太郎は答えずにノートを開く。

〈平山幸子。一九五九年生まれ〉

プロフィールの横に貼られた写真は、愛らしい笑顔の少女だった。十歳くらいか、と考えたところで、まさに十歳から戸川の塾に通い始めたという記述が見つかる。表紙に戻ると、〈1969．9～1973．3〉とあった。

阿久津が戸川の塾に通い始めたのは、一九七三年五月——在籍期間は重複していない。

「平山、平山……」

正太郎は口の中で転がした。単に戸川の塾に過去に通っていた生徒の一覧で目にした記憶があるだけなのか——

「平山って、よく戸川に会いに来ていた人ですよね」

大矢が、ノートを見下ろしながら言った。

正太郎は、ハッと顔を上げる。

――そうだ。

再び資料の山へ飛びつき、戸川が開塾以来残し続けていた手帳のコピーを探し当てた。微かに右肩上がりではあるものの、読みやすく丁寧に書かれている戸川の筆跡を、指ですばやくなぞっていく。

「この人がどうかしたんですか?」

大矢が、ノートと正太郎を交互に見ながら首を傾げた。正太郎は、数秒考えてから、「いや、親の会ってところから、この小冊子のことを思い出してな」と戸川の所蔵本リストを指さす。

大矢は、ちょっと待っててください、と言って小会議室を出て行った。しばらくして、小冊子を手に戻ってくる。

「これですかね」

息を切らせながら差し出したのは、A5サイズの薄い冊子だった。

四号、五・六合併号、二十九号、百七十九号。奥付の発行年を見ると、昭和三十一年から四十六年――一九五六年から一九七一年の間で飛び飛びで、平山幸子が塾に在籍していた時期から考えてもかなり古いものが多い。

これらの号が、平山幸子の指導ノートに挟まれていたことには、何か意味があるのか。

正太郎は最も古い一冊を手に取り、椅子に座って開いた。

パラパラとめくると、大学教授や学校の校長、医学博士や児童福祉司などの肩書きが目につく。母親、という文字もいくつかあるが、どうも保護者同士の交流の場というよりは、専門家からの情報を発信する媒体のようだ。

「阿久津の親も、この会に入っていたんでしょうか」

「これまで話は出てきていなかったが、可能性はあるな」

正太郎は答えながら、日に焼けて変色している誌面に目を通し始めた。

詩、随筆、医療相談、教育相談、座談会、事例報告。様々な文章が、細かな文字でびっしりと並んでいる。

ほんの一瞬、たじろいだ。

戸川の蔵書の中でも、体罰や虐待に関する本については、念のため内容も確認されていた。だが、さすがに蔵書のすべてを精査することはしていない。

一度息を吐き、椅子に浅く座り直して机に肘をつき、誌面に向き直った。

読み進めていく中でまず感じたのは、当然のように使われている単語への違和感だった。痴愚児、精薄児、魯鈍、白痴――時代が違うとわかっていても、以前はこんなにも差別的で強烈な言葉を使っていたのかと驚かされる。

保護者から寄せられた相談や事例集も、イニシャル表記ではあるものの個人の悩みが赤裸々に綴られており、〈精薄児の性の問題　その一　精薄女子は守られているか〉と題された座談会では、売春や性犯罪被害、自慰行為について、事例を取り上げながら議論していた。

話が性教育の課題や性欲を抑えさせる方法に及んだところで、一度誌面から視線を上げて、指の腹で眉間を揉む。

凝った首を回し、もう一度取りかかろうとしたときだった。

正面から、息を呑む音が響いた。

顔を上げると、大矢が愕然とした表情で、正太郎が読んでいたのと別の号を見下ろしている。

「どうした」

「主任、これ……」

大矢は、微かに上ずった声で言いながら、誌面を示してきた。正太郎は立ち上がって大矢の背後に回り、大矢の指の先を覗き込む。

〈精薄児と性の問題　その二〉

どうやら、今読んでいた座談会の続きのようだ、と考えた瞬間だった。

〈優生手術と結婚について〉

飛び込んできた文字に、身体の内側がすう、と冷たくなる。

〈優生保護法では遺伝的なものでなければ断種はできないのが原則ですが、精薄の場合は遺伝ということがはっきりしなくても保護者の同意がある場合には優生手術を行うことの審理を願いでることがゆるされているわけですね〉

——これは、何だ。

正太郎は他の冊子を開き、勢いよくページをめくっていく。

〈精薄児の性教育について〉

〈「性」的行動に対する指導〉

〈精神薄弱者は結婚していいか〉——〈結婚させる場合の条件は、一般的にいうと、男女とも優生手術を行つて、子どもができないように配慮したい〉

どの号にも、性に関する特集が掲載されていた。

阿久津の母親が口にしていた『みんなやってる』こととは何なのか。

——もし、阿久津の母親が息子に対してしたのが、この優生手術だったのだとしたら。

〈もちろん子供ができないようにするということを前提として〉〈精薄者に子供が生まれるということについては賛成しがたい〉〈子供が生まれないようにして結婚生活をさせたらどうか〉〈面倒が起ることがほとんど確実に予想されるのに、精薄者に子どもをつくらせる必要はない〉〈優生手術の場合には、精薄の場合は本人の納得なしでも本質的にやれます〉——話し言葉が再現された活字が、次々に目に入ってくる。

母親が、戸川に相談を持ちかけ、それを戸川が後押ししたのだとしたら。

正太郎は、足元から悪寒《おかん》に似た何かが這い上がってくるのを感じた。

2、橋本波留

このまま日光へ向かうのかと思ったけれど、男はなぜか一度来た道を戻り始めた。

「日光に行くんじゃないの？」と訊くと、「ここからじゃ道がわからない」と返ってくる。

波留は少し考えて、せっかく戻るのなら家に寄って着替えを持ってきてもいいかと尋ねた。男は生真面目な表情で、わかった、とうなずいた。

男が運転する車で家へ戻る間、波留は何となく父の話をしていた。

男は気の毒がるでも、アドバイスをしてくるでもなく、ただ淡々と事実を確認していった。ふうん、なるほど、そうか。大体その三つの相槌を使い分けて先を促すだけで、特に感想らしきものを口にすることはなかった。

バックミラー越しでほとんど視線が合わないからか、何だか宙に向かって話している感じがした。

気づけば波留は、父と繰り返した練習についてまで話していた。タイミングと重心の移動がポイントなんだ。怖くても絶対に目をつむっちゃいけないんだよ。自分の身体の感覚をつかんで離さない。動く景色をよく見て、地面がどっちなのかを常に確認しておくんだ――父から教わったことを、まるで男に教え直すかのようだった。男は聞いているのかいないのか、行きと変わらずに静かに車を走らせていた。

思いつく話を一気に話し終えたところで、波留は、微かに息が切れていることに気づいた。口を噤み、呼吸を整えながら、窓の外に目を向ける。

行きに立ち寄ったコンビニが道の反対側に見え、急に疲労感を覚えた。目をつむり、耳の奥に浮き上がってくる音に意識を委ねる。

砂が流れる音。波が押し寄せる音。嵐が吹き荒れる音。時によって表情を変える雑音は、どれも不快であるがゆえに他の意識や隙間を塗り潰す。じわじわと、染みが広がるように身体の内側が埋まっていく。

着いたぞ、という声が、遠くから聞こえた。

波留はまぶたを上げ、膜の外側でたゆたっている声を引き寄せる。見慣れた〈B棟〉という文字が見えたところで、ようやく家に帰ってきたのだと認識した。

車を降り、階段を駆け上がって家に入る。

箪笥から適当につかんだ服や下着を、手当たり次第にクラブチーム用のドラムバッグに詰めていった。玄関へ向かいかけて、ふと足を止めてランドセルに目をやる。

終業式以来、一度も開けていなかったランドセルからは、宿題のドリルや作文用の原稿用紙、道具箱やぐしゃぐしゃになった大量のプリントが出てきた。

波留はその中から林間学校のしおりを取り出し、バッグの中に押し込む。今度こそ家を出て、助手席に乗り込んだ。

「そう言えば、林間学校っていうのは学校からバスで行くものじゃないのか」

隣から声がして、波留はシートベルトを引っ張っていた手を止める。顔を上げ、バックミラー越しに男を見た。

今さら、何を言ってるんだろう。

そんなの、そうに決まっている。

「俺は元々申し込んでなかったんだよ。だからバスには乗れない」

波留が答えると、男は、ふうん、とつぶやいた。

「申し込まないと乗れないものなのか」

「だってお金払ってないし」

「ああ、そうか」

男は財布を取り出し、中身を確認し始める。波留は、シートベルトを締め、そういう問題じゃないよ、とため息をついた。

「そもそも俺は、林間学校には参加しないことになってんの」

「そうなのか」

波留は、身体から力が抜けていくのを感じる。

それがわかっていなかったのなら、この状況をどういうものだと思っていたのだろう。林間学校に行くつもりだったら、朝から公園でピクニックなんてするわけがない。

「どうして参加しないんだ？」

男が無邪気な口調で訊いてきた。

波留は「別に理由なんかないよ」と顔を背ける。

「ただ、父親が行かなくていいって言って申し込まなかっただけ」

「でも、おまえは日光に行きたいんだろ？」

男の声には不思議そうな色しかなかったからこそ、波留は言葉に詰まった。

たしかに自分は、日光へ行きたいと頼んだ。だけどそれは、できるだけ長く車に乗り続けていられるように、思いついた遠い地名を口にしただけだ。

日光なんて、本当はどうでもいい。バッグにしおりを入れてきたのだって、学校のやつらと鉢合わせになったら面倒だから行程を確認しようと思っただけで――

「おい！」

突然外から飛んできた野太い声に、反射的に肩が跳ねた。

窓へ顔を向け終わるよりも先に、相手が誰だか理解する。

「……お父さん」

喉からつぶやきが漏れた。男が上体を捻って外を見る。

「おまえ誰だよ。おい、波留！　何やってんだ」

白い紙袋を持った父が大股で歩み寄ってきて、運転席の窓を拳で叩いた。音と振動が車内の空気を震わせ、波留は身を縮こまらせてうつむく。

ガチャッ、という音が反対側のドアから聞こえた。波留は咄嗟に助手席のドアの鍵を確認する。

「波留、こいつ誰だ」

心臓がばくばくと鳴る。口の中が乾く。懸命に耳の奥の音に耳を澄まそうとする。けれど音の片鱗を見つけるよりも早く、再び窓が叩かれる。

「どこに行くつもりだよ」

早く答えなければと思うのに、喉が詰まって声が出ない。

「日光」

男があっさりと答える声がして、父が「はあ？」と声を跳ね上げた。

「何だおまえ、教師か」

声の勢いがほんの少しだけ弱まる。

「そんなもん行かなくていいって言ってんだろうが」

窓ガラス越しの声に舌打ちが混ざった。

「おまえも何勝手に連れてこうとしてんだよ。何て名前だ」

「阿久津弦」

あくつげん——聞き覚えのある響きが、痺れた頭の片隅に届く。

「林間学校には参加させないってクラスの担任にちゃんと話しただろ。聞いてねえのか？」

「聞いてない」

「大体金はどうすんだよ。二万なんて俺は払わねえぞ」

「二万なのか」

男がのんびりとつぶやいた。

「はあ？」

父の声に怒気がこもる。

「おまえ何なんだ。馬鹿にしてんのか」

何か言わなければ、と思った。

このまま男が引き下がってしまったら、今すぐ家に帰らなければならなくなる。

波留は震える唇を開き、あの、と声を絞り出した。

「お金は俺が……貯めておいたやつで」

「あ？　おまえそんなくだらねえことのために貯めてやがったのか」

父が、心底呆れたような声を出して吐き捨て、波留の側のドアの前へ回り込んでくる。

「そんなに金が余ってんなら食事代減らすか」

目の前が暗くなった。急速に全身が冷え、周囲の音が遠くなっていく。

「いいからさっさと降りて来いよ。ほら、お土産にプリン買ってきてやったから」

父が紙袋を顔の横に掲げ、声音を和らげて言った。

波留は強張った首を動かし、焦点の合わない目を父へ向ける。

腰を屈めた父の顔は、ぐらぐらと揺れている。耳の奥の音が大きくなる。ザーとゴーが重なった音。雑音が吹き荒れる外側で、父が口を動かしている。ぼんやりとした輪郭が大きくなったり小さくなったりする。

早く言うことを聞かなければ、という思考が浮かぶ。ここで父の言う通りにすれば、父はこれ以上は怒らないかもしれない。とにかく少しでも父の機嫌を悪くしない方がいい。

薄暗い視界の中心に、太腿の上で握りしめられた右手が映る。腕はドアを開けようとしない。指先さえ動かない。

「おい、波留！」

父の声が膜の外からくぐもって響いた次の瞬間、頭皮に鋭い痛みを感じた。

反射的に喉から悲鳴が漏れ、髪に伸ばした手をつかまれる。目の前を引き抜かれた髪がパラパラと落ちていく。

「おまえ何無視してんだ。早く降りろって言ってんだろうが」

細く開いたままだった窓の隙間から腕を突っ込んだ父が、力任せに波留の右手を引く。身体が左に倒れてギプスをした左腕で体重を支えてしまい、腕に激痛が走る。

「痛い！」

父は力を緩めない。さらに手首が捻られ、窓ガラスの縁に食い込む。

「痛い痛い痛い！」

「降りんのか降りないのかどっちだって聞いてんだよ」

「降りる！　降りるから！」

父の手が開いた。

波留は窓から引き抜いた右手を胸の前に抱き込み、荒く呼吸を繰り返しながら手首を動かす。大丈夫、折れてはいない——

「降りるのか」

顔を上げると、男がこちらを向いていた。

嫌だ。波留は唇を開く。怖い。声が出ない。どうしよう。目をつむる。降りたくない
——首を振る。

「つかまってろよ」

ハッと目を開けると、レバーを握る男の腕が視界に飛び込んできた。

ガクンと上体が揺さぶられ、手が咄嗟にシートの縁をつかむ。

再び座席の上で上体が跳ね、動きが止まった。

波留は弾かれたように顔を上げ、窓の外を見る。

父の姿が、先ほどよりも小さくなっていた。

車がバックしたのだと、遅れて認識した。強くシートをつかんだまま、男を見る。

男は波留と視線を合わせず、レバーを動かした。運転席の窓から首を伸ばし、「おーい！」と場違いなほどに呑気な声を出す。

父が歩き出すのが見えた瞬間、男はすばやく首を引っ込めた。前のめりにハンドルをつかむ。

そして、言った。

「上手く当たれよ」

波留は目を見開く。

車が一気に加速し、身体が座席に押しつけられた。

父の驚いた顔が、ぐんぐんと近づいてくる。

ふいに、その速度がゆっくりになった。

父が、逃げる場所を探して右へ行き、左へ戻る。

フェイントに引っかかったような動きは鈍く、お世辞にも上手いとは思えなかった。腰の位置が高く、波留でも簡単に抜けそうなくらい反応が悪い。

父が身をかばうように腕を上げ、目を閉じるのが見えた。

あ、と波留は思う。怖くても絶対に目をつむっちゃいけないんだよ。自分の身体の感覚をつかんで離さない。動く景色をよく見て、地面がどっちなのかを常に確認しておくんだ

——


どん、と激しい衝撃が全身に走って、時間の流れが元に戻った。

波留はシートベルトを外してドアを開け、半身を出す。

父は、地面に転がっていた。

右足を押さえ、顔を真っ赤にして呻いている。

男が窓から首を突き出し、父を見下ろした。波留を振り返り、「お手本になったか」と訊いてくる。

お手本、と波留はつぶやいた。

「ならなかったか」

首を横に振ると、男は「そうか」とうなずいて、またレバーを引く。

「んじゃ行くか」

今までと変わらない口調で言い、ハンドルを切ってバックしながら車の向きを変えた。

「え？」

波留はかすれた声を出し、バックミラーを見る。

男の静かな目と視線が絡んだ。

「行くんだろ、日光」

日光、という言葉が、初めて聞く単語のように響く。

波留は、もう一度車の外へ顔を向けた。

父は、こっちを見ていなかった。

ただ、先ほどと同じ体勢のまま、地面に倒れている。

誰もまだ事故に気づいていないのか、駆けつけてくる人影も、騒ぎ始める声もない。

波留は、顔を戻して男を見た。

男は、じっと波留の答えを待っている。

「行く」

波留が答えるのと同時に、車は滑らかに走り始めた。

3、平良正太郎

正太郎と大矢の姿を認めた途端、阿久津の母親の目が汚れた布で拭ったように一気に曇った。

連日すみません、と正太郎は会釈をしながらドアの隙間につま先を入れる。

母親は緩慢に正太郎の足を見ると、ドアノブから手を離した。

正太郎は中に入り、持参してきた小冊子を掲げた。

「こちらの冊子に見覚えはありますか」

母親は、正太郎の手元を見つめたまま動かない。

正太郎は表情の変化や仕草を見逃さないよう、まずは慎重に「優生手術」と、言葉だけを告げた。

しかし、母親はまばたきすらしない。

正太郎は気を張り詰めたまま、「息子さんは、子どもをつくれなくするための不妊手術を受けていたんですね」と、あえて裏取りが済んでいるかのように投げかけた。

一種の賭けではあったが、母親は小さく頭を揺らす。うなずくでも首を振るでもない、本当にただ揺れるくらいの動きだ。

そして、再び固まった。沈黙の中、正太郎も息を潜めて待つ。

五分以上の時間を置いて、ようやく母親が口を開いた。

「……あの子が、十五歳のときです」

囁くような声だった。

正太郎は、感情を表に出さないようこらえながら、「それをあの日、息子さんに伝えたんですか」と質問を重ねる。

母親の口から、息が漏れ出していくのがわかった。肺が萎むのに合わせて背中が丸まり、身体が小さくなる。

「ずっと、あの子には話すつもりはなかったんです」

何かのスイッチを切り替えたように、かすれてはいるものの淀みのない口調だった。

「結婚したときにも言わなかったのに、今さら言ったって……でも」

母親が、わずかに顔を上げた。当時のことを思い返すように、宙を見つめる。

「あの日、弦が、そう言えば実和が再婚するらしいよ、と言ったんです。子どもができたんだって、やっぱり今までできなかったのは俺のせいだったのかもなって……まるで、何でもないことみたいに」

そこで突然、大きく息を吸った。

「私は、あんた子どもが欲しいの、と訊きました。自分でも、何でこんなひどいことを訊いているんだろうと思いました。そんなの、欲しかったに決まってる。それでお嫁さんとも離婚することになったんだからって……だけど、弦は、欲しくはない、と答えました」

声が震え、それに引きずられるように膝に置いた指先が震え始める。

「私は、何だ、と思いました。子どもが欲しいわけじゃないのか。だったら、もう隠しておかなくてもいいのかもしれない。話しても、弦は怒ったりはしないのかもしれない」

母親は、そこで口を閉じた。そのまま黙り込んでしまう気配を感じて、正太郎は、「それで話したんですね」と先を促す。

母親は「あの子は黙っていました」と答えた。

「何も言わなくて、ただぼんやりした顔で立っていて……もしかしたら聞こえなかったのかもしれないと思いました。聞き返されたら、何でもないと答えよう。私はちゃんと話したんだからって」

「息子さんからの反応はそれだけでしたか？」

正太郎は、すばやくメモを書きつけて尋ねる。母親は、いえ、と口を開いた。

「少ししてあの子は、何で手術をさせたのかと訊いてきました。私は……どう答えればいいかわからなかった。答える言葉も準備していなかったのに、話し始めてしまったことを後悔しました。何を言えばいいんだろうって慌てて……だって、あんたがあんなことしてたからって……」

「あんなこと？」

初めて母親の肩が跳ねた。唇を引き結び、細かく首を横に振る。

正太郎は、意識的に有無を言わせない声音を作り、「息子さんは何をしたんですか」と問いかける。

母親は、そわそわと視線をさまよわせ、違うんです、と自らの髪をつかんだ。忙しなく撫でつけ、そうじゃなくて、と耳を赤くする。

「あの、大した話じゃないんです。今考えたら全然……そんな大騒ぎするようなことじゃなかったのかもしれないんですけど……」

「何をしたんですか」

正太郎はもう一度、先ほどよりは口調が軽くなるように調整しながら訊き直した。母親は、もう一度、違うんです、と言ってから、

「ただ、ちょっと……何ていうか、いかがわしいものを読んでいて……」

と、消え入りそうな声で続ける。

「いかがわしいもの？　エロ本のことですか？」

母親の頬までが紅潮した。

「あの……主人のものを見つけてきたようで」

「なるほど」

正太郎はひとまず相槌を打ったが、何が問題なのかわからなかった。男の子が父親のエロ本を見つけてこっそり読むというのは、母親からすればショックなことかもしれないが、ごく普通の話だ。

正太郎がそう考えたのが伝わったのか、母親は、「リビングで読んでいたんですよ」と

訴えかけるように言った。

「私だって、年頃の男の子がそういうことに興味を持つのは当たり前だってことくらい今なら知ってます。だけど、それにしたって普通はこっそり自分の部屋で読むものでしょう？　なのにあの子は、堂々とリビングのソファで読んでいて、私が入ってきても気にしないで、顔を真っ赤にして夢中になって、その、手を動かし続けて……」

「お母様が入ってきたことに気づかなかったということでは？」

「違います。私は何やってるのって声をかけたんです。でも、やめなさいって止めるまでやめなくて……あの子は何を怒られているのかもわからないみたいに、ぽかんとしていて」

当時の混乱が蘇ってきたように、困惑と羞恥《しゅうち》が混じり合った顔をする。

「気持ちいいからって言うんですよ。……お父さんの部屋にあったたって」

「その件は、ご主人には」

「言えるわけがないでしょう」

母親は、撥ねつける声音で言った。正太郎はうなずきながら、手帳に〈エロ本〉と書きつける。

ある日突然、帰ってきたら、息子がリビングのソファでエロ本を読みながら自慰行為をしていた。目の前で息子が剝き出しの勃起《ぼっき》した性器を擦り続けている――たしかに居たたたまれない気持ちになるだろう。

だが、だからと言って不妊手術を受けさせたことが呑み込めるわけではない。

いくら息子の性への興味に動揺したのだとしても、そんなものはきちんと向き合って教え諭すのが親ではないのか。

母親は、目尻を赤くしながら口を開いた。

「平山さんだって、気持ち悪いって」

正太郎は短く息を呑む。

――ここで、繋がってくるのか。

「平山幸子さんのお母様ですね」

母親は、小さく顎を引いた。

「平山さんは、娘さんが十四歳のときに手術を受けさせたんだって言ってました。知らない人にいたずらされて、いつの間にか妊娠してしまって、堕胎をさせたけど、こんなこと二度とさせたくないって……子どものためなのよ、と何度も言っていました。しかもあなたの子どもは男の子でしょう。放っておけば加害者になるかもしれないのに、手術をしないなんて自分勝手だって」

母親は手を額に当てた。目をきつく閉じて皮膚に爪を立て、ゆっくりと手を下ろしながら目を開ける。

「あの子が補導された後、どうしてうちの子ばっかりこんな問題を起こすんだろうって悩んでいたところに、あの子が女の子からラブレターをもらって帰ってきたんです。ニヤニヤ笑っているあの子の顔を見た瞬間、いかがわしいことをしていたときの姿とか、平山さんに言われたこととかが蘇ってきて……」

母親は、両手で顔を覆った。

正太郎は口を開きかけ、閉じる。

そんなことで、という言葉が喉元まで込み上げていた。

客観的に見れば、中学生のかわいらしい恋愛だ。もちろん避妊についての知識は改めて伝えておいた方がいいだろうが、それでいきなり不妊手術という話になるのは、あまりに飛躍が過ぎる。

だが、正太郎の脳裏に、署で読んだ小冊子が蘇った。

あの中で「問題」として取り上げられていた事例だって、他愛もないものだった。特定の異性の話ばかりする、異性にお菓子をわけてあげる、自由時間に異性の隣に座ろうとする――どれも年頃の子どもであればごく普通の、むしろ純情だと捉えられるだろうエピソードだ。

しかしそれらは、「精薄児の性への関心」としてすべて危惧すべきこととして書かれ、自慰行為を覚えた女の子のことは〈気狂いじみた女の児〉とさえ表現されていた。

〈異常性慾昂進というものは断種に値する〉と断言され、不妊手術の是非を検討するというよりも、あくまでも不妊手術が「当然の前提」のように議論が進められていた時代と場所が、たしかにあったのだ。

母親の指の間から洟をすする音が響いた。

「戸川先生だって言ったんです。だから私も、やっぱりその方がいいんだって」

——戸川。

正太郎は、ぶるりと悪寒に似た震えを覚える。

「戸川は、何と」

「……世の中には未だに親になって一人前みたいな風潮があるけど、そんなものに縛られて生きづらい人生を送る方が不幸なケースもあるって」

母親の声音には抑揚がなかった。その表情は、骨張った手に隠されていて見えない。

「もちろん、親になることで得られる幸せもたくさんあるだろう。子どもを育てることは、深い喜びに満ちたものだ。子どもが見せてくれる新しい景色は、とても新鮮で、豊かなものでーーだけど、それは自分の遺伝子を継いだ子どもじゃなくても得られる。むしろ、親という立場じゃないからこそできることもあるんじゃないか——戸川先生はそう言いました。私は、本当にそうだと思ったんです」

母親は、腕を下ろした。表情の抜け落ちた顔が現れる。

「一度子どもが生まれたら、親じゃなかった頃には戻れない。それから先の人生、一生、親で居続けなければならない。生まれてくる子どもにも障害があったらどうする。この子はこの子の人生を生き抜くだけで精一杯なのに、子どもの人生まで背負えるのか」

淀みなく、吐き出すように言った。

「だって私は、弦が生まれてからずっと『弦くんのお母さん』なんですよ」

正太郎を見上げ、力なく頬を歪める。

正太郎は、相槌を打つことができなかった。

たしかに自分は、この目の前の女性に対して、名前で呼びかけたことがなかった。お母様は、お母様が、お母様の——何度も資料で目にしてきたはずなのに、何という名前だったのか思い出せない。

「戸川先生の話を聞いて、弦には私みたいな思いをさせたくないと思いました。減らすことができる心配があるのなら減らして、自由に自分の人生を生きていってほしいって……それで、弦にはちょっと検査をするからねって説明して、病院に連れていったんです」

母親は、正太郎たちに向けてというよりも、届かない存在に向けて打ち明けるように言った。

大矢が、息子さんには、と口を開く。

「事件当日に今の話をしたんでしょうか」

母親は、「今みたいにちゃんとは話せませんでした」とまつげを伏せた。

「あの日からずっと、後悔していました。どうして話してしまったんだろう、同じ話すにしても、どうしてもっとちゃんと話せなかったんだろう。もし私がきちんと私や戸川先生の考えを伝えることができていれば……あんなことは起こらなかったのに」

「戸川がやるべきだと言ったということは伝えたんですね」

大矢が手帳とボールペンを手に確認する。

だが、母親は、違います、と強い口調で否定した。

「戸川先生が言ったんじゃありません」

――たった今、戸川の話を聞いて決断したと言わなかったか。

だって、と続けた母親の口から白い泡が飛び出す。

「国がそうすべきだって言ったんじゃないですか！」

まるで悲鳴のような声だった。

余韻だけを残して静まり返った廊下に、母親のすすり泣きが響く。

旧優生保護法については、正太郎たちもここに来る前に調べてきた。

施行されていたのは一九四八年から一九九六年九月二十五日――事件の約ひと月前まで。

戦後、家や食糧の不足、外地からの復員、ベビーブームで人口抑制が課題となる中で成立した法律で、この法律の下、「不幸な子どもの生まれない運動」として不妊手術が推進された。母体保護法へ改正されるまでの四十八年間に実施された不妊手術は八十万件以上で、そのうち本人の同意のない強制的な優生手術は約一万六千五百件に上る。

だが、正太郎は知らなかった。――自分とは関わりがない話だったからだ。

「私は、間違ったことをしたんですか」

母親は顔から表情を消し、声を震わせた。

「私は、みんなやってるって言うからやったんです。やらないなんて自分勝手だって、子どものためだって、正しいことだって……偉い大学の先生たちも、お医者さんも、戸川先生も」

母親の虚ろな目が、ゆっくりと正太郎を捉えた。瞳の濁りはそのままに、ただ、奥にある強い光が浮かび上がってくることで、眼差しに輪郭が戻っていく。

「正しいことだと信じて取り返しがつかないことをしてしまって、後になって、あれは間違いだった、そんな人権侵害はありえないと言われたって、今さらどうすればいいんですか」

母親は、自らの手元に視線を落とした。左手の人差し指にできたささくれを伸びた爪でつまみ、捻るようにして引きちぎる。

「あの子は、子どもは欲しくないと言ったんです。だから私も、話すことにした。弦はいつも馬鹿みたいに本当のことしか言わないから、この言葉も信じていいんだって……なのに」

　爪の横で血が小さく膨らむ。それでも母親は構わず、残ったささくれを剝がしにかかる。血の玉が潰れ、右手の指先を汚す。

最後にあの子は言ったんです、と母親は絞り出すように言った。

「欲しくはない、欲しかったんだって」


　車に戻ってからも、正太郎と大矢はしばらくどちらも口を開かなかった。

　戸川殺害の動機に深く関わると見られる事実が判明したことで捜査が大きく前進したというのに、心はまったく浮き立っていない。

　むしろ、いくら外堀を埋められたとしても、被疑者を逮捕できなければ意味がないのだという思いが、胸に重く落ちてくる。

　阿久津は今、どこで何をしているのか。

　戸川を殺害した後、どんな思いで逃げ続けているのか。

　事件直後、正太郎は、阿久津が使ったと思われる逃走経路を繰り返し歩いた。

　戸川の塾から旭西署の前まで、敷地の直前で引き返し、線路下のトンネルへ。

　狭く薄暗いトンネルは高さが百八十センチ――阿久津の身長とほとんど同じだった。

　まぶたの裏に浮かぶ、トンネルを身を屈めて歩いていく阿久津の後ろ姿は、手を伸ばせば届きそうなほどに近かった。

けれど正太郎の声は、過去の阿久津には決して届かない。

プツ、という無線が繋がる前の小さな音がした。

〈通信指令室から各局。旭西管内、轢き逃げ事件発生につき、現在時より集中運用を発令する。午前九時二十五分頃、左近山《さこんやま》団地B棟前においてマル被が運転する車が男性一名に接触。車種はライトブルーのマーチ。マル被は現場から北進、日光方面へ逃走中と見られる。向かえる移動ありますか、どうぞ〉

「旭西5、北区東十条6路上、どうぞ」

正太郎は反射的に答えながら、無線に身を乗り出す。

〈通信指令室から旭西5、至急東北自動車道へ急行されたし〉

正太郎は「旭西5、了解」と声を張り上げながら、シートベルトを締めた。隣で大矢もすばやくギアを替えてハンドルをつかむ。

〈通信指令室から旭西5、鹿浜橋《しかはまばし》から入れ〉

「旭西5、了解」

正太郎が答えるのと同時に、車が動き始めた。大きく揺さぶられた上体を瞬時に立て直す。

「二俣川から日光へ向かってるってことは東名川崎から首都高ですか」

大矢が、前を見てアクセルを踏み込んだ。

「川口を通過したら宇都宮ＩＣまで直行する気か」

正太郎は脳内で地図を描いて言う。

事件発生から約一時間。川口の手前で追いつけるか。渋滞の程度によってはギリギリのところだ。

正太郎は無線で許可を得てから着脱式赤色灯をつかんだ。窓から身を乗り出し、車の上部へと取りつける。

サイレンが鳴り始め、大矢がさらにアクセルを踏み込んだ。

〈通信指令室から各局。マル被の車両ナンバーが判明。横浜、数字三桁５７２、にっぽんの「に」――〉

正太郎はすばやく手帳に書き留める。

〈マル被は三十代男性。長身。マル害の息子が同乗しているものと見られる〉

ペンを動かす手が止まった。

「誘拐ですか？」

思わず了解の応答をするのも忘れて訊く。

〈通信指令室から各局、林間学校に遅れた児童を教師が送っているものと見られる〉

正太郎は、了解の旨を無線に告げると、詰めていた息をわずかに吐いた。

それで轢き逃げという状況がよくわからないが、とにかく未成年者略取ではないらしい。

窓から顔を出して空を見上げると、上空にヘリが飛んでいるのが見えた。

顔を戻したところで前方に川口ジャンクションの看板が現れ、報告を入れようと無線に手を伸ばした瞬間だった。

〈通信指令室から各局、川口ＪＣＴ五キロ先で該当車両発見〉

「クソ！」

大矢がハンドルを殴る。

正太郎は拳を握り、「旭西5、川口ＪＣＴ通過」と告げた。大矢が前のめりになり、料金所で減速した車が再び速度を上げていく。

正太郎は前を見据えたまま唇を舐めた。

――五キロ先。

サイレンを鳴らしながら走れば、追いつけない距離ではない。

〈通信指令室から各局。宇都宮ＩＣ配備完了〉

「旭西5、了解」

正太郎は答え、小さく息を吐いた。

ダッシュボードから地図を引き抜いて開き、東北自動車道を指でなぞる。宇都宮インターチェンジまでの間にあるサービスエリア、パーキングエリアは蓮田《はすだ》、羽生《はにゅう》、佐野《さの》、都賀《つが》西方《にしかた》、大谷《おおや》の五カ所。

走行中の事故を誘発することは避けなければならない。相手が子どもを連れた教師なら、拡声器で指示を出して非常駐車帯に停めさせることもできるだろうが——そこまで考えたところで、轢き逃げという状況の歪《いびつ》さが引っかかった。

林間学校に遅れた児童を送るために車を急がせているというのはわかる。しかし、教師ともあろう者が、子どもを連れた状態で轢き逃げなどするものだろうか。

正太郎は拡声器を取り出した。

「緊急車両が通過します。右の道を空けてください」

見通しがよくなった道へ向けて、さらに速度が上がる。

「とにかくライトブルーのマーチを視認できるところまで近づくぞ」

「はい！」

大矢が緊迫した声を出し、ハンドルを強く握る。

その瞬間、無線からブザー音が響いた。

〈至急、至急〉

突然飛び込んできた至急報に、正太郎は身を乗り出す。

〈マル被が旭区今宿における殺人事件の被疑者、阿久津弦と名乗っていたことが判明〉

二の腕の肌が、一斉に粟立った。

4、橋本波留

ガラスを下げられるところまで下げきった窓から、風がびゅんびゅんと吹きつけてくる。波留は窓の近くに顔を寄せて髪が舞い上がる感覚を味わいながら、風の割にあまり動いていないように感じられる光景を眺めた。

標識に目を据えれば、次々に後ろへ流れ去っていくのがわかるけれど、ずっと続いている灰色の壁は時々上からビルがはみ出したりするくらいで変化がない。

ぼんやりと切れ目の数を数えているとトンネルに入り、車内が一気に夜みたいに暗くなった。

所々に白いライトが交ざっていて、目で追っていくうちに、それが三つ置きに配置されていることに気づく。オレンジ、オレンジ、オレンジ、白、オレンジ、オレンジ、オレンジ、白。

暗い中に浮かぶ鮮やかな緑色の標識は、ゲームセンターで見たシューティングゲームを思わせる。近づいては消え、またふいに現れてはこちらへ向かってくる。撃っても撃っても終わらない、無機質な敵との単調なゲーム。

出口は少しも見えなくて、このままずっと続いていくようだった。だけどいつかは抜けることを頭では知っていて、つかんだ砂が指の間からこぼれ落ちていくような感覚に、この光景に見覚えがあることを思い出す。

「俺、ここ来たことある」

小さくつぶやくと、男は「ここ」と復唱した。

「ここじゃないかもしれないけど、どこか、トンネル」

まだ幼い頃のことだった。

何歳だったかは思い出せないが、母がいたということは、きっと小学一年生より前のことなのだろう。

「どこかへ行った帰りで、いつの間にか寝ちゃってて、起きたらトンネルだったんだ」

——そうだ、あの頃はうちにも車があった。

父が運転していて、母は助手席にいた。父は眠くなると歌を歌い始めて、母はこまめに、ばばばばばん、という妙にかっこ悪い合いの手を入れた。

アイラビュー、エサイドゥー。ばばばばばん。あいしてー。ばばばばん。いるよとー。ばばばばん。

父の話しているときとは違う、低く深く伸びる歌声が少しこそばゆくて、いつもはあまりふざけたりしない母のおじさんみたいな合いの手がおかしかった。

それで眠いのがなおるの、と訊くと、歌い続けていた父は、ん？　ああ今寝てた、とまるで今まで本当に眠っていたかのように目を擦り、母まで、あらお母さんも寝てたわ、と頰を押さえた。波留が、ねながらうたえるわけないじゃん、とちょっとだけ慌てて言うと、二人揃って声を上げて笑った。

波留は、オレンジ色に染まったギプスをぼんやりと見下ろす。

母が出て行った後、父はあまり笑わなくなった。

ただ、どれだけ不機嫌でも、たとえ直前に波留を叱りつけたばかりでも、朝の七時二十分になると、父は必ずバスケットボールを手に玄関へ向かった。

家の前の公園で父と向かい合い、腕の、足の、肩の、目の動きを懸命に追っていると、すぐに他のことはどうでもよくなった。どうすれば父を抜けるか。どうすれば父のボールをカットできるか。そのことだけで頭が一杯になった。

だけど——もしかしたらだからこそ、父は波留が体調を崩すと怒った。

勘弁してくれよ、とうんざりしたように言い、七時二十分になってもボールを手にしなかった。とにかく寝てろ、と波留を布団に押し込み、目を覚ました波留が喉に渇きを覚えて起き出していくと、びくりと肩を揺らした。何だ、どうした。まるで何かを怖がっているみたいに慌て、波留が喉が渇いたと言うとポカリスエットをコップに入れ、お腹が空いたと言うと、りんごを剝いたりうどんを柔らかく煮たものを作ってくれたりした。

体温計が高い温度を示すたびに、波留は父が懸命に守ろうとしているものを壊している気がした。少しずつ、波留は具合が悪くなっても父に言わなくなり、父も咳き込んでいる波留から顔を背けて家を出て行くようになった。

波留が車に当たって怪我をすれば嬉しそうにするけれど、痛いと訴えると不機嫌になる。車に当たっても死なないように練習しながらも、父が本心では失敗して死んでほしいと思っているのも感じていた。

死んだら、父は声を上げて泣くのだろう。自分の死体に追いすがり、運転手を罵倒し、これまでとは比べものにならないくらいたくさんのお金をもらう。

けれどきっと、父が欲しいのはお金ではない。

車内がパッと明るくなった。トンネルを抜けたのだと理解するのと同時に、また暗くなる。

前の前の街に住んでいた頃、一度だけ、父が女の人と歩いているのを見たことがあった。短いスカートから突き出た細い足をひょこひょこと動かして歩く女の人の横で、父は穏やかな顔をしていた。女の人の踵の高い靴が地面に引っかかって転びそうになっても、父は怒ることはなく、笑いながら女の人の腕を支えていた。

「あの人、父親に向いてないんだろうな」

波留は、ぎざぎざになった爪の先を見つめながらつぶやいた。

自分さえいなければ、父はずっとあんなふうに笑っていられたのかもしれない。

お父さんだって、おじさんの立場だったら――

「親に向いてない人間なんかいるのか」

突然返ってきた言葉に、波留はハッと顔を上げた。

男は、波留を見ていなかった。男の目は、前の車の動きを追っている。

波留は、耳たぶが熱くなっていくのを感じた。

「だって」

反論しかけた声がみっともなくかすれる。

だってお父さんは、いつも親であることが嫌そうだった。早くやめたいと、声で、顔で、態度で示していた。

車が再びトンネルから出て、波留の頰に強い風が吹きつけてくる。

それからしばらく、男は何も言わなかった。

いくつかの料金所を過ぎるたびに、窓の外の景色は平らになり、様々な濃さの緑が増えていく。

いつの間にか灰色の壁はなくなっていて、普通の道にもあるようなガードレールのすぐそばには林や畑があった。広すぎて落ち着かない空を、細い電線が区切っている。何の数字かわからない標識が繰り返し出てきて、目で追う間もなく行き過ぎる。

「日光で財布をなくしたことがあったな」

男は、前を見たまま唐突に言った。

「黒くてすべすべしていて、実和がくれたやつだった」

男の横顔を見ると、先ほどまでの会話なんてなかったみたいな表情をしている。

「すべすべが気持ちいいから、俺は使わないときでもよく手に持って触ってた。前に使ってたやつもすべすべで触ってたけど、母親はやめなさいって言った。変だと思われるでしょうって言うときと、なくしたら困るでしょうって言うときがあった」

波留はほんの少し身構え、うん、とだけ相槌を打った。けれど、男の話は「実和は、こんなにプレゼントした甲斐がある人もなかなかいないって笑ってた」と、また親のことから離れる。

「ロープウェイで帰ろうとしたところで気づいた」

男は、目の前に現れた文字を読み上げるように言った。一拍遅れて、財布をなくした話に戻ったのだと理解する。

「実和が、乗ってきたときにはあったはずだからすぐに見つかるって言って、二人で歩いた場所を歩き直した」

男の話は、所々のページが隠された本を読まされているみたいだった。

「ロープウェイが出発する時間に間に合わなくなるって言った。実和は、そうだね、と答えた」

「え、間に合わなくなるっておじさんが言ったの？」

波留は思わず言葉を挟む。

男は、何を訊かれているのかわからないような顔をして、ああ、とうなずいた。

「俺が言った」

「よく怒られなかったね」

「怒るものなのか」

男がバックミラー越しに視線を向けてくる。

え、という声がまた波留の口から漏れた。

「だって、プレゼントしてもらったものをなくしちゃったんでしょ？　しかもせっかく一緒に探してあげてるのに、そこでロープウェイの時間を気にされたりしたら、普通はムッとすると思うけど」

「そうなのか」

「いや、わかんないけど……プレゼントした財布のことはどうでもいいのかなって思うし」

「どうでもよくはない」

「だったら、どうしてロープウェイのことなんか言ったの？」

車が縦に小さく揺れる。

男が難しい顔になった。数秒考え込むように黙り、「時計が見えたから」と小さくつぶやく。

「見えたから？」

「間に合わなくなると思った」

また、車が揺れた。

数秒に一回、規則的なタイミングで揺れる車の手綱を引くように、男はハンドルを握っている。

「実和は怒らなかった。猿に持っていかれたかって言って、笑った」

「猿？」

「実和は、あの頃はいつも笑ってたんだ」

男がサイドミラーへ目を向けた。波留もつられて後ろを振り向く。

その瞬間、風の隙間から微かなサイレンが聞こえてきた。

波留は目を大きく見開く。

――もしかして、あのパトカーはおじさんを追いかけてきた？

「バスの到着時間は何時だ」

「え？」

波留はハッと顔を戻した。

「しおりに書いてないか」

慌てて足元のバッグを引き上げ、中からしわくちゃになったしおりを引っ張り出す。

「えっと、一日目は、九時に学校を出て、お昼は佐野サービスエリアってところで食べるみたいだけど」

男が車についているデジタル時計を確認した。波留も身を乗り出して見る。十一時十七分。

「微妙なところだな」

波留はうつむいた。しおりの端をぎゅっと握り、「もういいよ」と声を絞り出す。

「日光にはもう行かなくていいから、おじさん、逃げてよ」

「無理だろ」

男はあっさり言った。

「この状況で逃げきれるわけがない」

波留は唇を噛みしめる。

——俺が、滑り台を見たいなんて言わなければ、おじさんは地下室を出ることはなかった。

今までみたいに隠れ続けていられて、警察に捕まることもなかった。

日光に行きたいなんて言わなければ。

一度家に戻りたいなんて言わなければ。

「別に逃げたいわけじゃない」

男は、アクセルを踏み込んだ。

鼻に、ツンとした痛みが走る。波留は唇に力を込め、でも、と言った。

続ける言葉を見つけられないうちに、男が「さすがにこれ以上は無理か」とつぶやく。

「馬力が違うからな」

のんびりした声で言いながら、ハンドルを切った。

標識を見上げると、ナイフとフォークのマークと矢印がある。

男は車を減速させ、バスやトラックが並んだ列の脇を一台一台確認しながら進んでいった。

「おまえの学校のバスはあるか」

波留は窓の外に目を凝らしたが、近すぎるせいでかえって高い位置にある座席がよく見えない。

「わからない」

波留が答えると、男は五台分空いているスペースの真ん中に車を停めた。長く息を吐き、ハンドルから手を離す。

いつの間にかサイレンが消えていた。

上に赤いランプをつけた車が後ろを通り過ぎ、サービスエリアの出口を塞ぐように斜めに停まる。

「降りるか」

男がぽつりと訊いてきた。

波留はすばやく首を横に振る。

男は、ポリポリとこめかみを搔いた。

その間にパトカーが何台も集まってきて、周りを取り囲まれる。

車から降りてきた人たちの手に、黒いものが見えた。拳銃という言葉が浮かんだ途端、反射的にお腹がぎゅうっと縮こまる。

波留は、拳銃の吊り紐を見つめて、「降りた方がいい？」と尋ね直した。

「どっちでもいい」

男は、波留を向いて静かに答える。

波留は、男と警察を交互に見た。

自分がここにいることで、余計におじさんの立場が悪くなるのなら、降りた方がいいのかもしれない、と思う。

だけど、自分が降りたら、おじさんが撃たれてしまうのかもしれない、という気もした。

自分が車に乗ったままだから、警察の人たちも乱暴なことはできずにいるのかもしれない。

「降りない」

波留が言うと、男は、そうか、とだけ言った。

何人かの警察官がどこかへ走っていくのが見える。トイレから出てきた人たちが、ぎょっとした顔で立ち止まり、すぐに警察官に誘導されて離れていく。黄色いテープが伸ばされ、端が太い柱に巻きつけられる。怯えた顔、興奮した顔、携帯電話に向かって何かをまくし立てている必死な顔——自分を見つめる真剣な顔。

これは、何だろう、と波留は思う。

どうして、こんなことになっているんだろう。

波留は、強張った首を戻し、ねえ、と男に呼びかけた。

「どうしておじさんは、人を殺したの？」

これまでにも何度も浮かび、けれど口にはしなかった問いだった。

知らないふりをしていれば、なかったことにできた。そんなことは関係ないのだと、思っていたかった。

だけどもう、どちらにしても、この先へは行けない。

男は、宙を見て目を濁らせた。

波留は男から視線を剝がし、男が目を向けているフロントガラスを見る。

そこには、外の光景しかない。黄色いテープ。立入禁止。その向こう側にいる、黒い人たち。

波留は、息を潜めて男を見つめた。

男の目が、大きく揺れる。突然粗くなった映像を、それでも懸命に見続けようとするように、眼球を動かしている。

波留は拳を握る。何を願いたいのかもわからないままに、力を込める。

けれど、ついに映像が消えてしまったように、男は三回まばたきをし、ハンドルの上に仰向けに乗せたままの手のひらを見下ろした。

指を確かめるように動かし、唇を小さく開く。

「気づいたら、センセイが倒れてて、俺の手には花瓶があった」

男の話は、波留の疑問に答えるものではないようだった。

「警察署の前まで来たところで、そう言えば、前にセンセイにここに迎えに来てもらったことがあったなって思い出した」

それでも、男が何とかして答えようとしてくれていることは伝わってくる。

阿久津、と怒鳴る声が遠くで聞こえた。

「その子を車から降ろせ」

波留は手を伸ばし、男の腕をつかむ。

「逃げてよ」

もう一度、言った。

「俺を人質にすればいいよ。俺も人質のふりするよ。だから一緒に日光行こうよ」

泣き出す直前みたいな声になる。

男が、ゆっくりと首を動かした。

波留の手を見下ろし、それから、波留を見る。

「無理だろ」

——どうして、嘘でも、うん、と言ってくれないんだ。

波留は、わななく唇を嚙みしめた。

だけど、ここでそんな嘘をついたりする人じゃないことも、だからこそ、一緒に逃げたいのだということも、もう知っている。

「学校にチャリを取りに行った。俺は歩いていて、センセイはチャリを押していた。学校からは二人ともチャリに乗った。学校から家に帰るまでの間、俺はセンセイの後ろについて走ってた」

男はまた、あの、過去の光景を流すときの目をした。

「もう夜で、道はいつもの道じゃないみたいに暗かった。前を走るセンセイは、道を曲がるたびに腕で合図をしてくれた」

ふいに、波留の脳裏にも、父の腕が蘇る。

ボールを軽々とつかむ大きな手、リングに向かって振り下ろされる太い腕、頭に乗せられた、温かな重さ。俺の自慢の息子だからさ——

「右とか、左とか、口に出して言うわけじゃなくて、ただ、暗い中にセンセイの白いシャツのピンと伸びた腕だけが見えた。それで、俺は思ったんだ」

男が、窓の外へ顔を向けた。

カチャリ、とシートベルトを外す音が響く。

「ああ、あの手の指す方へ行けば間違いないんだって」

5、仲村桜介

「正解は……三番！」

車内にアナウンサーみたいに聞き取りやすく、どこか気取った感じのするバスガイドの声が響くと、雄叫《おたけ》びと嘆きが沸き起こった。

「よっしゃあ！」

ガッツポーズを取って通路の方に身を乗り出していた亮が、くるりと桜介を振り返る。

「桜介は？」

「……俺は、外れた」

「うそマジで、オレ連続五問正解なんだけど！　え、オレ日光博士じゃね？」

「はい、じゃあ最後の問題。第十問」

バスガイドの声と同時に、亮が口を噤んで姿勢を正した。

「日光東照宮の陽明門には、一本だけ他の柱と上下逆の柱があります。それは、なぜでしょう？」

車内にざわめきが広がる。

「一、大工さんが間違えてしまった、二、徳川家への呪い、三、おまじない」

「はあ？」

亮が不満そうな声を出した。

「何だよそれ、そんなん知らねえよ」

バスガイドが問題と選択肢を繰り返すのを聞きながら、桜介は窓枠に頬杖をついてカーテンの隙間から外を見た。都心を抜けてかなりの距離を進んできたからか、窓の向こうには畑や林があるばかりだ。

「えー、どうすっかなあ。間違えたんなら直させる気もするし、やっぱり呪いとか？」

「じゃあ聞いていきますよー」

バスガイドが手を上げながら言った。

「一番の、間違えた、だと思う人」

パラパラと、いくつかの手が上がった。亮は腰を浮かせて後ろの方の席にまで視線を滑らせ、「はい、立たないでねー」とすかさず注意される。

「じゃあ、二番の呪いだと思う人」

バッ、と隣で亮が腕を勢いよく上げた。

見ると、半分くらいの手が上がっている。

「三番のおまじないだと思う人」

桜介は、頬杖をついていた首を縦に戻し、拳を開きかけてやめた。すぐに頬杖をつき直す。

正解はー、とバスガイドが間を溜めた。

「三番！」

さっきよりも大きなざわめきが車内に広がる。

バスガイドは、にこりと笑った。

「陽明門には十二本の柱があります。逆さなのは、北側の西から二本目の柱。よく見ると彫刻の模様が逆向きになっていますからね。明日行ったら探してみましょうね」

「喜田川《きたがわ》さん！」

児童会の書記を務め、いつもハキハキしている梅原有希《うめはらゆき》が、手を真っ直ぐに上げてバスガイドに呼びかける。

「おまじないって、どういうものなんですか」

バスガイドは嬉しそうにうなずいた。

「簡単に言うと、魔除《まよ》けのようなものです」

「魔除け？」

「昔から、満つれば欠ける、と言うんですね。お月様は満月になったと思ったら、またすぐに欠け始めてしまうでしょう？　物事は絶頂期に達すると同時に下り坂になるのが世の習いと言いますからね、建物も完成したと同時に崩壊が始まると考えられて、わざと柱を一本逆さまにして未完成の状態にしておき、災いを避けようとしたんだそうです」

また三番かよ、連続三回なんてありかよ、と口を尖らせていた亮は、へえ、と感心した声を上げる。

「何か、かっけえな」

桜介は目を閉じた。

「何だよ桜介、寝るの？」

「ちょっと酔った」

肩を揺さぶってくる亮に短く答えると、あ、ごめん、と亮は慌てたように手を引く。

本当のところ、別に酔ったわけではなかった。ただ、どうしても、クイズ大会で盛り上がる気にはなれない。

結局、波留は来なかった。

来ないことなんて、もう何日も前からわかっていた。

それでも、もしかしたら、とどこかで思っていたのだ。

直前になって、話が変わったかもしれない。先生がもう一度波留のお父さんを説得してくれたかもしれない、と。

だけど、集合場所に波留の姿はなかった。

あいつ来なかったな、と残念そうな口調で言った亮は、けれど少しだけ嬉しそうな表情をしていた。

「もうすぐサービスエリアに着きます」

岡野先生の声がした。桜介は目を開ける。

「ここでお昼休憩になりますから、まずはトイレに行って、済ませた人から席につくように。みんな、ちゃんとお店の人に挨拶するんだぞ」

最後だけいつもの口調になった。はーい、という返事が車内のあちこちで上がる。

「オレさあ、カレーにしちゃったんだよね」

亮が、通路を挟んだ隣の席の渡辺《わたなべ》千佳子《ちかこ》に話しかけた。

「わたしも」

千佳子は、嫌そうに顔をしかめる。

桜介も、カレーライスだった。

一日目のサービスエリアでの昼食の希望を出したのは、夏休みに入る前で、例の毒物カレー事件が起こる前のことだ。

バスが停まった。

桜介は足元に置いておいたリュックを拾い上げ、太腿の上に置く。いつでも出られるようにして、先生の号令を待った。

だが、なかなかアナウンスが始まらない。

どうしたんだろう、と腰を浮かせて前を見ると、他の何人もが立ち上がっていた。

「降りないのかな」

亮が不思議そうに言う。

千佳子が先生たちの方を見て、首を傾げた。

前方の席で先生たちは何かを話し合っているようだった。そんな、とか、ちょっと待て、とか、慌てた声が漏れ聞こえてくる。

先生は、ＰＨＳで誰かと話していた。バスガイドも難しい顔をして、運転手と話し込んでいる。

桜介は亮と顔を見合わせた。

「何かあったのかな」

亮が不安そうな声を出す。桜介は答えずにもう一度先生たちがいる方を見た。説明してくれそうな気配はない。

　窓を開けてバスの車体を見下ろしたが、問題なく停まっているようにしか見えなかった。駐車場には他にもたくさんの車が停まっていて、空は綺麗に晴れ上がっている。遠くには山があって、バスのすぐ近くをベビーカーを押した家族連れが笑顔で通り過ぎた。

「えー、少しこのまま待機します」

　やっと聞こえてきた先生の声は、音が割れていた。車内のざわめきが大きくなる。

「窓とカーテンを閉めなさい。合図があるまでは席を立ってはいけません」

「先生、何かあったんですか」

　すかさず梅原有希が手を上げて尋ねた。

　先生は視線をさまよわせながら、早く窓とカーテンを閉めなさい、と繰り返す。

　言われた通りにすると、車内は一気に暗く、重苦しくなった。

　先生は運転手と顔を見合わせ、小さくうなずいてからマイクを持ち直す。

「落ち着いて聞いてほしい。今、警察からこの辺りに殺人犯がいるという連絡があった」

　どくん、と心臓が跳ねた。

　車内が騒然となる。

「落ち着きなさい」

先生が声を張り上げた。

「バスから降りなければ安全だ。今警察の人に状況を確認しているから、もう少し待ってくれ」

先生がそこまで言ったとき、窓の外から小さなサイレンが聞こえ始めた。

「え、マジで？」

亮が桜介の前に身を乗り出す。

座席の隙間からは、みんなが窓に張りついているのが見えた。

隣に停まっているバスを見ると、そちらでも同じように閉まったカーテンの隙間から覗くたくさんの目がある。

先生がまた電話で話しているらしい声が聞こえた。

バスは動かない。ドアも開かない。

サイレンが近づいてきたと思うと、パトカーが次々に集まってくる。

「え、あれ橋本じゃん！」

すぐ後ろの席から声がした瞬間、桜介はカーテンの隙間に顔を押しつけた。

パトカーが作った円の内側には、水色の小さな車が停まっていた。

目を凝らすが、窓に光が反射してしまってよく見えない。運転席のところにいる男が顔を動かした瞬間。

「あ！」

思わず桜介は大きな声を出していた。

あの男だった。

波留が庭で会っていた――あの、指名手配の写真によく似た男。

「何あれ……人質？」

近くで聞こえた声に、目の前が暗くなった。

自分は知っていた。あの男が殺人犯だと気づいて、波留に話した。だけど、波留から、絶対に通報するなと言われて、結局誰にも話さなかった。きっとただの勘違いだったのだろう、と自分に言い聞かせて。

――やっぱり話すべきだったんだ。

バスの外では、たくさんの警察官が動き回っていた。

黄色いテープを張る人、他のお客さんを避難させる人、何かを指示する人――その中の一人が車に向かって拳銃を構えるのが見え、

「やめて！」

思わず桜介は叫んでいた。

だが、警察官は顔を上げず、銃を下ろさない。

「仲村！　静かにしなさい！」

先生が鋭い声で叫ぶ。

桜介は口を噤み、先生の視線が離れたのを確認してから、そっと窓の鍵を外した。

「おい、桜介」

亮が慌てたように肩をつかんできたが、構わずに窓を十センチほど開ける。

水色の車は、先ほど見たときから動いていなかった。

「ひとまずバスを移動させましょう」

バスガイドの声が聞こえてくる。

「子どもたちが巻き込まれでもしたら大変です」

「ですが、警察に確認を取ってからでないと」

「犯人を刺激するなということですか？　だけど、もし子どもたちに何かあったら……」

「あの車に乗ってるのもうちのクラスの子なんだよ！」

前方から先生の怒鳴り声が聞こえてきて、桜介は目の奥が熱くなるのを感じた。

波留、と心の中で呼びかける。波留、波留、波留――

ふいに外で空気が動くのを感じてハッと意識を戻すと、運転席から男が出てくるところだった。

「あ！　出てきた！」

誰かが興奮した声を上げる。

警察の人たちが一斉に拳銃を構え直し、緊張が走った。

男はゆったりとした動きで、助手席のドアを開く。

「波留！」

桜介は窓から頭を出して叫んだ。

「仲村！」

後ろから肩をつかまれて引き戻される。

「危ないって言ってるだろう！　――駄目だ、やっぱりバスを移動させてください！」

先生が声を張り上げながら運転席の方へ駆け戻った。

桜介は、再び窓に張りつく。

「捕まる前に一つ頼みがあるんだけど」

男の顔が、突然こちらを向いた。一瞬、自分に言われたのかと思ってぎくりとした瞬間、警察官が「何だ」と尋ねる。

桜介は、唾を飲み込んだ。

何を言うつもりなんだろう。

そのお願いを叶えてもらえるなら、波留を離してくれるんだろうか。

男が波留を振り返り、何かを言った。そして、手に持っていた財布を警察官に向かって掲げる。

「こいつを林間学校に参加させてよ」

は、という声が桜介の口から漏れた。

——林間学校？

警察官も驚いた顔をしていた。頭の向きは動かさないままに、隣の人と目配せをしている。

後ろの方にいる警察の人たちが、慌ただしく動き始めた。

男と向かい合っている警察官は男を見据えたままその場を離れない。

「今、確認を取っている。おかしな真似はするなよ」

警察官は拳銃を構えたまま言った。

しばらくして、車内でＰＨＳが鳴る音が響いた。先生がすぐさま電話に出て、はい、はい、と何かを答えていく。

先生が電話を切って少しすると、車内の空気がぶわっと膨らんだ。

桜介は窓に飛びつく。

車から波留が出てきていた。

男の横に立った波留は、特に縛られたり、怪我をさせられたりはしていないようだった。

腕にはギプスがあるけれど、あれは元々だ。

「おいで」

拳銃を構えていなかった警察官の一人が、両手を広げた。

けれど、波留は動かない。

「大丈夫、一歩ずつでいい」

警察官が言いながら、一歩前へ踏み出す。

同じだけ、波留は後ずさった。

警察官は、足を止める。どうするべきか迷うように、動きを止めた。

波留が、自分から男の腕につかまった。

「おじさんを逮捕するんですか」

「君の隣にいるのは、人を殺した犯人なんだよ。君のお父さんのことだって、車で轢いたんだろう？」

「お父さんに、車に当たれって言われてました」

波留は、警察官を真っ直ぐに見つめて言った。

桜介は、息を呑む。

「当たって、怪我をしたら、お金がもらえるからって」

どよめきが上がった。

「それは……」

「おじさんは、俺を助けてくれたんだ」

波留の顔が、ぐしゃりと歪んだ。あ、と桜介が思った瞬間、波留の目から涙がこぼれる。

男は、同じくらいの背の波留の頭に手を乗せた。

柔らかな手つきで髪を撫で、そのまま警察官の方へ向かって歩き始める。

周りで構えていた警察官たちが、一気に男を取り囲んだ。男は地面に組み伏せられ、すばやく手錠をかけられる。

「おじさん！」

慌てて駆け寄ろうとした波留を、別の警察官が引き留めた。

頭を押さえつけられた男は、顔を上げない。

十一時四十八分、身柄確保、という声が響いた。

エピローグ

すっげえ、と桜介がもう何度目かになる声を上げた。

「ヤバいなここ、マジでラストダンジョンじゃん。出てくる建物がみんなボス級、みたいな」

興奮した口調で話しかけられるが、波留は、うん、としか答えられない。

日光東照宮は、たしかにすごかった。

階段の柵や石の塔みたいなものについた分厚い苔も、大きくて太い樹も、誰も気づかないような細かなところにまでびっしりと施された色鮮やかな彫刻も、今まで一度も見たことがない迫力があった。

陽明門というところの柱が一本だけ逆さまだという話は初めて知ったし、教科書にあった〈見猿聞か猿言わ猿〉を見つけたときには、これが本物なんだ、と思った。みんなで段数を数えながら奥宮へ繋がる階段を上っていくと、息も心拍数も上がって高揚する気がしたし、桜介が空気がうまいと深呼吸を繰り返しているのを見て、真似もしてみた。

だけど、それだけだった。

最初は、こんなに凝った建物を人間が作れるのか、と驚きに似た感覚があったものの、二つ、三つと回るごとに、どれも同じように感じられて、心が動かなくなっていった。〈眠り猫〉は想像していたより小さくて、偽物のように感じられた。

宿題をこなしているような気分にさえなって、慌てて波留は、感動しようとした。せっかくあの人がくれた機会なのだ。きちんと味わわなければもったいない。

必死に彫刻の一つひとつに目を凝らし、見えるものすべてを脳裏に焼きつけようとした。他のみんなが見学に使う時間より少しでも長く留まって、自分はこのすごさを感じ取れているのだと思おうとした。

実際、桜介は何度も波留を振り返り、眩しそうな目を向けてきた。本当によかったな、と桜介は言った。波留は、うん、と答えた。

でも、どれだけ周りを騙せても、自分自身を騙しきることはできなかった。

男がパトカーで連れて行かれた後、波留は警察の人に背中を支えられて別の車に乗せられた。

腕はどうしたのかと訊かれ、これは三週間前に車に撥ねられたときの怪我だと答えると、警察官はたくさんの寄せ書きがされたギプスをじっと見つめ、『お父さんに車にぶつかれって言われたんだね？』と静かな口調で確認してきた。

波留が、桜介や男にしたのと同じ説明を繰り返すと、怒ったような顔をしてから、悲しそうな顔をした。

そうか、と短く言った警察官の声は、男のものに少しだけ似ている気がした。

だけど、次々にされる質問に、波留は上手く答えることができなかった。

猫に連れて行かれた家で男に初めて会ったこと、男から食べるものをもらっていたこと、公園の話をして、滑り台が見てみたいと言ったら、家に迎えに来て車で連れて行ってくれたこと、他に行きたいところがないかと訊かれて、日光と答えたこと、車の中で、男から聞いたこと。

きちんと全部話さなければ、と思うのに、何を言っても本当のことじゃない気がしてしまう。

波留はそのまま病院へ連れて行かれ、様々な検査を受けた。検査が終わった後も警察の人から話を聞かれ、答えられることをひと通り答えきった頃には、もう夕方になっていた。

しばらく病室で一人にされて、今日はここに泊まるんだろうかと考えていると、警察官が戻ってきた。

校長先生くらいの歳の警察官がベッドの横の丸椅子に座り、岡野先生くらいの歳の若い方が個室の入り口辺りに立った。

年をとった方に正面から見つめられ、さっき、おいで、と言って手を広げた人だ、と今さら気づく。

『ひとまず、みんなのところに行くか』

『みんなのところ？』

『今、林間学校の最中なんだろう』

答えられずにいる波留に、警察官は『ちゃんと先生と話をしたから心配いらないよ』と続けた。

『君が参加したいなら参加できる。どうしたい？』

自分でもよくわからなかった。

行きたい気持ちと、そんなことはどうでもいい気持ちが同じくらいあった。せっかくおじさんが連れてきてくれたのに、と焦るような気持ちが、日光なんて、という思いにぐしゃぐしゃにかき混ぜられる。

日光になんて、本当は来なくてもよかった。

おじさんが捕まってしまうくらいなら、どこにも行かなくてよかった。

ずっとあの庭で、おじさんからもらったご飯を食べながら、しゃべったりしゃべらなかったりしていればよかった。

――こいつを林間学校に参加させてよ。

林間学校に参加させてなんてお願いじゃなくて、逃げさせろ、と言えばよかったのに。

『ごめんなさい』

波留はうつむいて言った。

『どうして謝るんだ？』

警察官が尋ねるというよりも、先を促すように口にする。

『だって、俺がわがまま言ったせいで……』

『君のわがままのせいじゃないよ』

柔らかいけれど、きっぱりした言い方だった。

『おじさんたちは、阿久津と約束したから学校と交渉することにしたんだ。岡野先生は、先生自身のわがままで、君に参加してほしいと言っている』

思わず波留は顔を上げた。

『先生のわがまま？』

『そうだよ。岡野先生は、どうしても橋本に参加してほしい、何とか本人を説得してもらえないか、と言っていた』

先生の笑った顔が浮かんだ。夏休みが始まる前、こっそり職員室に呼んで、何かあったらおいで、と言ってくれた岡野先生。

ふいに、警察官が目を細めた。

『これから阿久津の起こした事件のことがニュースになって、いろんな事情がわかって、悲しくなったり、阿久津が逮捕されたことに責任を感じたりしてしまうかもしれない。だけど、これだけは覚えておいてくれ』

警察官は、波留の顔を覗き込んで言った。

『阿久津は、自分で決めて外へ出てきたんだ。阿久津が君の願いを叶えたいと思ったのも、阿久津自身のわがままだ』

若い方の警察官が運転する車で、学校のみんなが泊まっている宿泊所へ向かった。年をとった方は波留の隣に座り、母方の祖父母が駆けつけてきたらしいと教えてくれた。橋を渡る途中で鳴った電話に出て、了解です、これから戻ります、とだけ答えて切ると、シートに頭を乗せて長く息を吐いた。

オオヤ、と運転席へ向かって呼びかける。

『課長からだ。早く戻ってきて阿久津の取り調べしろってよ』

車内に流れた何かが緩むような空気は、少し不思議な気がした。

宿泊所に着いたのは、夕食が終わったタイミングだった。

岡野先生に連れられて食堂に足を踏み入れた途端、みんなは波留を取り囲んで質問攻めにしたものの、先生に叱られると、渋々席に戻っていった。

先生はひとまず波留を隣に座らせ、別の先生が持ってきた夕食を波留の前に置いた。

『いろいろ訊かれるのがしんどいようなら、先生たちの部屋に来てもいいよ』

波留は、一人分の鍋の下で小さな炎を上げる水色のろうそくのような塊を見つめる。

自分は、しんどいんだろうか。

『とりあえず仲村たちの班に入って、つらくなったらこっちに来るんでもいい』

先生を見てうなずくと、先生は、仲村もきっと喜ぶよ、と嬉しそうな顔をした。

食堂を出てからも、部屋に入った後も、翌日の朝にも、波留は代わる代わるいろんな子に話を訊かれ続けた。そのたびに桜介がやめろよと止めてくれて、けれど何度止めてもらっても、訊いてくる人はいなくならなかった。

「さて、最後は薬師堂の鳴龍《なきりゅう》です」

喜田川さんというバスガイドが、よく通る滑らかな声で言った。

波留は、床の冷たさを靴下の裏で感じながら、他の建物よりも少し地味に感じられるお堂の中に足を踏み入れる。

黒地に金の飾りがついた扉を抜けると、前のクラスの子たちが出てくるところだった。みんなの流れに合わせて隣の部屋に移動し、天井を見上げる。

今にも飛び出してきそうな、大きな龍がいた。長い体と髭をくねらせて、細かな模様が彫り込まれた枠の中に収まっている。

「天井にあるのは、狩野永真安信《かのうえいしんやすのぶ》が描いたとされる龍の絵を復元したものです。この龍が鳴く、ということで、鳴龍、と呼ばれています」

喜田川さんは、一つひとつの言葉を区切りながら、ゆっくり話した。

「一説によると、明治時代にここの掃除をしていた職員さんが、天井に住み着いた鳩を追い出すために手を叩いたところ、まるで龍が鳴いているような音がすることに気づいた、と言われています」

周りから、へえ、と驚く声がいくつか上がる。驚くところなのだ、と波留は思う。

喜田川さんが、拍子木を両手に持った。「じゃあ早速鳴らしてみましょう」と言って打ち鳴らした瞬間。

頭のてっぺんから入った高く澄んだ音が、波留の背骨を細かく震わせた。

音の波が身体の内側でバラバラに跳ね返り、渦巻き続けていたものが、少しずつ向きを揃えて波に寄り添っていく。

衝撃はすぐに足の裏へと抜けていった。余韻だけが留まって、お腹の底をくすぐる。

周りには人がたくさんいて、話し声もするのに、たった一人で、何もない空間に立っているような感じがした。

ここは、今まで来たことがない場所だ。

「本当に鳴いた！」

隣で、桜介が弾んだ声を上げた。

すげえ、と亮が天井を仰いだまま手足をバタバタと動かす。

「うわー何て言ってんだろ」

「見てんじゃねえよ、とか？」

「こんな狭いところに押し込めやがって、とかじゃね？」

言い合う二人の言葉を聞きながら、波留はもう一度龍を見つめる。

この龍は、みんなから見られていることなんて、何とも思っていない気がした。出て行こうと思えば、いつでもどこへでも行ける。だけど、ここにいるのも悪くないから、とりあえずここにいて、次はどこへ行こうかと考えている。

おどけるように顎を突き出し、きょろりと目を横に動かしている表情は、楽しいことを考えていそうだった。

「すごいでしょう？」

喜田川さんが、満足そうに微笑んだ。

「だけどこの龍、いつでも鳴いてくれるわけではないんです」

みんなを見渡し、一歩右にずれてから、もう一度拍子木を打つ。

クワァァアン、という、十分に綺麗な音が響いた。

でも、さっきの音とは何か違う。何がどう違うのか知りたくなって、もう一度さっきの音が聴きたくなる。

「この龍は、顔の真下で拍子木を打たないと上手く鳴いてくれません。ちょっとこだわりが強い龍なんですね。ここ東照宮は今年の五月に史跡指定され、世界遺産への登録も間近と言われています。もしかしたらこんなにゆっくりと見学できるのも今年で最後かもしれませんから、せっかくですし一人ずつ鳴らしてみましょう」

えーできるかなー、女子の誰かの声がして、たどたどしく木と木が打ち鳴らされる音が続く。

何度か繰り返されるうちに音が高く伸びるようになった。

——そうだ、音が長いんだ。

そして、鈴が転がるような音が混じる。それがお腹の底をくすぐって、痛いほどに痺れた耳のところで外の世界とは切り離される。自分の身体が音が通るための筒みたいになる。

やがて、波留の手にも拍子木が差し出された。

ぼんやりしたまま手を伸ばし、受け取ろうとしたところで引っ込められる。

「あ、ごめんなさい。できないわよね」

喜田川さんの目は、波留の左腕のギプスを見ていた。

そう言われて、波留は片手では拍子木を打てないことに気づく。

え、という声が喉から漏れた。

早く列から離れないといけないと思うのに、足が動かない。

自分でも驚くくらい、がっかりしていた。自分の手で鳴らせない。龍の鳴き声を真下で聴くことができない――

「一緒にやろうぜ」

右肩に手を置かれる感触がして、強張った首を動かすと、桜介がいた。

喜田川さんから拍子木を二本受け取って波留の左側に回り込み、一本を渡してくる。

せーの、という掛け声に慌てて四角い木の棒を動かすと、手のひらに柔らかい感触が返ってきた。桜介の指を叩いてしまったのだと、一拍遅れて思い至る。

「あ、ごめん」

「平気、もう一回」

じっと波留の手を見つめて構え直す桜介の顔は、真剣だった。

その思い詰めたような表情に、波留は目を奪われる。

こいつは何を考えているんだろう、と初めて思った。

よくいるタイプだと思っていた。

こいつが信じているおめでたい世界をぶち壊してやりたいと思っていた。

食べるものに困ったこともなく、親から車に上手く当たれと言われたこともなく、一瞬でもタイミングを間違えたら死ぬかもしれないと思いながら自分の足で踏み出したこともない桜介には、自分の見ている世界は見えないのだと。

だけど――桜介が信じている世界というものを、自分はどれだけ知っていたのだろう。

どうして桜介は、こんなに、祈るような顔をしているんだろう。

「いくよ」

桜介が、囁くような声音で言った。

波留は桜介の手を見る。拍子木の位置を揃え、間合いを計る。

「せーの！」

コン、と手のひらにあっけないほど小さな衝撃が来たと思った次の瞬間――頭の真上から音が降ってきた。

一気に突き抜けた波が、強く、長く、伸び続ける。

耳の奥の雑音を巻き込んで、連れ去っていくように。

――いろんなものを見て、しまっておけよ。

ふいに、男の声が身体の内側で響いた。

男からかけられた、最後の言葉。

その、柔らかくて、くすぐったくて、叫びだしたくなるような温かな声が、頭を、胸を、背中を、お腹を駆け抜けていく。

突然、水の中に飛び込んだみたいに、鼻の奥が痛くなった。

上手く息ができなくなって、喘ぐように息を吸い込む。吐き出す声が嗚咽《おえつ》になる。

あれが、最後だったのだ。

おじさんは、捕まってしまった。

きっと、もう二度と、会うことはできない。

おじさん、とつぶやく言葉がかすれた。

おじさん、おじさん、おじさん――

「波留」

抱きついてきた桜介の声も、ぶれて聞こえた。俺、俺、と言葉を探していることが、くっついた胸から、伝わってくる。

桜介は、結局言葉を見つけられなかったように、もう一度、俺、と言ってから、

「波留とここに来られて、嬉しい」

と続けた。

熱くて、まめのところがガサガサしている桜介の手のひらが、背中で、震えている。

うん、と答える言葉は、もう声にならなかった。

主要参考文献、ウェブサイト、映像資料

『強制不妊 旧優生保護法を問う』(毎日新聞取材班、毎日新聞出版、二〇一九年)
『日本障害児教育史【戦後編】』(中村満紀男編著、明石書店、二〇一九年)
「手をつなぐ親たち」第四号、五・六合併号、二十九号(全国精神薄弱児育成会、一九五六年七月、同年九月、五八年八月)、百七十九号(全日本精神薄弱者育成会、一九七一年二月)
「旧優生保護法一時金支給法に係る経緯等」厚生労働省ホームページ(二〇一九年三月)
「強制不妊手術の真実 54年目の証言」NHK福祉情報サイトハートネット(二〇一八年三月)
「〝私は不妊手術を強いられた〟~追跡・旧優生保護法~」NHKクローズアップ現代(二〇一八年四月)

他にも多くの書籍、新聞記事、映像資料、ウェブサイトを参照いたしました。

また、本作の執筆にあたり、品川裕香さんに多大なるお力添えをいただきました。この場を借りて、心より御礼申し上げます。

なお、本文中に現代の人権意識に照らして不適切な語句や表現がありますが、当時の時代背景を描く上で必要だと判断しました。内容に誤りがございましたら、その責は著者・芦沢央にあるものです。

解説

山田詠美

連日、さまざまなニュース報道がある。それが人々を巻き込んだ殺人事件に関するものであれば、世間は大騒ぎをして、何が原因であったのか、誰が犯人なのかを探り当てようとする。そうして、ひとしきり、あれこれ取り沙汰された後、その事件は結着し、犯人逮捕と同時に人々は納得し、興奮は去って落ち着きを取り戻す。後には、ひとつの事件ファイルが残される。そこに罪悪の有様は、たったひとつしか記されない。清々しく事件解決。お疲れ様。

良かった良かった、と世の中は言う。やはり、悪人は退治しなくては、と。だいたい、最初から皆、あの人が怪しいと思っていたんだ。多くの人が感じる異和感は正しい。それを重要視してこその犯罪抑止ではないか。

うんうん、と凡庸な市民である私は解決に至るまでの事件の概要を確認しながら頷く。この無駄のない記事は、罪悪をすっきりとまとめ上げていて素晴しく解りやすい。りっぱ。

しかし、次の瞬間、小説家である私が、こうも思うのである。

でもね、この裏側にどんな極私的ドラマが潜んでいるか解らないよ？　と。犯人　イコール　罪人と素直に受け取れないのが、いや、受け取ろうとしないのが、物書きの性《さが》というもの。"crime" よりも "sin" の在り処が気になってしまうのである。人間には解りやすい善悪で語られる以外の事情がある筈だ、と。

あらゆる人間関係に点在する外側からながめるだけでは解らない実情。そして、そこに絡み付く、さまざまな人々の心情。事件を題材にした小説と事件報道が異なるのは、小説家が自分にしか見えないものを追い求めて書き綴るからである。

その時の熱意の量が読み手を物語の世界に引き摺り込み夢中にさせる。小説の手柄である。優れたミステリー小説には、常にそれが発揮されている。

さて、それでは、この『夜の道標』ではどうか。

軸となるのは、一九九六年に起きた塾経営者殺害事件。そこの塾では、通常の学校教育からこぼれ落ちてしまった子供たちの指導を行っていた。こぼれ落ちるというのは、不登校や集団学習についていけないということ。知的、あるいは情緒的に障害があるという診断を受けていた子もいた。

そして、そこに通っていた生徒のひとりが被疑者である阿久津弦《あくつげん》という男。事件発生時は三十五歳だった。目撃者たちの証言などから、彼の犯行と特定されていたが、そのまま姿を消して行方は解らない。

実は、彼は、たまたま事件後に再会した中学の同級生にかくまわれているのである。これは、犯人当ての物語ではないので、かくまう女とかくまわれる男の、そこに至る成り行きは、あっさりと明かされる。むしろ、その二人の狭い空間での濃密な空気の描写に重点が置かれる。肌の擦り合わせる音が聞こえて来そうな、そして、そこからしたたる糸を引くような熱い液体に触れているような、そんな錯覚を覚える描きようである。

それなのに、肉体の粘り気に反して、二人の心は共鳴しない。行き詰まった男女が点火するような感情の燃え上がりがないのである。少なくとも男の方には皆無のように思われる。これはどうしたことか、と読者は置いてけぼりを食わされたような気分に慌てて、ページをめくる。阿久津弦。いったい、どんな人間なのだ、と好奇心が湧いて来る。殺人犯なんだろう？　非情な奴に決まっている、と読み進めながら思う。世の中のステレオタイプから、まだ逃《の》がれることは出来ない。

物語は、小学六年生の二人の少年のバスケットボールの練習風景から始まる。同じクラブチームに所属している仲村桜介と橋本波留である。

ごく一般的な家庭で健やかに育った桜介は、既に名プレイヤーの片鱗を覗かせる大人びた波留が大好きだ。何かにつけて彼を気にかけ、力になってやりたいと思う。このあたりの二人のやり取りは微笑ましい。しかし、それがどんどん悲痛さをおびて来るのは、波留という少年が、その年齢にして有り得ないほどの過酷な境遇にいるのが解って来るからである。

皮肉なことにかけがえのない存在を意識するのは、その人が不幸の影をまとっているのに気付いた時だったりする。普通、大人になってから経験するそれを、少年たちは、ごく早い時期に知ってしまった。つまり、大人への扉を、人よりはるかに早い段階で開けてしまったのだった。

殺人犯と少年たちは、どのように出会い、時の流れを共有して行くのか。人間模様が次々と重なり、絡み合って行く。途中、事件の捜査を続ける刑事たちの抑えた怒りや悲しみも物語の車輪に巻き込み、事態は、ラストへと加速して行く。その様子が、登場人物のそれぞれの視点から描かれ、ひとつに束ねられていくのを目撃するのは、読んでいる私であり、あなただ。読者を当事者にさせる。それが、この作品の力強さだと思う。その惜し気もなく発揮されるパワーを、私は、先に「手柄」と書いた。読み手に登場人物との道行きを後悔させせない筆力のことである。

胸が、きゅっと締めつけられるような場面がいくつかある。

常に空腹でひもじさに苦しんでいる波留が父親のそそのかす犯罪を成功させて、ラーメン屋に連れて行ってもらう。残ったラーメンのスープに白飯を沈めてかき込んだ際に思わず口にするこの台詞。

〈『このスープさえあれば一生暮らせる気がする』

波留がつぶやくと、父は『おまえ大げさだな』と笑い、店員が『嬉しいねえ』と目を細めた。

『息子さん？』

『おう、似てるだろ』

『うん、そっくりだ』

店員の言葉に、父が照れくさそうに笑い、波留の頭に手を置いた。

『俺の自慢の息子だからさ』〉

これが、何度も思い返しているせいで擦り切れそうになった波留の記憶だという。彼のひもじさは食べ物だけのことではなかったのだ。

また、被疑者の阿久津弦は中学の時に、痛いか？ と問いながら弱い者を痛めつけるリーダー格の少年を殴打し、補導され停学になってしまう。

〈──痛いのか知りたいなら、殴るより殴られた方がわかるんじゃないかと思って。

あれは、嫌味などではなく、言葉の通りだったのではないか。〉

後に阿久津をかくまうことになる同級生の豊子は思う。あれは、彼の親切。誰からも理解されていない。そして、彼は周囲と解り合えないことを知っているようだ、と彼女は思う。

阿久津の元妻が言う。

〈弦はよく、俺は馬鹿だから、と言っていました。馬鹿だから、みんなが当たり前にできることができない、目の前にいる人間が何を考えているのかわからない。ずっと、自分だけが暗い場所にいる気がする。〉

どうにもならなかったのだ。だって、二人共、ひもじくて暗い場所に居続けなきゃならなかったのだから。どうにかしたくても、その術《すべ》すら解らない。子供だから。自分を馬鹿だと思うから。そんな迷い道を歩く者たちにとって、行くべき方向を指し示してくれる道標は、従わざるを得ない、わずかな光であった。

ここで、読者は、『夜の道標』という題名の深い意味を知るのである。

連日、さまざまな事件報道がある。そのたびに、被疑者、被害者の名が上がる。そして、それらは、公けになった途端、善悪という解りやすい記号として、ひとり歩きし始めるのである。

でも、そんなにも人間は単純だろうか、と小説家は思う。

法律の世界で、どんな手練手管を使っても弁護し切れない領域のために、小説はある。そこで力を尽くして発揮されるのが書き手の腕まえ。読み手をねじ伏せるのが手柄。芦沢央は腕まえを披露して、手柄を立てた。

（やまだ・えいみ／小説家）

初出「読売新聞オンライン」二〇二一年十一月一日～二〇二二年六月二十九日
単行本『夜の道標』二〇二二年八月　中央公論新社刊

本作品はフィクションであり、実在の個人・団体とは一切関係ありません。

中公文庫

夜《よる》の道標《どうひょう》

2025年4月25日　初版発行
2025年6月20日　3刷発行

著　者　芦《あし》沢《ざわ》　央《よう》

発行者　安部順一

発行所　中央公論新社
〒100-8152　東京都千代田区大手町1-7-1
電話　販売 03-5299-1730　編集 03-5299-1890
URL https://www.chuko.co.jp/

ＤＴＰ　嵐下英治
印　刷　ＤＮＰ出版プロダクツ
製　本　ＤＮＰ出版プロダクツ

Published by CHUOKORON-SHINSHA, INC.
Printed in Japan　ISBN978-4-12-207640-2 C1193

定価はカバーに表示してあります。落丁本・乱丁本はお手数ですが小社販売部宛お送り下さい。送料小社負担にてお取り替えいたします。

各書目の下段の数字はISBNコードです。978－4－12が省略してあります。

中公文庫既刊より

や-65-1
賢者の愛
山田詠美
想い人の諒一を奪った百合。復讐に燃える真由子は、二人の息子・直巳を手に入れると決意する――。『痴人の愛』に真っ向から挑む恋愛長篇。〈解説〉柚木麻子
206507-9

や-65-2
愛してるよ、愛してるぜ
山田詠美
安部譲二
アウトロー街道を突っ走る二人の作家が、読者の悩みに答えながら、自らの山あり谷ありの人生模様を語る爆笑対談！『人生相談劇場』改題。〈解説〉宇垣美里
206875-9

や-65-3
つみびと
山田詠美
灼熱の夏、彼女はなぜ幼な子二人を置き去りにしたのか。追い詰められた母親、痛ましいネグレクト死。圧巻の筆致で事件の深層を探る、迫真の長編小説。
207117-9

あ-91-1
眠れない夜は体を脱いで
彩瀬まる
「手を見せて」と不思議な盛り上がりを見せる深夜のネット掲示板。そこに集った人々の「私」という違和感に寄り添う物語。〈解説〉吉川トリコ
206971-8

い-117-1
SOSの猿
伊坂幸太郎
株誤発注事件の真相を探る男と、悪魔祓いでひきこもりを治そうとする男。二人の男の間を孫悟空が飛び回り、壮大な「救済」の物語が生まれる！〈解説〉栗原裕一郎
205717-3

い-117-2
シーソーモンスター
伊坂幸太郎
元情報員の妻と姑の争い。フリーの配達人に託された謎の手紙。時空を超えて繋がる二つの物語。運命は変えられるのか。創作秘話を明かすあとがき収録。
207268-8

い-115-1
静子の日常
井上荒野
おばあちゃんは、あなどれない――果敢、痛快、エレガント。75歳の行動力に孫娘も舌を巻く！ユーモラスで心ほぐれる家族小説。〈解説〉中島京子
205650-3

い-115-2
それを愛とまちがえるから　井上荒野
愛しているなら、できるはず？　結婚十五年、セックスレス。妻と夫の思惑はどうしようもなくすれ違って……。切実でやるせない、大人のコメディ。
206239-9

い-115-3
よその島　井上荒野
人生を共に歩んでも、一緒には辿り着けない場所がある――過去と現実、疑心と慈愛。夫と妻が目にする光景は？　移住先の離島に展開するミステリアスな物語。
207334-0

か-61-3
八日目の蟬《せみ》　角田光代
逃げて、逃げて、逃げのびたら、私はあなたの母になれるだろうか……。心ゆさぶるラストまで息もつがせぬ傑作長編。第二回中央公論文芸賞受賞作。〈解説〉池澤夏樹
205425-7

か-61-4
月と雷　角田光代
幼い頃暮らしをともにした見知らぬ女と男の子。再び現れたふたりを前に、泰子の今のしあわせが揺らいで……偶然がもたらす人生の変転を描く長編小説。
206120-0

か-61-6
タラント　角田光代
片足の祖父、不登校の甥、〝正義感〟で過ちを犯したみのり。心に深傷を負い、あきらめた人生に使命―タラント―が宿る、慟哭の長篇小説。〈解説〉奈倉有里
207545-0

き-41-1
優しいおとな　桐野夏生
日本の福祉システムが破綻し、スラム化したかつての繁華街〈シブヤ〉で生きる少年・イオン。希望なき世界のその先には何があるのか。〈解説〉雨宮処凛
205827-9

き-41-2
デンジャラス　桐野夏生
一人の男をとりまく魅惑的な三人の女。嫉妬と葛藤が渦巻くなか、文豪の目に映るものは。「谷崎潤一郎」に挑んだスキャンダラスな問題作。〈解説〉千葉俊二
206896-4

く-33-1
たおやかに輪をえがいて　窪美澄
結婚二十年。主婦・絵里子の人生に思いがけない家族の秘め事が次々と突きつけられ……。妻でも母でもない道が、鮮やかに輝き出す長編小説。〈解説〉島本理生
207295-4

各書目の下段の数字はＩＳＢＮコードです。978－4－12が省略してあります。

つ-33-1
青空と逃げる
辻村深月
大丈夫、あなたを絶対悲しませたりしない――。突然、日常を奪われてしまった母と息子。壊れてしまった家族がたどりつく場所は……。〈解説〉早見和真
207089-9

し-46-3
Ｒｅｄ
島本理生
元恋人との快楽に溺れ抑圧から逃れようとする塔子。その先には、どんな結末が待っているのだろう――。『ナラタージュ』の著者が官能に挑んだ最高傑作！
206450-8

し-46-4
２０２０年の恋人たち
島本理生
楽しいときもあった。助けられたことも。だけどもう、いらない。母の死後、葵が選んだものは。本屋が選ぶ大人の恋愛小説大賞受賞作。〈解説〉加藤シゲアキ
207456-9

な-81-1
滅びの前のシャングリラ
凪良ゆう
滅亡を前にした世界で「人生をうまく生きられなかった」人々が見つけた光。二度の本屋大賞受賞を果たした著者の傑作。〈巻末対談〉新井素子×凪良ゆう
207471-2

ま-55-1
52ヘルツのクジラたち
町田そのこ
二〇二一年本屋大賞第一位。自分の人生を家族に搾取されてきた女性・貴瑚と、母に虐待され「ムシ」と呼ばれていた少年の新たな魂の物語――。〈解説〉内田剛
207370-8

ま-55-2
星を掬う
町田そのこ
千鶴が夫から逃げるために向かった「さざめきハイツ」には、自分を捨てた母・聖子がいた――。すれ違う母と娘の感動長篇。〈解説〉夏目浩光
207563-4

ゆ-6-1
盤上の向日葵（上）
柚月裕子
山中で発見された身元不明の白骨死体。遺留品は、名匠の将棋駒。二人の刑事が駒の来歴を追う頃、将棋界では世紀のタイトル戦が始まろうとしていた。
206940-4

ゆ-6-2
盤上の向日葵（下）
柚月裕子
世紀の一戦に挑む異色の棋士・上条桂介。実業界から転身し、奨励会を経ずに将棋界の頂点に迫る桂介の、壮絶すぎる半生が明らかになる！〈解説〉羽生善治
206941-1